ハリー・ポッターと魔法の歴史
大英図書館「ハリー・ポッター と魔法の歴史展」より

2021年9月10日　初版第1刷
2022年3月22日　　　第2刷
ブルームズベリー社（編）
日本語版監修・松岡佑子
翻訳・宮川未葉
発行人・松岡佑子
発行所・株式会社静山社
〒102-0073　東京都千代田区九段北1-15-15
03-5210-7221
www.sayzansha.com

編集協力・榊原淳子
日本語版デザイン・冨島幸子
カバーデザイン・大島依提亜

ISBN　978-4-86389-637-6　Printed in Japan
印刷・製本／図書印刷株式会社

落丁・乱丁の場合はお取替えいたします。

Bloomsbury Publishing, London, Oxford, New York, New Delhi and Sydney

First published in Great Britain in 2017 by Bloomsbury Publishing Plc
50 Bedford Square, London WC1B 3DP

www.bloomsbury.com

BLOOMSBURY is a registered trademark of Bloomsbury Publishing Plc

This edition published in October 2017

This book is based on the British Library exhibition *Harry Potter: A History of Magic*

ハリー・ポッターと魔法の歴史

BRITISH LIBRARY

静山社

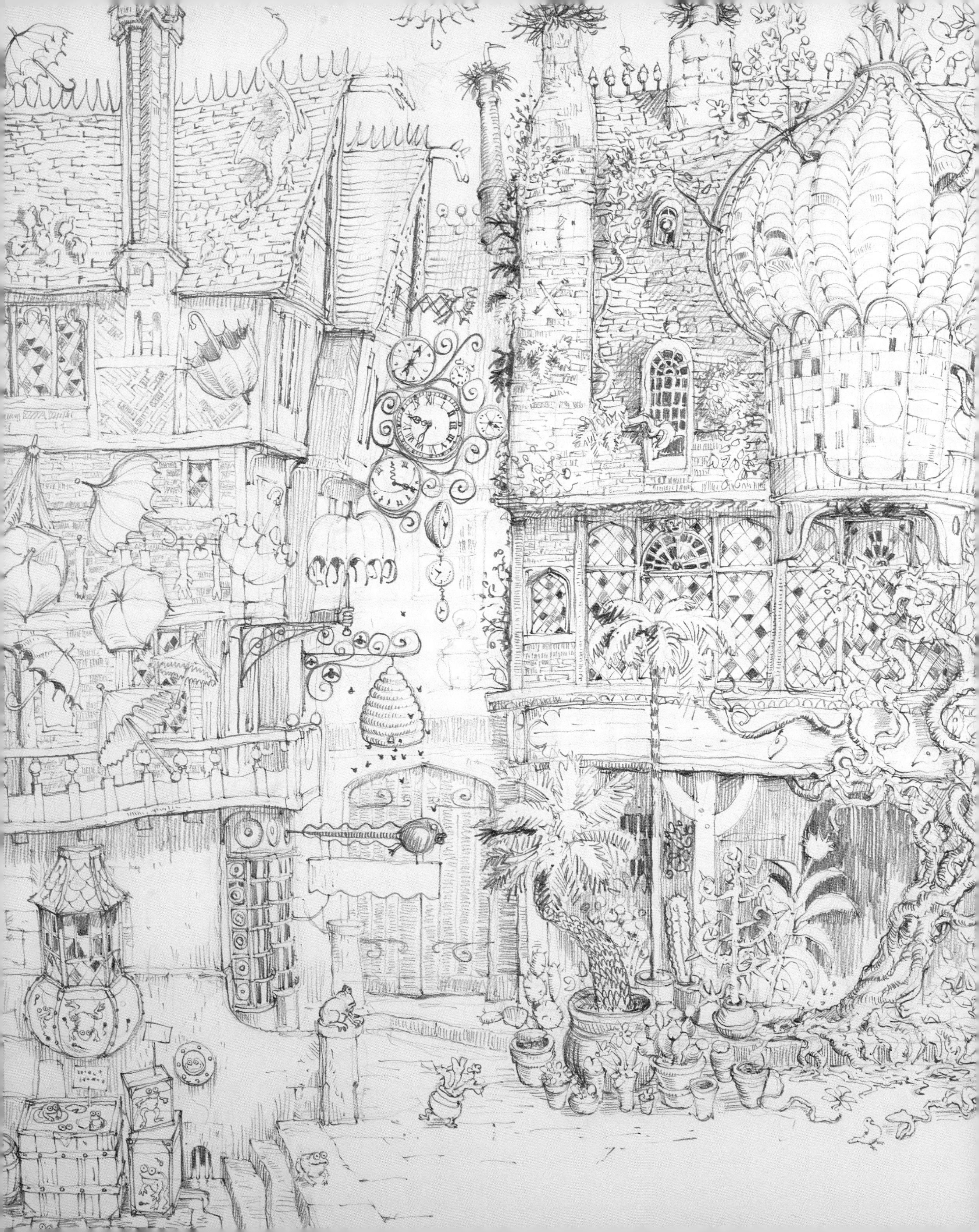

目次

はじめに……8

人魚——受肉化した幻獣
エッセー 岡本 弘毅……16

鏡が映してきたもの
エッセー 柚花 文……26

第1章 魔法界への旅
エッセー ジュリア・エクルシェア……34

第2章 魔法薬学と錬金術
エッセー ロジャー・ハイフィールド……54

第3章 薬草学
エッセー アンナ・パボード……82

第4章 呪文学
エッセー ルーシー・マンガン……110

第5章 天文学
エッセー ティム・ピーク……132

第6章 占い学
エッセー オーウェン・デイビーズ……150

第7章 闇の魔術に対する防衛術
エッセー リチャード・コールズ……174

第8章 魔法生物飼育学
エッセー スティーブ・バックスホール……198

第9章 過去・現在・未来
エッセー スティーブ・クローブス……240

はじめに

ジュリアン・ハリソン 「ハリー・ポッターと魔法の歴史展」主任キュレーター

J.K. ローリングの小説、ハリー・ポッターシリーズは、世界的現象となっています。世界中で膨大な冊数が販売され、数十カ国語に翻訳され、さまざまな年代の読者を感動させてきました。しかし、ハリー・ポッターの世界の中心となっている魔法の伝統について、立ち止まって考えてみた読者は、どれだけいるでしょうか？

「ハリー・ポッターと魔法の歴史展」は、J.K. ローリングの小説に見られる豊かで多彩な魔法の歴史に迫る、初の大規模展覧会です。古代のお守り、中世のマンドレイク、一角獣（ユニコーン。本当に実在した）、煮えたぎる大鍋など、ハリー・ポッターシリーズの登場人物や場面には、歴史や神話に前例のあるものが多数あります。この展覧会では、このような物語を解き明かすとともに、J.K. ローリングが創り出した魅惑的な物語の背景にある発想の豊かさをたたえています。

展覧会では、ハリー・ポッターの本と魔法の歴史に関する貴重な資料が展示されます。まず重要なのがJ.K. ローリング関連の資料で、『ハリー・ポッターと賢者の石』や『ハリー・ポッターと死の秘宝』の興味深い初期の草稿、著者によるスケッチ原画、『ハリー・ポッターと不死鳥の騎士団』の複雑な筋書きの構成案などが展示されています。これらの貴重な展示物はどれも、著者の創造性と技巧、そして著者が生み出した世界の変わらぬ魅力を物語っています。

また、アーティストのジム・ケイ、オリビア・ロメネック・ギル、ダン・シュレシンジャー、佐竹美保の各氏による素晴らしい作品の原画も展示されています。ケイ氏は、ハリー・ポッターの小説のイラスト版を依頼されて制作し、すでに刊行された初めの4巻は、世界中から高い評価を得ています。佐竹美保氏は、日本での『ハリー・ポッターと賢者の石』出版20周年を記念した新装版の表紙をデザインし、オリビア・ロメネック・ギル氏はイラスト版『幻の動物とその生息地』の絵を描きました。展覧会開催に際して惜しみなく参画・支援してくださったこの4名の方々に、心より感謝の意を表します。

さらに、他の追随を許さない大英図書館の収蔵品からの展示もあります。その多くは、このように魔法という幅広い観点からは、今まで取り上げられたことのないものです。展示品には、ギリシャのパピルス、エチオピアの魔除け、中国の薬草書、ペルシャの不死鳥、タイの天宮図などがあります。ハリー・ポッターファンは、レオナルド・ダ・ビンチの手稿をじっくり読み、日本のミイラに驚き、ジョン・グールドの『The Birds of Europe（ヨーロッパ鳥類図譜）』に描かれたシロフクロウに感嘆することでしょう。これらの展示品に加え、他の多数の機関や個人からも希少な収蔵品を借り受けています。

「ハリー・ポッターと魔法の歴史展」の展示は、ホグワーツ魔法魔術学校で生徒が

勉強する科目に従って構成され、魔法薬学（魔法薬学と密接な関係を持ち、魔法薬学をさらに高度にした錬金術も）、薬草学、呪文学、天文学、占い学、闇の魔術に対する防衛術、魔法生物飼育学の各テーマに分かれています。キュレーターたちは、それぞれのテーマで魔法の歴史を深く掘り下げ、魔法薬の調合、占い、薬草の収穫、透明になる呪文も取り上げています。展示の準備をしていくと、展示品の多くに興味深い事実が隠れていたことが分かりました。例えば、レオナルド・ダ・ビンチが「太陽が地球の周りを回っている」と信じていたことを、読者の皆さんは知っていましたか？「アブラカダブラ」の呪文は、元はマラリアを治すためのものだったことを知っていましたか？ 角が２本ある一角獣もいたことを知っている人は何人いるでしょうか？ このような事実の中には、率直なところ、ばかばかしいと言っていいものもあります。占い学で取り上げられている『The Old Egyptian Fortune-Teller's Last Legacy（古代エジプト占い師最後の遺産）』には、「臀部のほくろは、男性にとって誉れを意味し、女性にとって富を意味する」と書いてあります。

ハリー・ポッターの物語は、何世紀も続く民間伝承を起源としています。例えば、将来を予測する占いは長い歴史を持っています。大英図書館で最も古い所蔵品のひとつは、中国古代の甲骨文字のコレクションで、紀元前1600年までさかのぼるものもあります。甲骨文字は、殷王室で占いの儀式に用いられていた獣骨や亀の甲羅（甲骨）に刻まれていた文字です。甲骨はかつて、その不思議な性質から「竜骨」と呼ばれていました。

古代から研究されてきた錬金術は、第１巻『ハリー・ポッターと賢者の石』の中心的存在となっています。この物語では、謎の石がホグワーツに密かに持ち込まれ、３つの頭を持つフラッフィーという犬や、教授たちがいくつも仕掛けた魔法によって守られています。ニコラス・フラメルという人物が重要な意味を持っているらしいことに最初に気付いたのは、ハーマイオニー・グレンジャーでした。ハーマイオニーは、ハリーやロン・ウィーズリーと一緒に図書室でフラメルについて調べますが、思うような成果が出ません。数週間がたったあるとき、ハーマイオニーがいきなり、軽い読み物にしようと思って前から取っておいた古い本を引っ張り出してきました。

ハーマイオニーはヒソヒソ声でドラマチックに読みあげた。
「ニコラス・フラメルは、我々の知るかぎり、賢者の石の創造に成功した唯一の者！」

この古びた本によると、フラメルは著名な錬金術師であり、オペラ愛好家で、年齢は665歳、デボン州でペレネレ夫人と静かに暮らしています。ハリー・ポッターの物語を読んだときに気付かなかった人もいるかもしれませんが、フラメルは実在した人物です。フラメルは中世のパリに住んでいた裕福な地主で、1418年に亡くなっています。この展覧会では、フラメルとその妻が依頼して制作させた聖嬰児（せいえいじ）記念碑を描いた水彩画が展示されています。

ケンタウルスのフィレンツェも、『ハリー・ポッターと賢者の石』で重要な役割を果たしました。フィレンツェは、禁じられた森でハリーを危険から救い、その後の巻ではホグワーツで占い学を教えています。ギリシャ神話に登場するケイローンは、最も偉大なケンタウルスで、名高い医師であり、占星術師でした。展示されている中世の薬草書によると、「Centauria major」（大型ベニバナセンブリ）と「Centauria minor」（小型ベニバナセンブリ）という植物は、ケイローンにちなんで命名されました。この写本には、医術と治療の神であるアスクレーピオスにこの植物を手渡しているケイローンが描かれています。ベニバナセンブリは、ヘビにかまれたときの治療薬として有名でした。ハリー・ポッターのファンなら、ハリーの名付け親のシリウス・

ブラックをよく知っているでしょう。J.K. ローリングの物語の登場人物の名前には、星や星座にちなんだものが多くあり、シリウスもそのひとつです。今回の展覧会では、おおいぬ座について説明している中世の絵が展示されていますが、シリウスはおおいぬ座の星で、英語では「ドッグスター」(「犬星」の意) とも呼ばれ、夜空で最も明るい星です。

魔法使いは長い間、大鍋や箒と結び付けられてきました。この展覧会では、印刷物で初めて魔女と大鍋が一緒に描かれた絵が展示されます。これは、1489 年にドイツで出版された本の挿絵で、2 人の老女がヘビと若い雄鶏を大鍋に入れて、ひょうを伴う嵐を呼び出そうとしているところが描かれています。魔女は醜く、やつれていて、悪魔のようなものであると俗に認識されていますが、その認識の元をたどれば、大きな影響を持っていたこの著書にたどり着くのです。展示の中でも特に奇妙なのは、イングランドのボスキャッスル魔法博物館が所蔵する、魔女が使っていた本物の大鍋です。この大鍋は、魔女たちが集まって浜辺で薬を煎じていたときに破裂したと言われ(ネビル・ロングボトムのようですね)、大鍋の内側は、ねっとりしたタール状のかすで覆われています。

私たちは、魔法使いなら誰でも箒に乗って空を飛べるはず、という考えを昔から刷り込まれています。ケニルワージー・ウィスプは『クィディッチ今昔』で、「マグルの描く魔女の姿には、必ず箒が描かれている」と書いていますが、そのとおりです。展覧会では、柄の色使いが凝っている伝統的な魔女の箒を展示しています。この箒を所有していたデボン州マナトンのオルガ・ハントは、これを魔術に使用し、満月の夜には、ダートムーアにあるヘイトアの岩の周りを跳び回って、カップルやキャンプしている人々を驚かせたと言われています。『The History of the Lancashire Witches (ランカシャーの魔女の歴史)』という題の小さな本も展示されています。この本には、「ランカシャーは、魔女と、魔女による非常に奇妙ないたずらで有名」だと書かれています。著者は匿名で、箒にまたがった魔女が空を飛び呪文をかけている絵に添えられた文章では、「ランカシャーの魔女は、お祭り騒ぎやおふざけを主な楽しみとし、他のどの地域の魔女よりも社交的」だと断言しています。

ハリー・ポッターファンなら、マンドレイクの有害な性質についてよく知っているでしょう。中世の薬草書によると、マンドレイクは頭痛、耳の痛み、精神異常に効きますが、根が人間の形をしていて、ちぎれると叫ぶとされています。大英図書館所蔵の 15 世紀の写本には、マンドレイクを収穫する正しい方法が説明されています。まず、ひもの端をマンドレイクに取り付け、もう一方の端を犬に取り付けます。次に、角笛を鳴らしたり、肉で誘ったりして犬を呼び寄せると、マンドレイクが犬に引っ張られるというものです。似たような絵は多数あり、この写本とともに展示するものとして、さまざまな本が検討されましたが、最終的に、14 世紀の図説薬草書が選ばれました。この薬草書は、ローマ軍の軍医、ペダニウス・ディオスコリデスの著作をアラビア語に翻訳して記載したものです。ディオスコリデスは、マンドレイクの雄と雌(「マンドレイク」と「ウーマンドレイク」と名前を変えたほうがいいかもしれません) を初めて区別した人のひとりです。空想家の人には残念なことですが、現代科学では、この区別は正しくないとされています。地中海沿岸地域原産のマンドレイクには複数の種がありますが、同じ植物に雄と雌があるわけではありません。

この展覧会は、人間の冒険心と努力の物語であふれています。エドワード・チャールズ・バーンズの絵画「An Alchemist (錬金術師)」には、実験中なのか、何かを発見した様子の錬金術師が描かれています。錬金術師は掲げたガラスの薬瓶の中をじっと見上げ、周りには実験の装置や残骸が散らばっています。エリザベス・ブラックウェルは、夫のアレクサンダーを債務者刑務所から釈放させるのに必要な資金を集め

.Ebulus qō. dy. actidisse greco nōic
camecactis. a'. cammi. a'. mecos afro
tides a'. necte. hoc galli. ebucone.
daci. olma. a'. aciodactilone aut
odicus. a'. ethios. a'. cameacta.

るため、著書『Curious Herbal（新奇な薬草）』の挿絵を自ら描き、版を彫って印刷し、手で彩色しました。アレクサンダーは、エリザベスがロンドンのチェルシー薬草園でスケッチした植物の名前を教えることで執筆を助け、エリザベスは、ついに債務を免除してもらうことができました。釈放されたアレクサンダーは、妻の恩に報いることなくスウェーデンに行ってしまい、フレドリク１世に仕えましたが、政治的陰謀に関与したとして処刑されました。「ハリー・ポッターと魔法の歴史展」で展示されている、悲しい経緯を秘めた『Curious Herbal』のページには、エリザベス・ブラックウェル自身の手による注釈が書かれています。

魔術に基づく昔の助言は、現代から見るとかなり奇妙に感じられるものもあります。カラカラ皇帝に仕えた医師のクイントゥス・セレヌス・サンモニクスは、「アブラカダブラ」の呪文を記したものをお守りとして首の周りに着け、亜麻、サンゴ、またはライオンの脂で固定するよう勧めています。エチオピアには、さまざまな動物に変身することができるまじないがあります。ただし、それを元に戻すまじないはありません。このまじないは次のようなものです。

これらの秘密の名前を、赤いインクで白い絹の布に書く。ライオンに変身するには、その布を頭に縛り付ける。ニシキヘビに変身するには、腕に縛り付ける。ワシに変身するには、肩に縛り付ける。

ハリー・ポッターの本には、魔法の生き物が多数登場します。J.K. ローリング自身が創り出したものもたくさんありますが、すでに広く世に知られているものもあります。読者の皆さんは、中世の動物百科事典に不死鳥についての記載があったことを知っていましたか？ 手描きの挿絵が入った13世紀の動物寓話集には、「フェニックス」について詳しい記述があり、自らを火葬する不死鳥が描かれています。この写本によると、神話上の鳥フェニックスの名は、色が「フェニキアの紫」であるところから来ており、アラビア原産で、500年生きられるとされています。昔の言い伝えでは、不死鳥は、自らを火葬するために枝や葉を積み重ね、翼で炎をあおって焼死し、３日間が過ぎると灰の中からよみがえるとされていました。

『ハリー・ポッターと炎のゴブレット』には、三大魔法学校対抗試合の様子が描かれています。この試合の第２の課題に取り組むハリーは、ホグワーツの黒い湖で、歌う水中人の一団に遭遇します。J.K. ローリングは、水中人を『ハリー・ポッターと秘密の部屋』の冒頭にも登場させようと考えていましたが、考えが変わったそうです。ローリングがのちに書き直した、ある章の草稿では、当初、ロンとハリーが操縦する空飛ぶフォード・アングリアが、暴れ柳でなく湖に突っ込むことになっていました。湖の中で、２人は初めて人魚を見ます。

下半身はうろこがある暗い灰色の大きな魚の尾で、首周りには貝殻や小石をつないだものをいくつかかけている。皮膚は血の気がなく、銀色を帯びた灰色で、ヘッドライトにきらめく目は暗く、恐ろしげだ。

この描写は世に出ることはありませんでしたが、「人間を誘惑して海に引き込む、少しばかり不吉な存在として有名な生き物」として昔から描かれてきた人魚を反映しています。今回展示される「本物」の人魚の標本は、大阪の瑞龍寺から借り受けたもので、目を大きく見開き、魚の尾を持っていますが、実際にはまがい物です。このような標本は、科学的に分析した結果、さまざまな動物の一部や、木、粘土、張り子でできていることが分かっています。

ハリー・ポッターの世界についての展覧会に絶対に欠かせないと言えるのが、神話

上の生き物の中でも特に不思議な一角獣です。一角獣とその血は、『ハリー・ポッターと賢者の石』でヴォルデモートが生き続けるための鍵となりました。中世の民間伝承では、一角獣の血、たてがみ、角は、長い間、薬効があるとされてきました。神話に登場する一角獣は、形も大きさもさまざまです。東ローマ帝国の著述家マヌエル・フィレスの詩では、イノシシの尾を持ち、ライオンの口を持つ野獣として、一角獣が描写されています。ピエール・ポメーの『Histoire générale des Drogues（薬剤全史）』には５種の一角獣が描かれ、そのうち１種は、いささか皮肉なことに２本の角を持っていて、ピラスーピと呼ばれています。

　想像によって生み出された美しいバジリスクが、動物寓話集の中に何世紀も隠れていたのを発見するときや、賢者の石の秘密を明かしてくれそうな装飾巻物を慎重に広げるとき、また、何世紀も前の薬草書の土くさい匂いを吸い込むとき、私は、魔法の歴史との間に、生きたつながりを肌で感じます。この魔法のような素晴らしい体験を、皆様にもぜひ共有していただきたいと思います。この本をひざに置いてソファでくつろぐ方にも、兵庫県立美術館または東京ステーションギャラリーで展示物を見て回る方にも、たくさんの宝物が待っています。「ハリー・ポッターと魔法の歴史展」の驚くほどのコレクションを眺め、皆様もその魔法に魅せられることを、願ってやみません。

追伸―どうしたら透明人間になれるのか、疑問に思っていた方もいるでしょう。『知識の鍵と呼ばれるソロモン王の書』という題の 17 世紀フランスの写本には、以下の言葉を唱えるだけでいいと書かれていますので、どうぞお試しください。ただし、呪文が効かなくても責めないでください！

Saboles, Habaron, Eloy, Elinuigit, Gabeloy, Semiticon, Melinoluch, Labanitena, Neromobel, Calemete, Balui, Timaguel, Villaguel, Tevenies, Serie, Jerete, Barucâba, Athonavel, Barachabab, Athonaveli, Eraticum, Sarcerluy – la parlequel vous avec l'empire et le pouviour surles hommes il faux que vous parachevier cet ouvrage affinque je puisse aller a demourer Invisible.

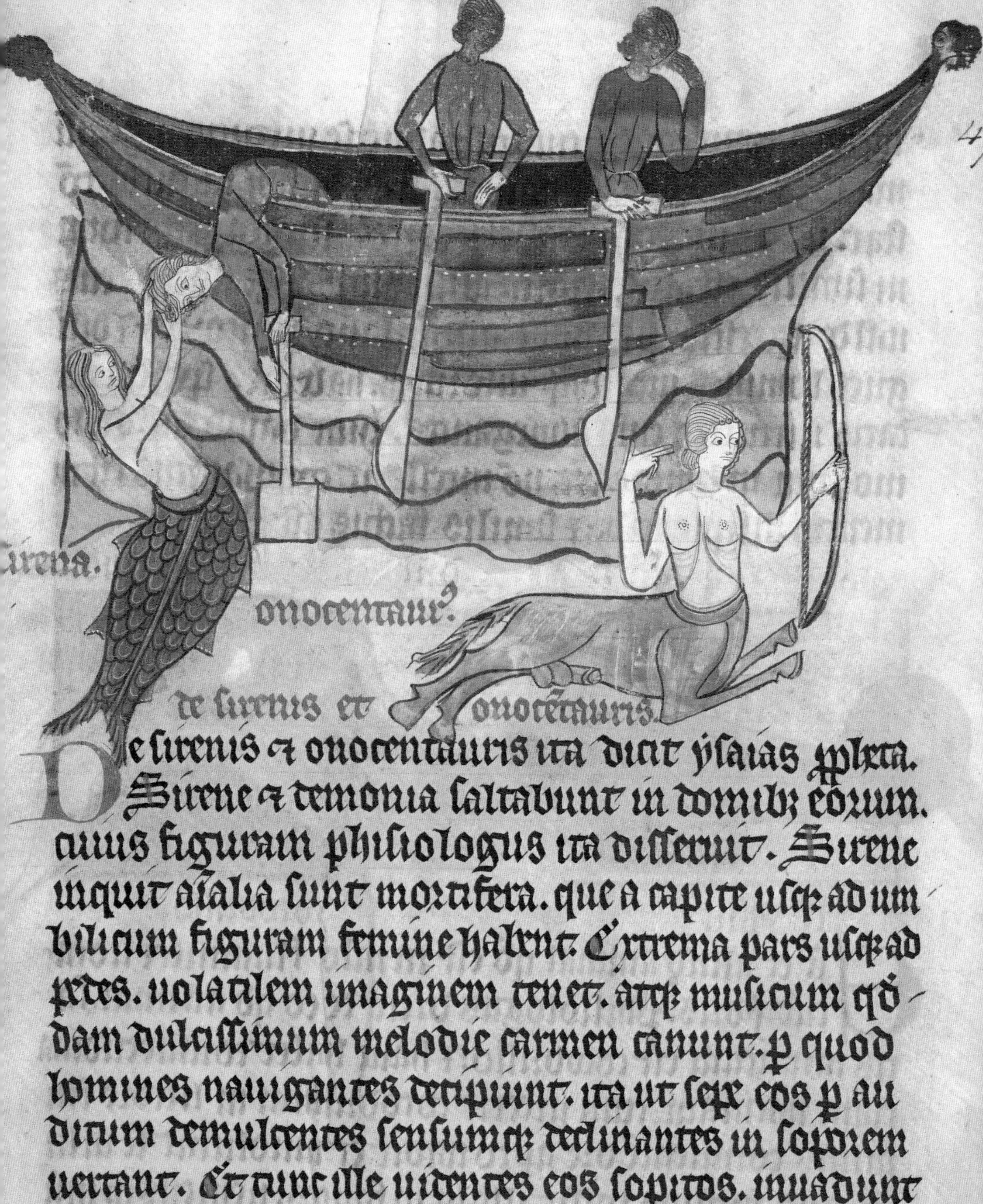

De sirenis et onocentauris ita dicit ysaias propheta.
Sirene et demonia saltabunt in domibus eorum.
cuius figuram phisiologus ita disseruit. Sirene
inquit animalia sunt mortifera. que a capite usque ad um
bilicum figuram femine habent. Extrema pars usque ad
pedes. uolatilem imaginem tenet. atque musicum quo
dam dulcissimum melodie carmen canunt. per quod
homines nauigantes decipiunt. ita ut sepe eos per au
ditum demulcentes sensumque declinantes in soporem
uertant. Et tunc ille uidentes eos sopitos. inuadunt

人魚―受肉化した幻獣

岡本 弘毅・兵庫県立美術館学芸員
Koki Okamoto

本展の「闇の魔術に対する防衛術」と「魔法生物飼育学」の各章では、ハリー・ポッター・シリーズに登場する幻獣に関する資料が紹介されている。それらは、夢と奇想に満ちた世界の脇役たちの出自を探るうえでいずれ劣らず興味深いが、奇妙さという点でひときわ異彩を放つのが人魚などの幻獣ミイラである。人間の想像力によって生み出された幻獣が絵や言葉で表されるのは別段不思議ではないが、ミイラという現物が存在するのは本質的に矛盾を孕んでいる。

もちろん、ミイラと呼ばれていても本物ではなく、それらの多くは18世紀から19世紀にかけて日本で作られたとされる。現在、国内に残る作例は、寺社に伝えられたものが大半である。例えば、静岡県富士宮市の天照教社や和歌山県橋本市の学文路苅萱堂が所蔵する人魚のミイラ、大分県宇佐市の十宝院大乗寺が所蔵する鬼のミイラ、新潟県長岡市の西生寺が所蔵する雷獣のミイラ、和歌山県御坊市の神社に伝えられた烏天狗のミイラ（現在は御坊市歴史民俗資料館蔵）などである。作り物とはいえ相手は超自然的な妖怪や幻獣、祟りや障りを畏れて寺社に奉納されたであろうことは想像に難くない。あるいは、当初より寺社が厄除けや病気平癒の縁起物としてこうした幻獣のミイラを作らせて、折に触れて参拝客に開帳する場合もあったかもしれない。

一方、こうした日本産の幻獣ミイラは、欧米にも輸出され、見世物興行などに使われた。本展オリジナル会場の大英図書館で展示された大英博物館の人魚、本展ニューヨーク会場で展示されたホーニマン博物館の人魚、あるいはライデン民族学博物館が所蔵する数種の幻獣などは、西欧に残された代表的な作例である。こうした幻獣、とりわけ人魚のミイラの欧米での受容には、いかなる歴史的背景が存在するのだろうか。

➢ 瓦版「人魚図」
早稲田大学演劇博物館蔵

人魚のイメージの変遷―神話から見世物へ

そもそも人魚という存在を一言で説明するなら、人間の身体と魚類の身体が混在した幻獣ということになる。こうした半人半魚のイメージの類型は、時空を超えた世界各地で散見される。例えば、古代メソポタミアのバビロニアやアッシリアでは、オアンネスやダゴンといった神々がそうした姿であった。前者はフローベールの『聖アントワーヌの誘惑』やそれを基にしたルドンの油彩画・版画に登場し、後者はラヴクラフトのクトゥルー神話のキャラクターとなるなど、始原的な神のイメージとして後々まで命脈を保った。一方、古代中国の地理書『山海経』には、赤鱬、氐人、陵魚といった人魚のバリエーションが記載されていたとされる。

古来、中国から文化的に大きな影響を受けた日本でも、人魚に関する伝承や図絵が数多く存在する。とりわけ有名なのが、佐渡や福井など各地に伝わる八百比丘尼の伝説である。とある娘が人魚の肉を食べたところ不老長寿の命を得、尼僧となって

➢『肥後国海中の怪
(アマビエの図)』
京都大学附属図書館蔵

人魚圖
一名海雷
文化二丑五月

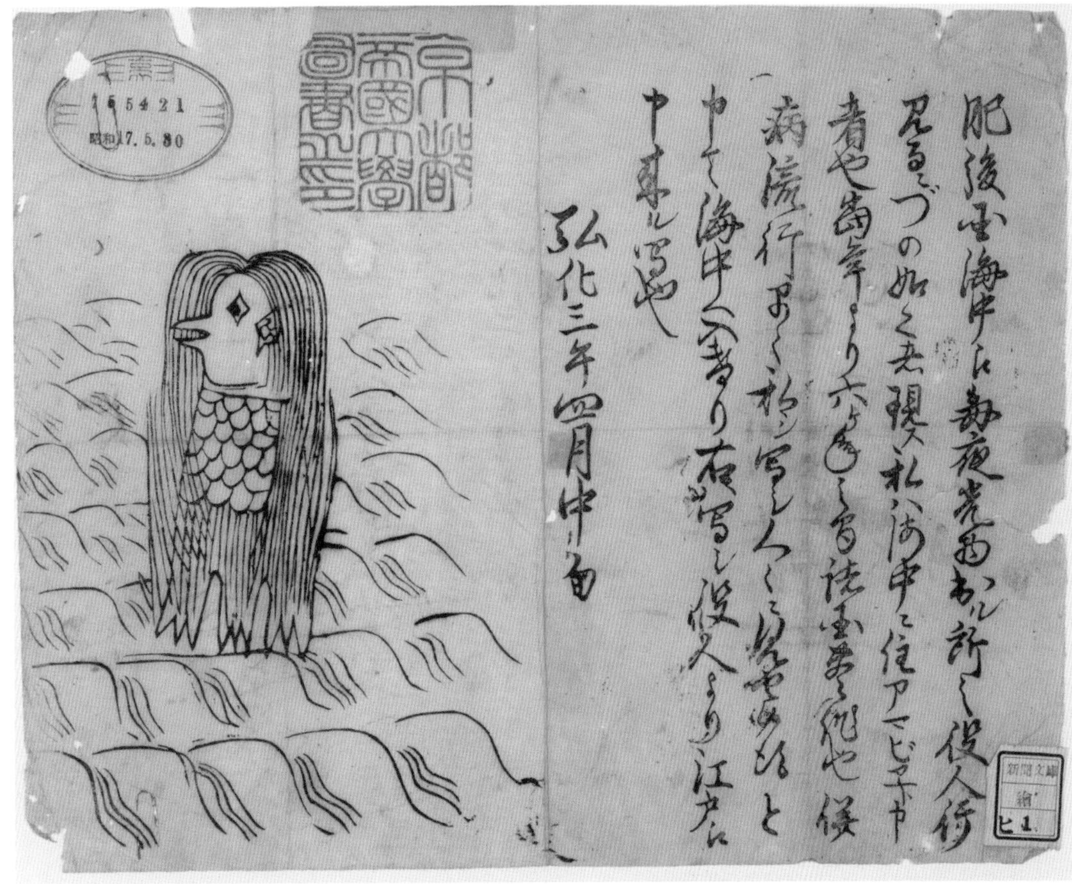
肥後国海中ニ毎夜光物出ル所え役人行見るにつの如くもの現ス私ハ海中ニ住アマビヱト申者也当年より六ヶ年之間諸国豊作也併病流行早々私シ写シ人々ニ見せ候得と又海中へ入りけり右ハ写シ役人より江戸え申来ル写也
弘化三年四月中旬

800年生きたという。また、江戸時代の瓦版では、人魚が出現した事例が度々報告された。文化2年（1805年）に越中国（現・富山県）で捕獲されたという巨大な鬼面の人魚は、「此魚を一度見る人は寿命長久し悪事災難をのがれ一生仕合よく福徳幸を得る」と伝えている（p.17上）。熊本の人魚アマビエも、その姿を描いた札を貼ると疫病を防いでくれるとされ、今なおcovid-19への効能が期待されている（p.17下）。日本では、人魚をはじめとする幻獣は往々にして人に有益な超自然的能力を持つとされ、ミイラという現物が寺社に残されたのもこうした霊験への信仰によって裏付けられる。

このように、古今東西様々な文化圏に繰り返し出現する人魚は、人類が創造したもっとも普遍的な幻獣であろう。とはいえ、今日一般に流通する優美で妖艶な人魚のイメージは、西洋近代の美術や文学において確立されたことは否めない。

19～20世紀、ロマン主義や象徴主義の画家たちは、“宿命の女(ファム・ファタール)”の表象として、人魚やそれに類する水の精霊を頻繁に描いた。例えば、本展出品のウォーターハウスの《人魚》(1900年、ロイヤル・アカデミー）がそうであるし、他にもレイトンの《漁師とセイレーン》(1858年、ブリストル市立美術館)、バーン＝ジョーンズの《深海》(1887年、ハーバード大学フォッグ美術館)、クリムトの《水蛇Ⅰ》(1904/1907年、ベルヴェデーレ宮オーストリア絵画館）など枚挙に暇がない。現代の我々が人魚に対して抱くエロティックなイメージは、これらの絵画に因るところが大きい。

一方、文学作品としては、何といってもアンデルセンの『人魚姫』(1837年）が有名である。ブレンターノやハイネが詠ったローレライ、あるいはフーケの『ウンディーネ』(1911年）に登場する妖精も、悲しい運命を辿った人魚姫の眷属と呼んで差し支えあるまい。澁澤龍彥によれば、このような文学における人魚の系譜は、14世紀頃からフランスに伝わるメリュジーヌの伝説に端を発する。これは、人魚あるいは

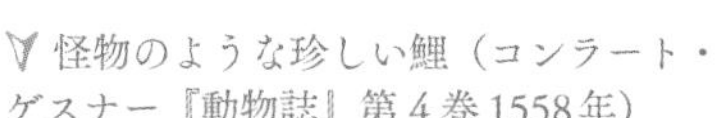

▽怪物のような珍しい鯉（コンラート・ゲスナー『動物誌』第4巻1558年）

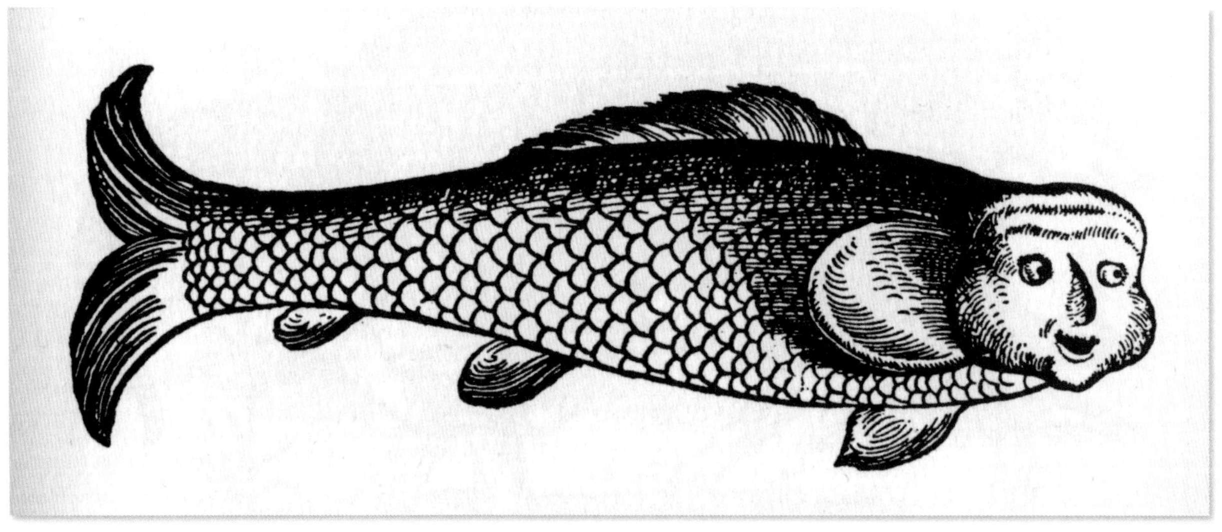

蛇の精霊が素性を隠して人間の男に嫁ぐも、やがて正体が露見して破局するという典型的な異種婚姻譚である。

また、美しい歌声で船乗りを惑わせて船を難破させるセイレーンも、ロマン主義時代の人魚モチーフの源流である。こちらは元々ギリシャ神話に登場する幻獣で、『オデュッセイア』に基づく壺絵では半人半鳥の怪物として描かれたが、中世以降しだいに半人半魚のイメージに取って代わられた。本展に出品されている13世紀の動物寓話集にも、人魚の姿のセイレーンが船乗りを海中に引きずり込もうとする様子が描かれている。『ハリー・ポッターと炎のゴブレット』に登場する水中人（マーピープル）という一族も、こうした人魚の末裔だろうか。

本来、神話的あるいは象徴的な存在であった人魚をあたかも実在の生き物であるかのように扱う態度は、特に近世ヨーロッパにおいて顕著となる。16世紀から17世紀にかけてのいわゆる大航海時代、世界の急速な拡大と未知の動植物の発見への好奇心や探求心が数多くの博物学的出版物を生み出した。ゲスナーの『動物誌』(1551-58年)を筆頭に、パレの『怪物と驚異』(1573年)、トプセルの『四足獣誌』(1607年)、ヨンストンの『鳥獣虫魚図譜』(1650-53年）などである。

これらの出版物には、実在の生物だけでなく架空の生物が数多く記載されており、人魚に類するものも含まれている。例えば、『動物誌』には、魚の身体に顔だけが人間の姿をした、人面魚の一種のような人魚が出てくる（p.18）。人魚のイメージは、ジュゴンやマナティといった実在の水棲動物の印象が反映されて作られたともいわれるが、この絵などがそれに当てはまりそうだ。

より奇妙な姿の人魚としては、同じく『動物誌』に掲載されたセイレーンあるいは「海のサテュロス」が挙げられる。こちらは、人間の女の上半身と魚の下半身を合わせた人魚でありながら、頭部には山羊の角と肉食獣の口を備えている（p.19左上）。あるいは、同書や『怪物の驚異』などに出てくる「海の司教」は、尖った頭部と胴体

海のサテュロス（コンラート・ゲスナー『動物誌』第4巻 1558年）

海の司教（コンラート・ゲスナー『動物誌』第4巻 1558年）

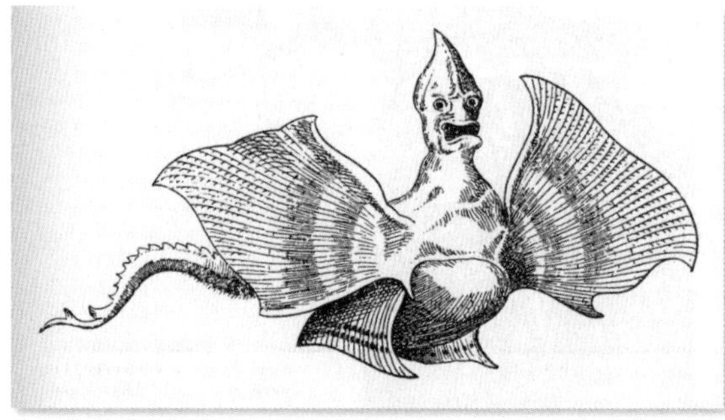

エイから作られたドラゴン（ウリッセ・アルドロヴァンディ『蛇竜誌』1640年）

を鱗で覆った半魚人といった体である（p.19右）。今日の我々からすると現実離れした怪物に見えるが、彼らも何らかの動物をモデルにしたものなのか。あるいは、世界が拡大しても依然未知の領域であった海の住人にふさわしいイメージが創造されたのか。

さらに、これらの書物には、今日ジェニー・ハニヴァーの名で知られる奇怪な生物が度々登場する。『怪物の驚異』に掲載された「熊の頭と猿の腕を持つ海の怪物」や、本展にも出品されたアルドロヴァンディの『蛇竜誌』（1640年）などに出てくる、三角形の頭部と巨大な菱形の翼をもつドラゴン（p.19左下）などである。こうした不気味な怪物たちの正体は、実在の魚であるエイの仲間を加工したもので、ゲスナーやパレはこのことをすでに看破していた。

ジェニー・ハニヴァーも、幻獣ミイラと同様、人工の怪物であるにもかかわらず好事家の蒐集の対象となった。近世には、西洋のみならず遠く極東にまでその作製方法が伝播したと考えられる。つまり日本では、幻獣ミイラとジェニー・ハニヴァーが並行して作られていたことになる。両者に直接の因果関係があったかは定かでないが、別系統の人魚が同時期の日本で実体化されていた事実は興味深い。因みに、新潟の寺泊では、21世紀になってもガンギエイを加工したジェニー・ハニヴァーの販売が細々と続いている（右）。また、江戸期の日本には、ヨンストンの『鳥獣虫魚図譜』などが持ち込まれている。それらに含まれる奇怪な人魚のイメージが日本のそれに影響を与えた可能性も否定できない。

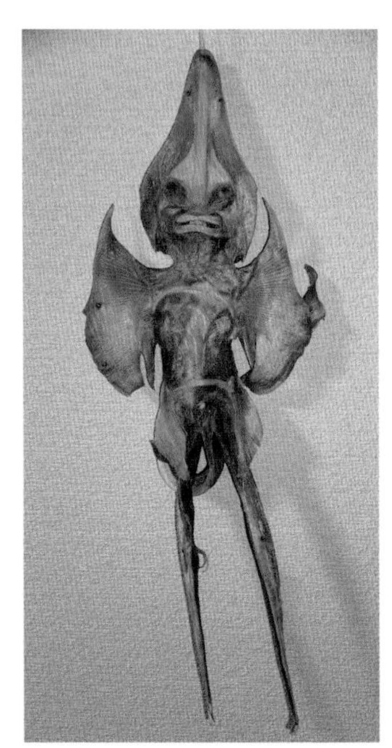

◁ ジェニー・ハニヴァー
2000年頃
個人蔵

上記のような、近世の博物誌に記載された人魚たちは、人々が人魚という存在に対して継続的な興味を抱き続けてきたことの証である。この一種普遍的とも言える人魚への関心は、啓蒙主義を経験した後の近代においても、とりわけ見世物という形で継承されることとなった。人魚の標本はかなり古くから制作されていたらしいが、その存在が歴史的に注目されるのは18世紀以降のことである。ヨーロッパやアメリカでは、18世紀末から19世紀にかけて、人魚のミイラを陳列する見世物が大いに流行した。特に有名なものとしては、1822年にロンドンのセント・ジェームズ・ストリートで公開された人魚が挙げられる。

この人魚は、アメリカのボストンから来たサミュエル・イーディスなる人物がインドネシアのバタヴィアでオランダ人あるいは日本人から購入したものとされ、新聞記事や市民の話題になっただけでなく、科学雑誌でも、猿の上半身と鮭の一種を接合したものではないかといった議論がなされた。当時のイラストを見ると、直立するような姿勢で円筒型のガラスケースに収納展示されていたことがわかる（p.21）。上半身のポーズや表情、尾鰭の手前を折り曲げた下半身の様相は、大英博物館や学文路苅萱堂の人魚とよく似ている。片手を額の傍に置いて牙の生えた口を大きく開けた仕草は泣き叫んでいるようにも見え、おぞましくも痛ましい印象を当時の観客に与えたことだろう。同じ19世紀に美術や文学に表された美しい人魚と懸け離れた姿は、別個の進化の道を辿った成れの果てといった風情である。

▷ ジョージ・クルックシャンク
《人魚！ セント・ジェームズ・ストリート39番地のターフ・コーヒー・ハウスにて現在展示中》1822年
大英博物館蔵

Etched by Geo. Cruikshank

Pub by G Humphrey 27 St James's St London Octr 20th 1822

The Mermaid!

Now Exhibiting at the Turf Coffee-house
39 St James's Street.

▽人魚（フランシス・バックランド『自然史の珍奇』第４巻　1882年）Francis Buckland, Curiosities of Natural History, 4th series, 1882

約20年後、この人魚は、イーディスの遺族からモーゼス・キンボールという興行師の手に渡り、彼が経営するボストン博物館という見世物施設で展示された。また、稀代の興行師フィネアス・テイラー・バーナムが、1842年にキンボールからこの人魚を借り受け、自らが経営するバーナムズ・アメリカン・ミュージアムにて、フィジー諸島で捕獲されたという設定で公開したところ、再び大きな評判を呼ぶこととなった。こうして人魚ミイラの代名詞となった"フィジー・マーメイド"だが、残念なことに1865年のバーナム博物館の火事あるいは1880年頃のボストン博物館の火事により焼失してしまった。

一方、イギリスでも、人魚の見世物は継続的に開催されており、例えば、著名な古生物学者ウィリアム・バックランドの息子フランシス・バックランドは、リージェント・ストリートで1850年代に公開された人魚について、イラストを交えながら詳細に報告している。彼によれば、この人魚は全長25インチ、擬人的な上半身と鯉の下半身をもち、上半身の姿勢はスフィンクスのようである。そのイラストを見ると、現在ホーニマン博物館が所蔵する人魚ミイラとよく似た姿をしている（p.22）。さらに興味深いのは、歯についての次のような記述である。「大きく開けた唇の後ろには、軍隊のように二列に整列した歯の列があり、（…）奥歯は円錐形、前歯は小さな牙のように突き出している。ナマズの歯であることはほぼ間違いない。」（註1）

この描写は、後述の瑞龍寺の人魚や河童の歯にもほぼ当てはまる。少なくとも、口の部分を下半身の魚とは別種の魚のものを用いるという点が技法的に共通している。バックランドが報告したこちらの人魚も、日本で作られた蓋然性が高いのではないか。見世物としての人魚がヨーロッパで大量に消費されたのは、18世紀末から19世紀のことであり、日本で幻獣ミイラの生産が盛んだった時期と重なる。現存数の多さから見ても、日本産の幻獣が相当のシェアを占めていたと推測できる。フィジー・マーメイドは、その来歴からしてインドネシアで作られたという説もある。それが正しければ、人魚のミイラの作製が日本だけでなく同時期の東アジアに広く共有されていたことになる。

瑞龍寺の幻獣ミイラ

今回、本展日本会場で大英博物館の人魚に代わって紹介するのは、瑞龍寺（通称・鉄眼寺）が所蔵するミイラである。大阪・難波の街中に位置する瑞龍寺は、鉄眼版一切経の開刻者として名高い鉄眼道光禅師が開山の由緒ある寺院である一方、人魚、河童、龍という三種の幻獣のミイラを所蔵していることでも知られる。現住職の住谷瓜頂氏によれば、これらにはいくつかのいわくがあり、堺の豪商・万代四郎兵衛が明から輸入したものだとか、堺の海岸に漂着したものであるなどと伝えられていたが、1945年の大阪大空襲で資料が焼失したため詳細は不明となった。1975年に再制作されたケースの背板には、天和二年（1682年）に瑞龍寺に寄贈された旨が記載されている。これが事実であれば、フィジー・マーメイドより100年以上前の作例ということになる。以下では、これら三体のうち人魚と河童について見ていくことにしたい。

まずは人魚のミイラから。幻獣ミイラのうち、もっとも豊富な類例が残されているのが人魚のミイラである。国内外に現存するそれらは、山口直樹によれば、腹這いのポーズを取るものと仰向けのポーズを取るものとに大別できる（註2）。前者のタイプには、奄美大島の原野農芸博物館や香川県琴平町の金刀比羅宮が所蔵する人魚などが含まれる。先述したリージェント・ストリートの人魚や本展ニューヨーク会場でも展示されたロンドンのホーニマン博物館所蔵のミイラもこのタイプである。一方、後者の代表例としては、大英博物館、ライデン国立博物館、そして、ここに見る瑞龍寺の人魚が挙げられる（p.235）。

直方体のガラスケース内に斜めに安置されたそれは、体を曲げた状態で90cmほどのサイズ。上半身が人間、下半身が魚という典型的な人魚の姿をしている。広い月代に蓬髪という落武者のような髪型や、口角から頬にかけて疎らに生えた髭から見て、男性人魚（マーマン）と断じてよいだろう。毛髪のないものも多い人魚のミイラにあって、黒々とした頭髪を有する本作は稀有な例であり、人毛あるいは野生動物の体毛が使われていると思われる。首から下の上半身は、細長い腕と手指、肋骨の浮き出た胸部が亡者や餓鬼、例えば河鍋暁斎の幽霊図を彷彿とさせ、胸骨の部分を大きく窪ませた造形が特徴的である。

一方、下半身は鱗に覆われた魚そのものであり、フィジー・マーメイドと同様に尾鰭の手前で折り曲げられている。こうした人魚のミイラを制作する際には、上半身には日本猿の剥製が、下半身には鮭や鯉などの大型魚の剥製が使われることが多かったとされ、本作もその製法を踏襲している可能性が高い。保存状態は総じて悪く、手指や歯に欠損が認められるほか、下半身の右側面に大きな損傷の跡が認められるが、その部分に和紙を使ったとおぼしき材料が露出しており、作製方法を調べる手掛かりになりそうだ。

再び上半身に目を移せば、身体に比して大振りな頭部と巨大なドーム状の両眼がひときわ存在感を放っている。目玉の中央部は円形にくり抜かれており、何やら白いものが嵌められているのだが、片方外れている。また、前に突き出た幅広な口には、大小の鋭い牙が並んでいる。この口周りは、下半身に使われたものとは別種の魚のものをそのまま移植したものであろう。全体的に多様な素材を駆使した凝った作りがなされている。

次に河童のミイラ。河童は河太郎とも呼ばれ、日本の水棲の幻獣としては人魚と並んでポピュラーな存在である。広義の人魚の範疇に入れることができるだろう。儒学者の古賀侗庵（とうあん）が1820（文政3）年 に編纂した『水虎考略』には、日本各地残された河童の伝承や目撃談などがまとめられており、子供のような体躯、頭上の皿、背中の亀の甲羅、水掻きのついた手足など、この幻獣に対して今日の我々が普遍的に抱く図像学的イメージがすでに認められる。書名にある水虎とは、『本草綱目』にも登場する中国古来の幻獣で、全身を硬い鱗で覆われるなど本来河童とは別の存在であるが、江戸時代に土着の幻獣であった河童と習合されたと言われる。

河童は、川や池で泳いでいる人間を襲って溺れさせ、内臓の一種とされる尻子玉を抜いて殺してしまう怪物として恐れられた。例えば、三重県に伝わる河童の一種である小法師は、漁をする海女を襲ったという。『ハリー・ポッターとアズカバンの囚人』でも、「何も知らずに池の浅瀬を渡る者を水中に引っ張り込み、水かきのある手で絞め殺」そうとする邪悪な存在として記述されている。

だが、その一方で河童は、胡瓜を欲しがったり、人間を相撲に誘ったりする剽軽者としても知られる。こうした恐怖と親愛という二律背反的性格の共存は、欧米におけるゴブリン、コボルト、グレムリンのように、他の地域の妖精にもしばしば認められる。河童の場合、特に近現代では、例えば小川芋銭の日本画や水木しげるや小島功の漫画に見られるように剽軽さや親近感が強調される傾向が強い。

ここに見る河童のミイラにも、恐ろしさの中にユーモラスな気配が漂う（p.193）。一般に河童の特徴とされる先述の諸要素、頭の皿、背中の亀甲、手足の水掻きは、ここでは認められない。が、一目で河童と同定しうるのは、口や目など顔面の表現の巧みさゆえであろう。身長は70cm程度とやや小振りだが、細く痩せさらばえた体躯に丸く大きな頭部というアンバランスな組み合わせは、人魚のミイラと共通している。浮き出た肋骨に挟まれた胸骨部分の抉られたような造形、細長い指、丸く大きな眼球と瞳などもそうである。

突出した幅広の口も人魚のそれと似た形をしており、内側に大小様々なサイズの鋭い歯をびっしりと複数列並べた様子が窺える（下）。これは、バックランドが報告した人魚と同様、ナマズやアンコウのような底生魚の口を想起させる。人毛とは明らかに違う赤い獣毛ではあるが、頭部に毛髪が植えられている点も人魚と共通している。このような形態や素材における共通項の多さから、二体のミイラは同一の工房で制作された可能性が高い。

これらの幻獣ミイラは、本来の住処である異界から現実世界へと実体化した存在である。特に人魚の場合、ミイラという現物として数多く残っているのは、八百比丘尼の伝説が示すように、食べることのできる対象、実体ある存在として認識されていたことの反映であろう。一方、ヨーロッパでも、前節で見たように人魚は長く実在性への関心が寄せられてきた幻獣であり、その最大の具現化が日本産の人魚のミイラに求められたのではないだろうか。さらに、それらのミイラが生産される契機のひとつがヨーロッパの人魚のイメージにあったとすれば、今日ミイラという形で姿を留める人魚は、西洋と東洋の幻獣の遺伝子が複雑に絡み合った、いわばハイブリッドな幻獣ということができるだろう。

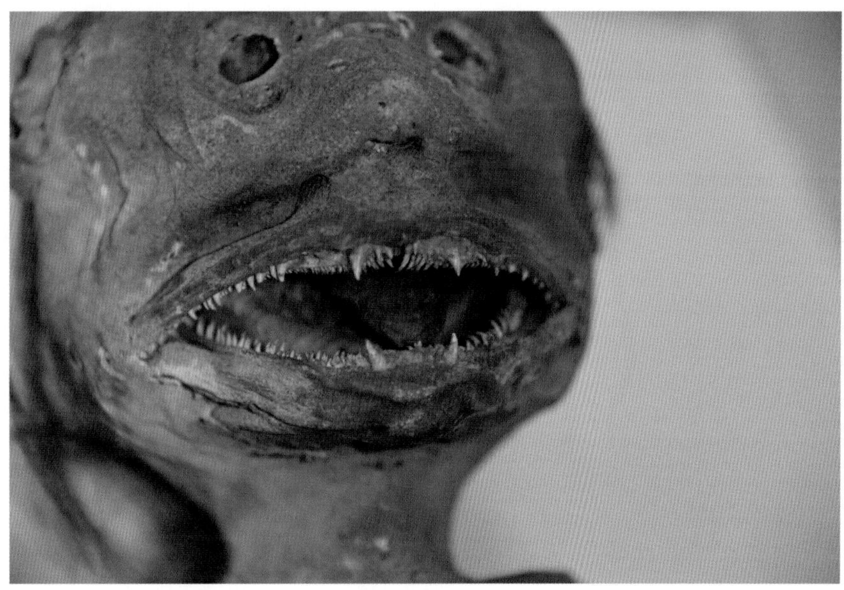

▲ 河童ミイラの頭部

（註 1）Frank Buckland (1882), Curiosities of Natural History, 4th series, WWTHE POPULAR EDITION, pp.134-139
（註 2）山口直樹、『妖怪ミイラ完全 FILE』、学研、2010 年

鏡が映してきたもの

柚花 文・東京ステーションギャラリー学芸員
Aya Yuzuhana

ハリー・ポッターの物語には、数々の魅力的な魔法の道具が登場しますが、そのひとつに「鏡」があります。例えば、透明マントを被って深夜のホグワーツを探索していたハリーが偶然に見つけた「みぞの鏡（Mirror of Erised)」は、心の奥底にあって自分でも気づいていない強い願望を映し出すもので、ハリーがその前に立つと亡くなった家族の姿を浮かび上がらせます。また、対をなす手鏡サイズの「両面鏡（Two-way Mirror)」は、離れた場所にいるもう一方の鏡の持ち主を映し、会話をすることができるという携帯電話さながらの機能を持っています。かつてハリーの父が使っていた両面鏡の一方をシリウス・ブラックから渡されたハリーは、シリウスの死後、この鏡の使い方に初めて気づきますが、呼びかけても応答のない苛立ちからつい鏡を割ってしまいました。そして、かけらとなった鏡は物語の終盤に再登場します。分霊箱と死の秘宝の究明に夢中になるあまり死喰い人に追い詰められ、マルフォイの館の地下牢に閉じ込められたハリーは、持ち合わせていた鏡の中で輝く目に向かって助けを求めます。そして、このとき対の鏡の向こうにいたダンブルドア校長の弟アバーフォースの機転によってハリーはなんとかこの窮地を切り抜けることができました。

鏡は、現在では誰もが手にすることのできる日用品ですが、人類の長い歴史においては、洋の東西を問わず、ときには神秘的な道具として祭祀や呪術に用いられ、また、文学や美術の世界においては重要なモチーフのひとつとして多くの芸術家が扱ってきました。特に西洋の古典絵画では、その前に立つことでありのままの姿を映し出す鏡は「真実」の寓意を含むもので、自らの姿を見て内省する「賢明」さと、その反対に外見を飾りたてて自己陶酔する「虚栄」、という両極端な人間の性質をほのめかす象徴として描かれる一種の決まり事があります。また、鏡の物理的な特性をとらえ、視覚的トリックの小道具として用いられる例も少なくありません。日本においては鏡に、西洋ほど明確な寓意性や象徴性を持たせることはあまりありませんが、民間伝承を掘りこしてみると鏡にまつわる興味をそそられる例も見られます。ここでは、鏡がどのような役割を負い、何を映してきたのかについて考えてみます。

私たちが想像する鏡は、あのガラス製の鏡ですが、それより以前は銅であり、鉄や石であり、さらに遡れば水でした。水面の反射を利用する水鏡は今でも私たちのごく身近にあるものです。この水鏡でまず思い起こされるのは、広く知られるギリシャ神話でしょう。狩人ナルキッソスは、その美貌ゆえ多くの求愛を受けますが、冷たくあしらい続け多くの者を傷つけました。これを知った復讐の女神が罰を与え、泉に映る彼自身の姿に恋心を抱くようにしてしまいます。どんなに想いを募らせても手に入らないことへの憔悴から、彼は遂には息絶えるのです。カラヴァッジョは《ナルキッソス》(p.27）で、生身のナルキッソスと虚像としての彼自身を、明暗によって画面の

➢ ミケランジェロ・メリージ・ダ・カラヴァッジョ《ナルキッソス》
(1599年頃、油彩・カンヴァス)
バルベリーニ宮国立古典美術館蔵

上下に描き分けていますが、水鏡は二つの世界の間にある決して越えることのできない境界であり、また、二人をつなぐ唯一のものでした。鏡を介して訪れるナルキッソスの悲劇は、虚栄や自己愛に満ちたナルシシズムの愚かさの教訓でもあります。

もう少し形ある鏡の話をすると、世界各地のあらゆる古代文明の出土品から石や金属の鏡が見つかっていることからもわかるように、単に姿を写すだけでなく、光を集めたり反射したりすることもできる鏡は古代の人々にとって神秘と畏敬の対象でした。特に太陽神を崇める人々にとっては信仰と深く結びつき、祭祀用として、また、身に着ければ魔除けとしての役割も果たすものでした。こうした石や金属の鏡の時代が紀元前から数千年に及び、16世紀頃にようやく、透明ガラスに銀やアルミの膜を貼ったガラス製の鏡がつくられるようになりました。18世紀末、フランスで上流階級の贅沢品としての需要が高まると、増産体制のなかで、鏡面の膜をつくるために使用される水銀の中毒になる労働者が多く、鏡作りは命懸けの仕事でした。

さて、日本の鏡の始まりはどこにあるのでしょうか。日本に存在する最古、かもしれない鏡の話をするためには、天照大御神の岩戸隠れの伝説（p.32-33）は避けて通れないでしょう。あるとき、田畑を荒らしたり水路の溝を埋めるなどして農作の邪魔をする弟・須佐之男命の乱暴な振る舞いに怒り、太陽の神様・天照大御神が、天岩戸の洞窟に引き籠もったことでこの世は闇に包まれました。頭を悩ませた八百万の神々は、岩戸の前で賑やかな行事を演出して気をひき、外の様子が気になって姿をのぞかせた天照大御神にすかさず鏡を向けました。鏡に映されたのが自らの姿と気づかぬ天照大御神は、自分よりも立派な神が外にいると勘違いし、促されるままに岩戸から引っ張り出され、この世は再び明るく照らされました。この伝説の鏡は、鍛冶の神様・天津麻羅と、鏡作の神様・伊斯許理度売命（石凝姥命）がつくったとされ、宮中において神事を行う際に用いられる三種の神器のひとつ「八咫鏡」として今に伝えられています。その御神体とされるものは伊勢神宮に、また形代は宮中の賢所に納められ、我々が目にすることはできないものです。実際にどのようなものであるのか多くは謎に包まれていますが、この世を闇から救った鏡が実在すると思うだけでわくわくします。両面鏡のかけらがハリーの窮地を救ったように、八咫鏡はここぞの出番で大役を果たしました。

八咫鏡と同じように目にすることができない、というよりも今生ではお目にかかれない鏡の例を挙げます。仏教の思想において、人は亡くなるとまず閻魔大王のところに行って、極楽または地獄行きの裁きを受けます。このとき閻魔大王は、亡者を「浄玻璃鏡」の前に立たせ、生前の行いや罪をそこに映し出します。河鍋暁斎の《閻魔大王浄玻璃鏡図》（p.31）に描かれたこの女性はどうやら善人だったようです。鏡が映すのはただ清らかな彼女の姿で、閻魔大王もやや拍子抜けしています。いっぽう手を合わせてすがるような面持ちの亡者は、何か身に覚えがあるのか、あるいは審判の順番を待つまでもなく地獄行きがほぼ確定しているのか、地獄の番人・獄卒（鬼）に頭を掴まれています。浄玻璃鏡は人の過去を詳らかにするものですが、うっかり嘘をつこうものなら鏡に見破られ、閻魔大王に舌を抜かれてしまうのですから、実に恐ろしい鏡です。本展出品の《木製の魔術鏡》（p.173）は、魔法使いのセシル・ウィリアム

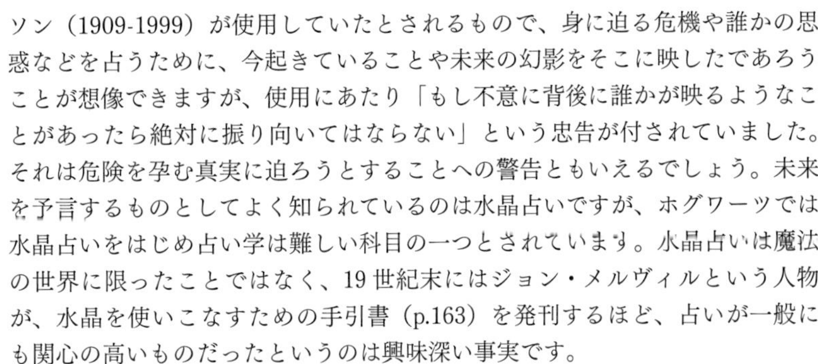

ソン（1909-1999）が使用していたとされるもので、身に迫る危機や誰かの思惑などを占うために、今起きていることや未来の幻影をそこに映したであろうことが想像できますが、使用にあたり「もし不意に背後に誰かが映るようなことがあったら絶対に振り向いてはならない」という忠告が付されていました。それは危険を孕む真実に迫ろうとすることへの警告ともいえるでしょう。未来を予言するものとしてよく知られているのは水晶占いですが、ホグワーツでは水晶占いをはじめ占い学は難しい科目の一つとされています。水晶占いは魔法の世界に限ったことではなく、19世紀末にはジョン・メルヴィルという人物が、水晶を使いこなすための手引書（p.163）を発刊するほど、占いが一般にも関心の高いものだったというのは興味深い事実です。

八咫鏡や浄玻璃鏡がどのような素材でできているのかの議論はさておき、史料によれば日本においては弥生時代に朝鮮半島や中国から銅製の鏡がもたらされ、『三国志』の「魏志倭人伝」にも魏帝が百枚の銅鏡を邪馬台国の女王・卑弥呼に与えたと記述されています。世界のどこにおいても鏡の歴史は、祭祀や呪術の道具として始まっているようで、こうした銅鏡の目的も同様でした。また、何でもものを映しとる鏡は人の霊魂の容れ物であるという考えや、鏡はあの世との境界であるというような迷信めいたことから、不要なときはなるべく目に入らぬように鏡台に布を掛けるような風習が残ったのでしょう。

日本で化粧用として鏡が使用されるのはおそらく平安時代以降のことで、江戸時代までは鏡といえば銅鏡をさしますが、庶民にとっては貴重品であり、目にしたことがない者も多くありました。江戸時代から語り継がれる古典落語「松山鏡」には、鏡というものを知らないために起こる滑稽な話が描かれています。むかし越後の松山に、父の墓参りを18年間一日も欠かさない正直者の男がおり、その行いを褒めたお上が褒美に何でも与えると言います。男が、亡くなった父に一目会いたいと願うと、あるもの（これが鏡なのですが）を与えられます。さて、それを覗くとそこには若かりし頃の父の顔があり、大層感激します。それを持ち帰り、朝晩いそいそと覗いては父に話しかけていると、不審に思った妻がこっそりそれを覗きます。そこには見も知らぬ女の顔が。こんなところに女を囲って、と怒る妻は夫と喧嘩になります。そこに仲裁に入った尼さんがそれを覗き、ほら、気まずくなった女が頭を丸めて反省しているから喧嘩はやめさない…というオチです。「松山鏡」は落語以前に能や狂言ですでに演じられていたと考えられ、内容や登場人物が少しずつ異なりますが、もとをたどればインドの民話やたとえ話を集めた仏典「百喩経」を下地としており、中国を経て面白おかしく伝わったようです。

いっぽう、越中守として松山に赴いた大伴家持（おおとものやかもち）にまつわる説話をもとに、明治以降、童話として伝わった「松山鏡」は少し趣が異なります。病床の母から「これを覗けばいつでも母に会えるから」と形見（鏡）を託された少女が、母の死後、部屋に籠っては慰めに覗いていました。それを訝しんで咎める父と継母に、娘が形見の中の母に会っていると告白すると、その純真さに父も継母も心打たれるというものです。「松山鏡」には「子は親に似るものと思はれて、恋しき時は鏡をぞ見る」（佐藤種治『越後伝説松の山鏡』南陽堂出版部、1938年）という言葉が残されています。親子は似るもの、親を恋しく思う時は鏡を見れば会えるということです。これらの登場人物は鏡というものを知らなかったばかりか自分の顔も知らなかったわけですが、鏡を通して亡き親に再会する彼らの喜びと、両親の姿を「みぞの鏡」の中に見たハリーの気持ちには、切なくも通じるものがあるでしょう。何度でも「みぞの鏡」を覗きたい衝動に駆られるハリーにダンブルドア校長は「夢にふけったり、生きることを忘れてしまうのはよくない」とたしなめましたが、「松山鏡」にも同じことがあてはまるかもしれません。鏡に依存しすぎると、誰かを困らせ、思わぬトラブルを招くので慎重に取り扱わなければなりません。

鏡にまつわるエピソードは世界中に数多くあり、拾い上げればきりがありません。時代を超え、あらゆる場面で様々なものを映し、ずいぶんと忙しい役回りを演じてきたようです。私たちは、鏡は、そこにある対象のありままの姿や、今、目の前で起きていることだけを映すと信じています。じっと見入ることで、内省を促し、己が何者であるかを知らしめ、正義の規範となることもあるでしょう。しかし、異なる世界においては、必ずしも真実を映すと思ってはいけません。ハリー・ポッターの物語に出てくる「みぞの鏡」は人の深い欲望を映す鏡ですが、本展出品作の《木製の魔術鏡》(p.173) のようにまことしやかな未来や予言を映して人を惑わせてきた歴史をもつ鏡があったり、神話や呪術の世界には、醜いものまでも露わにする鏡や、邪悪なものを追い払う役目を負うかと思えばその反対に邪悪なものの棲みかにもなり得る鏡もあります。要は手にする者の心持ち次第でいかようにもなるのかもしれません。このことを知った上で鏡を覗けば、たとえ意外なものが映ったとしても、何も慌てることはないでしょう。

参考文献：
巖谷小波編『日本昔噺：校訂　第四編　松山鏡』英学新報社、1903年
佐藤種治『越後伝説松の山鏡』南陽堂出版部、1938年
入谷義高編「百喩経　宝の箱の中の鏡の喩」『中国古典文学大系　第60巻』平凡社、1975年
『日本伝奇伝説大辞典』角川書店、1986年
『弥生文化博物館叢集1　弥生文化―日本文化の源流をさぐる』大阪府立弥生文化博物館、1991年
京都国立博物館編『倭国―邪馬台国と大和王権―』展図録、毎日新聞社、1993年
マーク・ペンダーグラスト（樋口幸子訳）『鏡の歴史』河出書房新社、2007年
冨田章「合わせ鏡の恐怖」『偽装された自画像』祥伝社、2014年
『カラヴァッジョ展』図録、国立西洋美術館・NHK・NHKプロモーション・読売新聞社、2016年
『これぞ暁斎！展』図録、東京新聞、2017年
澁川玄耳、名取春仙『古事記繪はなし　日本乃神様』南アルプス市立美術館、2019年

▲ 河鍋暁斎《閻魔大王浄玻璃鏡図》
（1871-1889年 /1887年か、絹本着色）
Israel Goldman Collection, London

三代歌川豊国《岩戸神楽起顕》
(1857年、紙・木版)

岩戸神楽乃起顕
青幣白幣
香山の真坂樹
天津児屋根命
八咫の鏡
手力雄の神
天照大神
常世長鳴鳥
端出縄
太玉の命
中臣の神
應需
国貞改二代
豊国画
高友
国貞改二代
豊国画
高友

PROF. ALBUS DUMBLEDORE

魔法界への旅

魔法界への旅

ジュリア・エクルシェア

ジュリア・エクルシェアは、ヘイ・チルドレンズ・フェスティバルの実行責任者で、ガーディアン紙の寄稿児童書編集者であり、定期的にラジオ解説者を務めています。ガーディアン児童書賞の審査委員長を務めるかたわら、ブランフォード・ボウズ賞を創設し、その会長も務めています。著書には、『A Guide to the Harry Potter Novels（邦題：小説『ハリー・ポッター』案内)』、『Rough Guide to Teenage Books（10代向けの本 ざっくりガイド)』、『1001 Children's Books to Read Before You Grow Up（大きくなる前に読みたい子供の本1001冊)』などがあります。2014年には、児童文学への貢献によりMBE（大英帝国五等勲爵位）を授与されました。現在、大英図書館の公共貸与権方針・契約部長を務めています。

11歳の誕生日を間近に控え、魔法界で自己発見と冒険の旅の第一歩を踏み出そうとする少年ハリー・ポッターの物語は、1990年に、ジョアン・ローリングがマンチェスターからロンドンに向かう列車の中で思い付いたものだ。「ハリーのアイディアが突然頭の中に浮かんできた。どうしてなのか、何がきっかけなのかは分からないけれど、ハリーと魔法学校のアイディアがはっきりと見えた」と、ローリングはのちに語っている。21世紀で最も有名な架空の人物、ハリー・ポッターは、こうして生まれた。

子供のころ本をよく読み、古典・ヨーロッパ文学を学んだローリングは、伝統的な架空の主人公について熟知し、それをハリーにたっぷり注ぎ込んだ。その結果、物語の構造はなじみ深いものとなった。みなし子のハリーは親類に育てられ、つらく当たられていたが、助け出され、魔法が満ちあふれる並外れた寄宿学校に送られ、自分に素晴らしい運命が待ち受けていることを次第に悟っていく。基本的に、ローリングのアイディアには、それほど際立った点はない……本をよく読む人なら、このような物語は前に読んだことがあると思ったかもしれない。しかし、それは安易な考えだ。ローリングは、主人公に対してとてつもなく大きな望みを抱き、それを第1巻の冒頭に提示している。マクゴナガル教授は、赤ん坊が親類の家の戸口に置かれたとき、こう言う。「連中は絶対あの子のことを理解しやしません！　あの子は有名人になることでしょう……伝説の人に。そしてハリーに関する本が書かれるでしょう。私たちの世界でハリーの名を知らない子供は一人もいなくなるでしょう！」

しかし、『ハリー・ポッターと賢者の石』が初めて出版されたとき、ハリーの名と、その壮大な運命について知る者はいなかった。ホグワーツ校の途方もない魔力は本の中に閉じ込められ、それが何かに転じる気配は特になかった。出版社は、期待できる新しい著者や、「ハイ・コンセプト」（わかりやすくて、広くアピールする要素）を持

つ本を見つけると夢中になるものだが、ブルームズベリー社のバリー・カニンガムも、出版前からこの物語の質の高さに熱狂した。ちょうどブルームズベリー社で児童書リストを作成したばかりで、子供に強くアピールする物語を探していたカニンガムは、『ハリー・ポッターと賢者の石』が長編であるにもかかわらず、「これこそ、探していた物語だ」と確信した。会社全体がこの本に対する期待でにわかに活気づき、『賢者の石』の魅力を広く伝えるためのキャンペーンが始まった。書店で目立つ場所に置いてもらい、推薦書として認知されるよう、出版前の校正刷りが出版業界のあらゆるところに送られた。私は校正刷りを受け取って、数回読んだ。最初に読んだのは、読書会で取り上げる本として提出されたときだった。読書会の選定委員たちは全員成人だが、物語の中で起きる不思議な出来事に魅了され、登場人物のハリーに好感を持った。しかし、テーマが伝統的で、しかも独創的であることに気を取られ、途方もない可能性を秘めていることをすっかり見落としてしまった。読んでいて楽しく、対象読者も面白いと感じてくれるだろうとは思った。そして、次に何が起こるのかを知りたいと思った。それがこの物語のすばらしいところであり、ローリングの構想の重要な要素なのだ。

物語を再び読んだのは、ネスレ・スマーティーズ賞（現・ネスレ子どもの本賞）に応募されてきたときだった。まだ出版されていなかったが、そのころには、大きな話題になり、特別視されるようになってきた。アメリカでの出版権に、初めての著書としては多額の6桁の金額が支払われたことも大きい。私が委員長を務めた審査委員会のメンバーは、このときも全員成人だったが、この本に対する反応は、非常に前向きだった。ローリングの独創性が高く評価され、子供たちは夢中になるだろうというのが、共通した認識だった。そして、それは本当のこととなった。数カ月後に、1997年ネスレ・スマーティーズ書籍賞の金メダル受賞者を決めるため、全英の児童が投票した結果、無名でまだ新顔のローリングが圧倒的大差で1位となったのだ。これが読者の声だ。読者は大好きな本を見つけ、読者から読者へと口コミで広がる現象は、そのときから始まっていた。シリーズ全巻を通して非常に特徴的だったのが、このような口コミであった。

『ハリー・ポッターと賢者の石』は、出版されると、地味ながら好評を博した。2日後に発行されたスコッツマン紙の書評では、ハリーは、「優しいが感傷的でなく、負けず嫌いだがいつも思いやりを忘れない、大いに好感の持てる子供」と表現されている。しかし、ローリングの名前のつづりを間違えていたし、ローリングはまったくの無名だったため、この書評はほとんど注目されなかった。この本が出版界で驚くべき現象を引き起こす火種となり、児童書に対する認識を変えていく、ということを見極めるのは、この時点では難しかっただろうと思う。サンデー・タイムズ紙が書評で絶賛するなど、高評価はさらに続き、ブルームズベリー社は、オタカーズ書店（現在はウォーターストーンズ書店の傘下）の全店で、1997年7月の「今月の本」の枠を確保した。売り上げは口コミが広がるにつれて伸び始めたが、のちにローリングの本が「必読書」の地位を達成して他の児童書全般に良い影響をもたらすとは、まったく予想できなかった。また、このシリーズのおかげで、読書というものが一体感と共有感を体験する活動となり、将来の出版界が子供たちの心を引き付けるやり方が微妙に変わるとは、誰も想像しなかった。

1997年にはローリングの本は1冊しか出ていなかったが、読者は早くも、多様で創意あふれる登場人物たちや、何もかもが独創的なホグワーツ、そして特にクィディッチに深く魅了され、第2巻を心待ちにしていた。中心的な登場人物には年を取らせないという長年の常識は、ハリーと友人たちを物語の中で成長させるという、ローリングの大胆で異色の決断によって、たちまちのうちに覆された。これは、ハリー自身の運命を物語るという点で、きわめて理にかなった方法だ。そして、読者の側においては、長々と続く物語と読者を結び付けるという大きな役割を果たした。読者が物語とともに成長する。物語が読者の情緒的な発達に歩調を合わせる。読者が物語を自分のものにし、その中で暮らすことができる。そういう物語が登場したのである。

そして、マクゴナガル教授の予言は現実となった。

ハリー・ポッターは、物語の中だけでなく、現実世界でも伝説となった。ローリングは、豊かな想像、鮮やかな冒険、深い感情にあふれる、まったく新しい遊び場を読者のために創り出した。そして、自我の認識、親の愛、勇気、不安などについての豊かなビジョンを、魔法で巧みに包み込んで提示した。読者はその魔法のとりこになったのである。

Julia Eccleshare

生き残った男の子

ジム・ケイによるこの予備スケッチに描かれたハリー・ポッターは、眼鏡のブリッジをテープで留め、黒髪が跳ねまくっています。視線は斜め横を向き、目は生意気そうに輝き、いたずら好きだった父親を思わせます。ケイは、原画のスケッチにデジタル処理で色を重ねることが多いので、この段階では色がついていません。そのため、母リリー譲りの緑色の目を見ることはできません。この絵は、物語が始まるときのハリーの幼さと純朴さが完璧に表現されていますが、ハリーには素晴らしい秘密が隠れているかもしれない、という印象も与えます。純真な子供から、ヴォルデモート卿に立ち向かう勇敢な青年へと、巻が進むにつれてハリーの人格が成長していく過程に思いを馳せたくなるようなスケッチです。

ハリー・ポッターの肖像画
ジム・ケイ 作
ブルームズベリー社蔵

「ジム・ケイによる肖像画は、無邪気さともろさを併せ持っているように見える男の子を生き生きと描いていますが、感情に満ちた大きな目は、内面に隠れた人格の深みを物語っています。ハリー・ポッターには、自分の知らないことがまだまだたくさん隠れている、と思わせられます……」

ジョアナ・ノーレッジ
キュレーター

ハリーは恐ろしげな、荒々しい黒い影のような男の顔を見上げ、黄金虫のような目がクシャクシャになって笑いかけているのを見つけた。
「最後におまえさんを見た時にゃ、まだほんの赤ん坊だったなあ。あんた父さんそっくりだ。でも目は母さんの目だなあ」と大男は言った。

『ハリー・ポッターと賢者の石』

Synopsis

Harry Potter lives with his aunt, uncle and cousin because his parents died in a car-crash - or so he has always been told. The Dursleys don't like Harry asking questions; in fact, they don't seem to like anything about him, especially the very odd things that keep happening around him (which Harry himself can't explain).

The Dursleys' greatest fear is that Harry will discover the truth about himself, so when letters start arriving for him near his eleventh birthday, he isn't allowed to read them. However, the Dursleys aren't dealing with an ordinary postman, and at midnight on Harry's birthday the gigantic Rubeus Hagrid breaks down the door to make sure Harry gets to read his post at last. Ignoring the horrified Dursleys, Hagrid informs Harry that he is a wizard, and the letter he gives Harry explains that he is expected at Hogwarts School of Witchcraft and Wizardry in a month's time.

To the Dursleys' fury, Hagrid also reveals the truth about Harry's past. Harry did not receive the scar on his forehead in a car-crash; it is really the mark of the great dark sorcerer Voldemort, who killed Harry's mother and father but mysteriously couldn't kill him, even though he was a baby at the time. Harry is famous among the witches and wizards who live in secret all over the country because Harry's miraculous survival marked Voldemort's downfall.

So Harry, who has never had friends or family worth the name, sets off for a new life in the wizarding world. He takes a trip to London with Hagrid to buy his Hogwarts equipment (robes, wand, cauldron, beginners' draft and potion kit) and shortly afterwards, sets off for Hogwarts from Kings Cross Station (platform nine and three quarters) to follow in his parents' footsteps.

Harry makes friends with Ronald Weasley (sixth in his family to go to Hogwarts and tired of having to use second-hand spellbooks) and Hermione Granger (cleverest girl in the year and the only person in the class to know all the uses of dragon's blood). Together, they have their first lessons in magic - astonomy up on the tallest tower at two in the morning, herbology out in the greenhouses where the mandrakes and wolfsbane are kept, potions down in the dungeons with the loathsome Severus Snape. Harry, Ron and Hermione discover the school's secret passageways, learn how to deal with Peeves the poltergeist and how to tackle an angry mountain troll: best of all, Harry becomes a star player at Quidditch (wizard football played on broomsticks).

What interests Harry and his friends most, though, is why the corridor on the third floor is so heavily guarded. Following up a clue dropped by Hagrid (who, when he is not delivering letters, is Hogwarts' gamekeeper), they discover that the only Philosopher's Stone in existance is being kept at Hogwarts, a stone with powers to give limitless wealth and eternal life. Harry, Ron and Hermione seem to be the only people who have realised that Snape the potions master is planning to steal the stone - and what terrible things it could do in the wrong hands. For the Philospher's Stone is all that is needed to bring Voldemort back to full strength and power... it seems Harry has come to Hogwarts to meet his parents' killer face to face - with no idea how he survived last time...

著者によるあらすじ

これは、ハリー・ポッターの第１作のあらすじを書いたものの原本です。タイプしてあり、『賢者の石』の最初の数章に添えて、候補のエージェントや出版社に配布されたものです。ブルームズベリー社は、受け取ったこのあらすじを見て、J.K. ローリングに初めての契約を提示する気になったのです。この紙は、角が折れ、紅茶のしみが付き、下のほうには握ってくしゃくしゃになった跡が付いていることから、人々が何度も読み、手にしたことがよく分かります。ホグワーツでの授業は、最初からハリー・ポッターの世界の大きな魅力のひとつでした。J.K. ローリングは、魔法の学習がとてつもなく楽しいものであることを、短く端的に表現しています。「午前２時に最も高い塔」で天文学を勉強し、「マンドレイクやトリカブトが栽培されている温室」で薬草学を勉強する……誰もがしてみたくなることでしょう。

◁『ハリー・ポッターと賢者の石』のあらすじ
A J.K. ローリング作（1995年）
J.K. ローリング蔵

『賢者の石』の運命が決まった瞬間

ブルームズベリー社が『ハリー・ポッターと賢者の石』の出版を引き受ける前、およそ8社の出版社に原稿が持ち込まれていたものの、ことごとく断られた、という話は有名です。ブルームズベリー社の編集者は、J.K. ローリングの原稿を巻物にして社内で見せました。巻物の中には、当時有数の児童書賞（スマーティーズ賞）にちなんで、スマーティーズというお菓子を入れました。ブルームズベリー社の創立者で最高責任者のナイジェル・ニュートンは、巻物を家に持ち帰って、8歳の娘アリスに渡しました。アリスは、ダイアゴン横丁の章まであった原稿を読んで、判定を下しました。このほほえましいメモには、そのときの言葉が残っています。その後、長い間、アリスは残りの原稿を家に持ち帰るよう父親にせがんだということです。アリスが間に入ったことは決定的で、ナイジェル・ニュートンは、自身が議長を務める翌日の出版会議で、ブルームズベリー社が『賢者の石』を出版するという、編集者のバリー・カニンガムの提案を承認しました。これが出発点となって、児童書の出版史上、最も成功した事業として広く認められるまでに至ったのです。

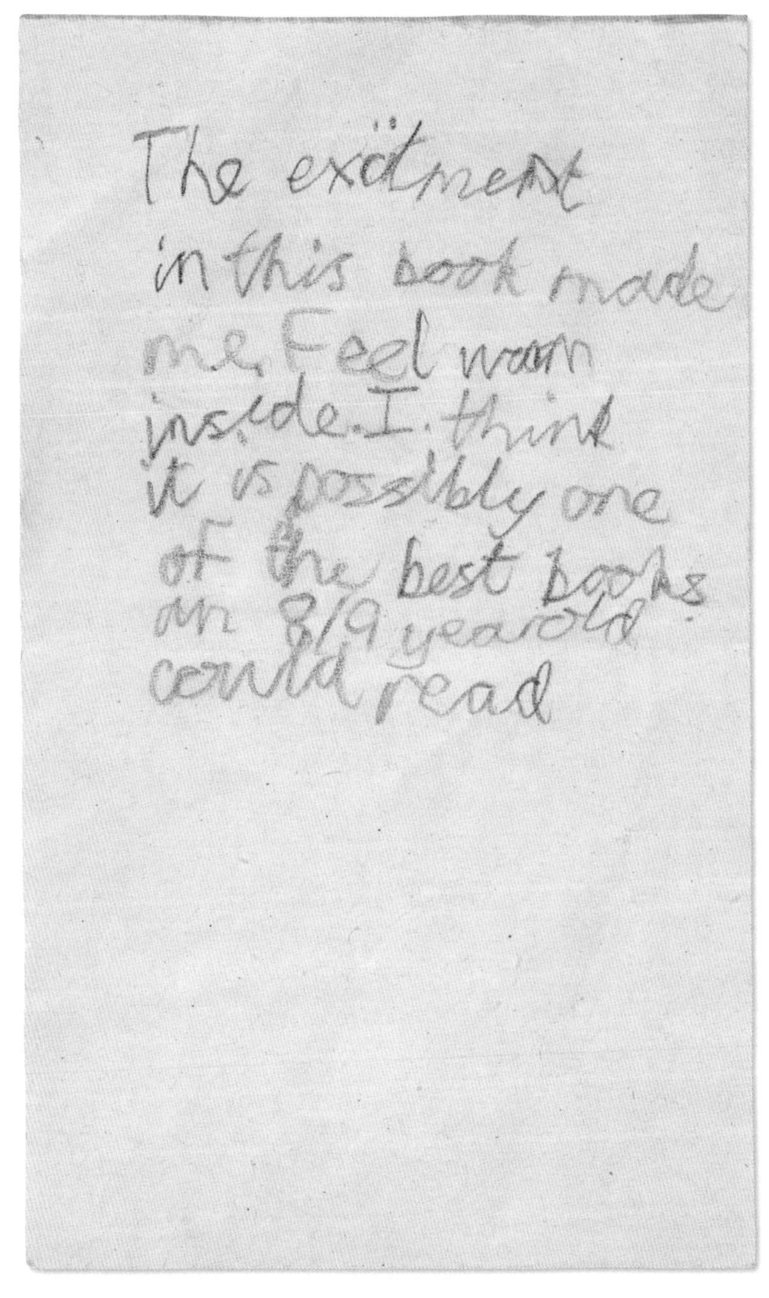
The exctment
in this book made
me Feel warm
inside. I think
it is possibly one
of the best books
an 8/9 year old
could read

➢ アリス・ニュートン（8歳）による『ハリー・ポッターと賢者の石』の読書感想文
ナイジェル・ニュートン（ブルームズベリー出版社最高責任者）蔵

「この本を読んで、とてもわくわくして、心が温かくなりました。8、9歳の子が読む本として、最高の本ではないかと思います」

アリス・ニュートン

ハリー・ポッターと ダーズリー一家

ハリー・ポッターの旅は、バーノンとペチュニア・ダーズリーが住むプリベット通り4番地から始まりました。ある日、朝起きたダーズリー一家は、赤ん坊のハリーが戸口に置かれているのを見つけます。この絵は、ダーズリー夫妻、息子のダドリー、おいのハリーが描かれた、家族肖像画です。ダーズリー一家は不機嫌そうな表情で、ハリーと対照的です。プリベット通りでのハリーの暮らしはみじめでしたが、ハリーだけが笑みを見せています。ハリーのTシャツはぶかぶかで、がっちりした体格のダーズリー一家と比べて華奢な体が強調されています。ダドリー・ダーズリーは、永遠にすねているかのように腕組みをし、大きな豚鼻のせいで特に嫌な感じに見えます。バーノンおじさんは後ろに立ってにらみつけ、ペチュニアおばさんは息子の肩を守るように抱いています。

「これはJ.K.ローリングによる初期の絵で、『ハリー・ポッターと賢者の石』が出版される数年前に描かれました。表現豊かなので、ハリーがダーズリー一家になじんでいないことが一目で分かります」

ジョアナ・ノーレッジ
キュレーター

A ハリー・ポッターとダーズリー一家のスケッチ　J.K.ローリング作（1991年）
J.K.ローリング蔵

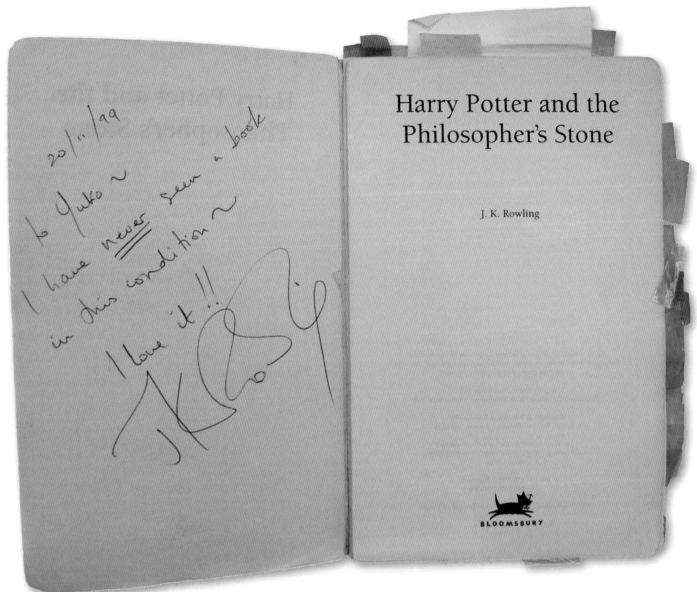

I have never seen a book
in this condition ~

J.K. ローリング のサインが入った
『ハリー・ポッターと賢者の石』
静山社蔵

魔法の翻訳

1998年のある晩、J.K. ローリングの『ハリー・ポッターと賢者の石』を読み始めた松岡佑子は、その魅力に取り付かれ、夜通し読み続けて完読しました。そして翌日、日本で翻訳・出版する権利を獲得しようと、出版社のブルームズベリー社に電話しました。当時、松岡佑子は、静山社の社長だった夫の死後、会社を引き継いだばかりでした。しかし、ハリーの物語に対する熱意が買われ、小さな出版社でありながら大手を押しのけて選ばれ、翻訳出版権を獲得することができました。右の写真は、松岡佑子が翻訳するときに使った『ハリー・ポッターと賢者の石』英語版です。翻訳作業は1998年から1999年まで続き、1999年12月1日に日本語版が発行されました。それ以来、翻訳作業は、ハリー・ポッターシリーズの最終巻が出るまで続きました。写真の本にはJ.K. ローリングのサインがあり、現在、静山社の事務所で大切に保管されています。

松岡 佑子

20周年記念のイラスト

この絵は、ハリー・ポッターの物語の日本語版発売から20周年を記念した新装版の表紙イラストで、日本の画家、佐竹美保が描いたものです。ファンタジーの世界をアートで生き生きと描き出す経験に裏打ちされた見事な絵は、20周年という節目を祝うのにぴったりでした。『賢者の石』の表紙では、ホグワーツの空を舞うシロフクロウのヘドウィグが月光に浮かび上がる情景を描いています。『秘密の部屋』の表紙では、暗がりにいるハリーの頭上を飛ぶ鮮やかな色の不死鳥フォークスを、上から見下ろす変わった視点で描いています。また、『アズカバンの囚人』の表紙では、不気味な光の中、大胆に脱出するヒッポグリフのバックビークを、危なげな斜めの視点で描き、劇的な効果を生み出しています。

『ハリー・ポッターと賢者の石』、『ハリー・ポッターと秘密の部屋』、『ハリー・ポッターとアズカバンの囚人』の表紙イラスト　佐竹美保 作
静山社蔵

6 HOURS SLEEP IN
THREE DAYS.

ホグワーツ特急

ジム・ケイによるこの絵は、挿絵入りの『賢者の石』の表紙に使われたアート作品の下描きで、新学期を前に生徒がホグワーツ特急に乗り込み、混み合うキングズ・クロス駅の9と3/4番線が描かれています。ハリー・ポッターはひとり浮き出ているように描かれ、家族連れで子供たちを見送る喧噪の中で、荷物を積んだカートとヘドウィグとともに立っています。ホグワーツ特急は、煙突の上に、火を吐く恐ろしげな動物の頭部の飾りがあり、ライトが明るく輝いています。一番前には、「ホグワーツ」(「ホグ」は「豚」という意味)という名前にちなんで、羽の生えた小さな豚の像があります。この旅は、ハリーがダーズリー一家というマグルの世界から魔法の世界へと移っていく節目の旅となりました。

◁ 9と3/4番線の習作　ジム・ケイ 作
ブルームズベリー社蔵

紅色の蒸気機関車が、乗客でごったがえすプラットホームに停車していた。

『ハリー・ポッターと賢者の石』

ホグワーツ入学

注記付きのこのスケッチは、J.K. ローリングが作成したもので、ホグワーツ魔法魔術学校の配置図です。湖には巨大なイカも生息しています。J.K. ローリングは、編集者に宛てて添付したメモに、「これが、私がいつも思い描いていた配置です」と書いています。ホグワーツの別の地図である「忍びの地図」も、物語で重要な役割を果たします。このスケッチは、著者の空想と、著者が大勢の読者のために生き生きと描き出した世界とをつなぐ、重要な足掛かりとなりました。物語の大半は、主にホグワーツで起こります。ホグワーツは、ハリーが魔法界について学び、最終的に自分の運命を実現する舞台なのです。

➢ ホグワーツのスケッチ
J.K. ローリング作
ブルームズベリー社蔵

「地図上の建物や木の配置は、ハリー・ポッターの物語の筋になくてはならないものです。この配置図で、著者は、『暴れ柳は目立っていなければならない』と強調しています。これは、暴れ柳が『秘密の部屋』と『アズカバンの囚人』で重要な役割を果たすことを意識してのことなのです」

ジョアナ・ノーレッジ
キュレーター

滑ったり、つまずいたりしながら、険しくて狭い小道を、みんなはハグリッドに続いて降りていった……。
「うぉーっ！」一斉に声が湧き起こった。狭い道が急に開け、大きな黒い湖のほとりに出た。むこう岸に高い山がそびえ、そのてっぺんに壮大な城が見えた。大小さまざまな塔が立ち並び、キラキラと輝く窓が星空に浮かび上がっていた。

『ハリー・ポッターと賢者の石』

N

W E

S

Forbidden forest is massive, stretches out of sight.
Southern approach over lake (castle stands on high cliff above lake/loch) – station's on other side)
To reach the school by stagecoach, go right round lake to front entrance at North.
Giant squid in lake.
Seats all around Quidditch pitch – 3 long poles with hoops on at either end.
There can be other trees/bushes dotted around lawns but Whomping Willow must stand out.

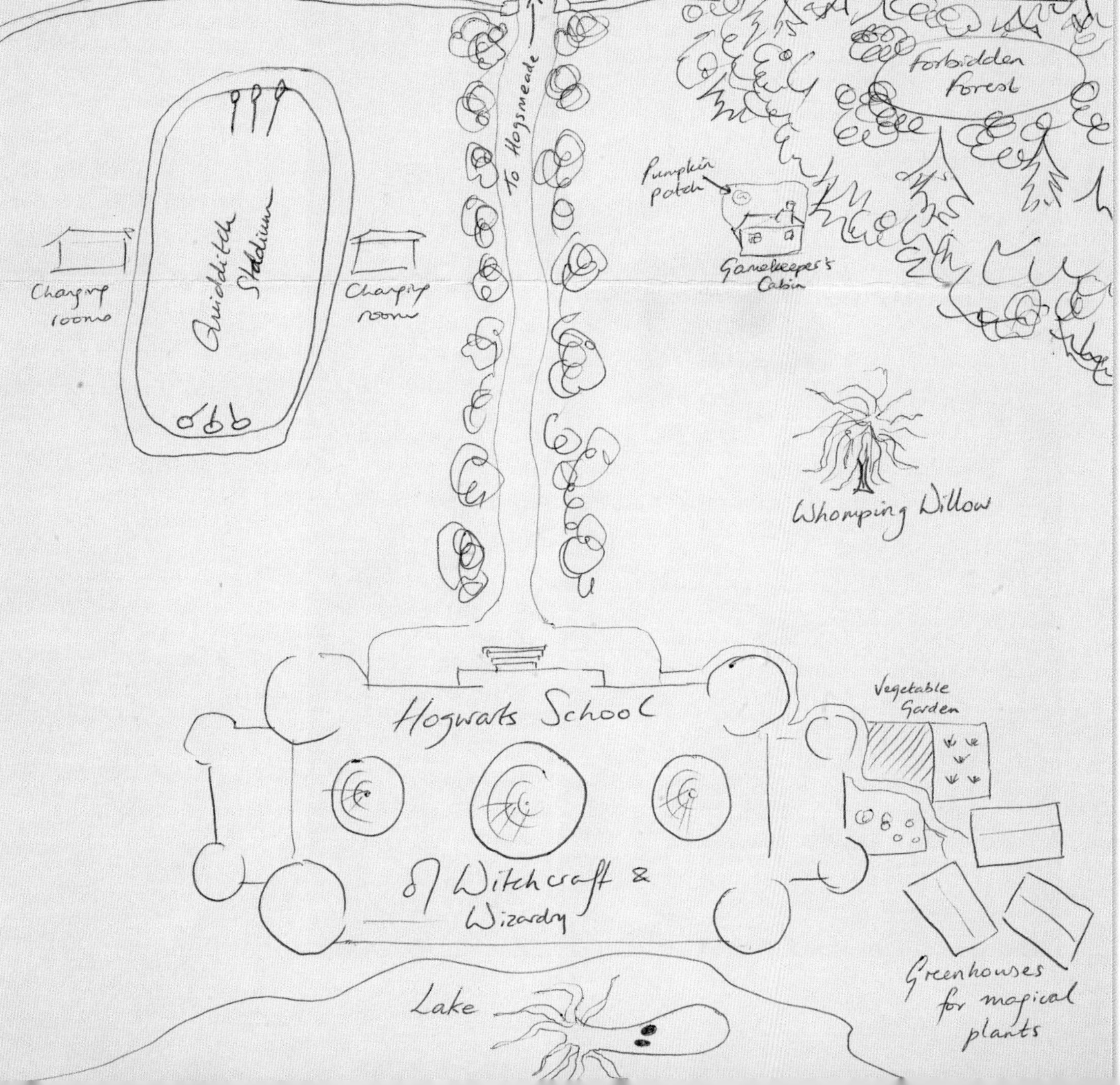

ダンブルドア教授

この肖像画のアルバス・パーシバル・ウルフリック・ブライアン・ダンブルドア教授は、きらきら光る青い目で右のほうをじっと見つめています。テーブルに置かれたガーゴイルの花瓶には、さやが半透明なことで知られるゴウダソウの枝を乾燥させたものが挿してあります。小さなフラスコもあります。ダンブルドアは、魔力を持つドラゴンの血液の 12 種類の利用法をすべて発見するという功績を残していることから、フラスコの中に入っているのはドラゴンの血液かもしれません。ダンブルドアのお気に入りのお菓子、レモン・キャンデーもあります。「レモン・キャンデー」は、校長室に入る合言葉のひとつでした。脇には編み物が置かれ、オレンジ色の毛糸がテーブルの上でくるりと輪を作っています。ジム・ケイによるこの肖像画は、大きな力を持つ優れた魔法使いでありながら甘い物と編み物が好きだという、ダンブルドアの複雑な個性をとらえています。

アルバス・ダンブルドア教授の肖像画　ジム・ケイ 作
ブルームズベリー社蔵

「『アルバス』はラテン語で『白』という意味です。ハグリッドの名の『ルビウス』は『赤』という意味です。ハリーの父親的存在である２人は、賢者の石を創り出すのに必要な錬金術の工程のそれぞれの段階を、象徴的に表しています」

ジョアナ・ノーレッジ
キュレーター

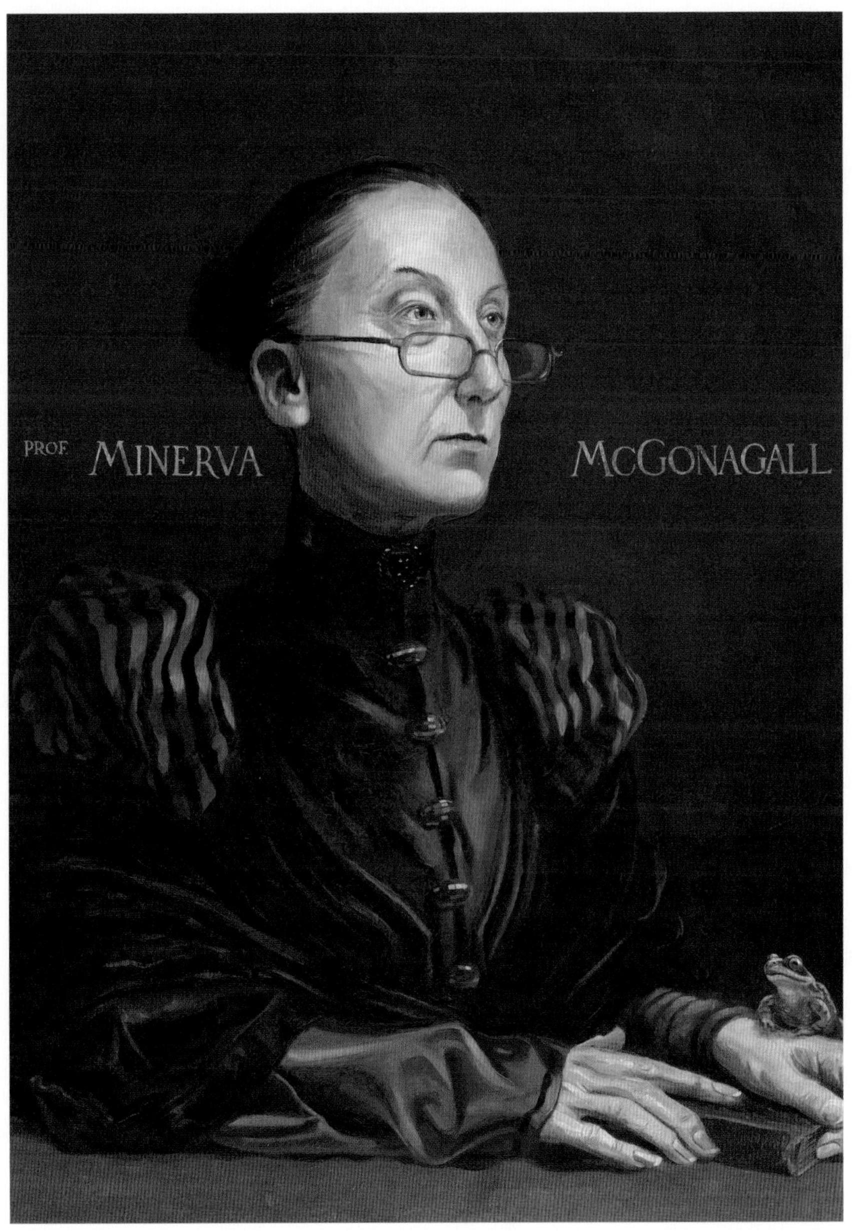

マクゴナガル教授

ミネルバ・マクゴナガル教授はホグワーツの副校長であり、グリフィンドール寮の寮監と変身術の教師を務めています。深緑色の服を着て、髪を引っ詰めて地味に束ねているこの肖像画は、マクゴナガルの知性と生真面目な姿勢をとらえています。眼鏡は鼻の低い位置にあり、生徒を鋭い目つきで見つめるのにぴったりです。マクゴナガルは、登録されている動物もどきで、猫に変身することができます。動物もどきになるには、マンドレイクの葉を1カ月間、口にくわえておくなど、複雑な手順が必要です。「ミネルバ」という名前は、ローマ神話に登場する、知性を司る女神に由来します。姓は、へぼ詩人として有名なスコットランドのウィリアム・マクゴナガルから取っています。非常に有能で知的な登場人物に、どうしようもなくひどい詩人の姓を付けるという、2つの違うものを並べる手法は、ハリー・ポッターの世界の至る所で用いられているユーモアとウイットの一例です。

◁ミネルバ・マクゴナガル教授の肖像画　ジム・ケイ 作
ブルームズベリー社蔵

エメラルド色のローブを着た背の高い黒髪の魔女が現れた。とても厳格な顔つきをしている。この人には逆らってはいけない、とハリーは直感した。

『ハリー・ポッターと賢者の石』

هذا مما رمزه الحكيم هرمس المثلث بالحكمة المتوج بالنعمة في المصحف المكنون
المتولي في جميع الطبايع في العمل الاول بالتدبير الروحاني
العقاب الثاني منقاره ذهب
عقاب على شجرة
وقد غلطوا الناس في هذا السواد الاول
وانما الغراب الثاني منقاره احمر
غراب حالك السواد
طير مقصص الاجنحة
عقاب ثابت

魔法薬学と錬金術

魔法薬学と錬金術

ロジャー・ハイフィールド

ロジャー・ハイフィールドは、サイエンス・ミュージアム・グループの渉外部長で、『The Science of Harry Potter: How Magic Really Works（邦題：ハリー・ポッターの科学―空飛ぶほうきは作れるか？）』の著者です。以前はニュー・サイエンティスト誌の編集者やデイリー・テレグラフ紙の科学担当編集者を務め、史上で初めて、中性子を石けんの泡に当てて跳ね返らせました。著書は2作がベストセラー入りし、英国報道機関賞をはじめとするジャーナリズム関連のさまざまな賞を受けています。

「このクラスでは、魔法薬を調合する深遠な技術と厳密な技法を学ぶ」

ハリーは、ホグワーツの地下牢で、木の机、湯気の上がる大鍋、魔法薬の小瓶、広口薬瓶、真鍮のはかりに囲まれ、セブルス・スネイプの授業で、ニガヨモギや、フグの目玉、トリカブトなど、変わった材料について多くのことを学んだ。

魔法薬を調合するのに使われる大鍋は、魔術を象徴する有力な物のひとつだ。スネイプ自身も、「フツフツと沸く大釜、ユラユラと立ち昇る湯気、人の血管の中を這い巡る液体の繊細な力、心を惑わせ、感覚を狂わせる魔力の見事さ」に心を奪われている。大鍋は大昔から使われている。例えば、1861年にテムズ川の底から掘り起こされた魔法の大鍋は、青銅板をびょうでつなげて作られたもので、青銅器時代後期から鉄器時代初期、紀元前600～800年のものとされる。しかし、魔女が大鍋を使用していたことを明らかにしたのは、1489年に発表された、魔術に関する史上初の図説論文である『魔女と女予言者について』が初めてである。この本には、2人の老女が大鍋にヘビと若い雄鶏を入れて、ひょうを伴う嵐を呼び出そうとしているところが描かれている。この論説書は、自然、そして女性に対する意識に影響を与えた。当時はまだ比較的新しいものだった印刷技術によって広く複製されたため、その影響はなおさらだった。

マグルの世界でも、魔法使いが好むような処方を満載した古い本が多数ある。このことを見れば、科学の世界と魔法の世界は対極にありながら、治療法を追い求めるという点では、着想の原点を同じくしていたことが分かる。今をさかのぼること千年前に著された『Bald's Leechbook（ボールドの医学書）』には、奇妙な治療法が載っている（なお、「ボールド」には「はげ頭」という意味もあるが、育毛とは無関係で、本の元所有者である10世紀のアングロサクソン人の医師の名前である）。古英語で書かれたこの本は、「毒に対する薬および治療法」を網羅している。例えば、ヘビにかまれたときの便利な解毒方法として、「ヘビの牙でできた刺し傷の辺りに耳あかをなすり付け、聖ヨハネの祈りを唱えればいい」と書いてある。現代では奇妙に思える治療

法が、昔はなぜ効くとされていたのかは、読者も直感で分かるだろう。毎年、多数の人がヘビにかまれるが、それで死亡する人はわずかである。だから、ヘビにかまれた人が全員、耳あかをなすり付けて聖ヨハネの祈りを唱えれば、大部分の人は命が助かったことになり、この処方が本当に効いたと、誰もが友人に触れ回るのである。

魔法界では、スネイプが別の解毒方法について述べている。これは、はるか昔からマグル界で知られていたもので、現在でも少数ながら使う人がいる。ヤギやレイヨウなどの動物の胃の中で、のみ込んだ毛や消化できない物が塊になってできる「石」は、解毒作用があると考えられていた。ペルシャ語で「解毒剤」を意味する言葉から「ベゾアール」と呼ばれ、『A Compleat History of Druggs（薬剤全史）』（1694年）によれば、どの動物から取ったかによって効能は異なる。最も良質なものは、教皇や王、貴族が秘蔵していた。18世紀以降は、ベゾアールの不思議な効能が次第に疑問視されるようになったが、サンディエゴのスクリプス海洋学研究所で行われた最近の研究では、ベゾアールに含まれる鉱物や分解した毛が、ヒ素毒を吸着する可能性があることが示唆されている。ハリー・ポッターが持っていた『上級魔法薬』の本には書き込みがあり、中毒の対処法に関して、次のような簡潔な助言が書かれていた。

「ベゾアール石を喉から押し込むだけ」

不死になりたければ、もっと強力なものが必要である。著しい変化を起こす性質を持ち、卑金属を金に変えることもできるのは、賢者の石だけである。闇の帝王ヴォルデモートはこの「命の水」（エリクサー）を何としても手に入れようとしたが、ハリーが阻止したおかげで、かなわなかった。中国の支配者から神聖ローマ帝国皇帝まで、そして、膨大な数の錬金術師も含め、昔から多くの人々が賢者の石を手に入れようとして失敗し、失望してきたが、ヴォルデモートもその仲間入りをすることとなった。

占星術師が人間と星の関係に着目したのと同じように、錬金術師は人間と地球上の自然との関係に着目し、化学と魔法を融合した。概念や製法を表現する言葉がなかったので、錬金術師は神話や占星術から記号や符号を借用した。そのため、基本的な製法が書かれたものであっても、魔法の呪文のように見えた。初期の錬金術師は、賢者の石の製法を意図的にあいまいに書き、その秘密は厳重に守られた。

しかし、エリクサーを探す努力は、まったくの無駄骨というわけではなかった。歴史家や科学者が、錬金術の製法、絵、記号を徹底して研究し、初期の実験を再現してみた結果、一流の錬金術師の一部が、科学的な手法に基づく化学の土台作りに寄与したことが、のちに判明した。

錬金術の手法が特に美しく象徴的に表現されているのが、「リプリー・スクロール」と呼ばれる複雑な巻物である。この巻物の名は、イングランドの錬金術師でヨークシャーのブリドリントン小修道院の修道士であるジョージ・リプリーにちなんで名付けられた。23点しか存在が分かっておらず、うち1点は、つい最近の2012年にサイエンス・ミュージアムによって確認されたばかりだ。15世紀の原本は失われ、現存するのはすべて複製および変種だと考えられている。巻物を完全に広げると、ドラゴンやヒキガエルのほか、ひげを生やし、ローブを着て、錬金術の器をつかんでいる人物（リプリー自身か？）が描かれている。

J.K. ローリングは、歴史上の事実を巧みに利用して、登場人物のニコラス・フラメルを描いている。フラメルは14世紀に実在した人物で、その業績は、ロバート・ボイルやアイザック・ニュートンなど、17世紀の有力な錬金術師に知られていた。そし

て、賢者の石を作成したとされている（ある元素を別の元素に変えるという考えは、それほどばかげたものではなかったことが、1932年についに明らかになった。ケンブリッジ大学のキャベンディッシュ研究所で、ジョン・コックロフトとアーネスト・ウォルトンが、原子を分裂させる装置を使って、初めて真の原子核変換を実行したのである)。現実世界のフラメルは、エリクサーを作ったとも言われている。しかし、残念ながらあまり効かなかったようで、史実によれば、1418年ごろに亡くなったとされている。フラメルの墓石は、パリの食料雑貨店でまな板として使われていたが、現在ではクリュニー美術館に所蔵されている。

ドイツの錬金術師ヘニッヒ・ブラントも、賢者の石の探求に長年を費やした。賢者の石を見つけることはかなわなかったが、1669年ごろには尿から燐（りん）分離することに成功した。彼は、「光を運ぶもの」を意味するギリシャ語にちなんで、この元素に命名することにした。この発見は当時、人々に強烈な印象を与えた。ブラントの偉業の影響は甚大で、１世紀以上たってから、イングランドの画家、ジョセフ・ライト・オブ・ダービーが、その大発見を描いている。作品の題は、「The Alchymist, In Search of the Philosopher's Stone, Discovers Phosphorus, and prays for the successful Conclusion of his operation, as was the custom of the Ancient Chymical Astrologers（賢者の石を探す錬金術師が燐を発見し、昔の錬金占星術師たちにならって実験の成功を祈る)」である。

物質が原子からできていることを示唆するボイル著『The Sceptical Chymist（懐疑的化学者)』が1661年に出版され、錬金術は化学へと移行し始めた。その後、フランス貴族のアントワーヌ＝ローラン・ド・ラボアジエとロシア人のドミトリ・メンデレーエフによって先駆的研究が行われ、メンデレーエフは1869年に周期表を作成した。化学がすでに錬金術をしのいでいることを裏付けるように、メンデレーエフの周期表は、未発見の元素の性質を予測するのに使うことができた。

それ以来、何世紀もの間に、科学的文化によって、マグルは成長を遂げた。証拠を収集し、何事も疑ってかかり、実験し、暫定的な合意を形成することを重視する文化である。例えば、現代において平均余命について当然視されている事柄について、ちょっと考えてみてほしい。私たちは、薬が体内でどう作用するかなど、重要な化学反応を予測することができる。日食や月食を予想し、太陽系を渡る宇宙船の軌道を図に描き、天気を予報することもできる。科学を応用して、iPadやDNA検査から、再利用可能ロケットやウェブまで、さまざまな素晴らしい革新的技術を生み出すこともできる。これこそ本当の魔法である。かつてアーサー・C・クラークが言ったように、十分に進歩した技術は魔法と区別がつかないのである。

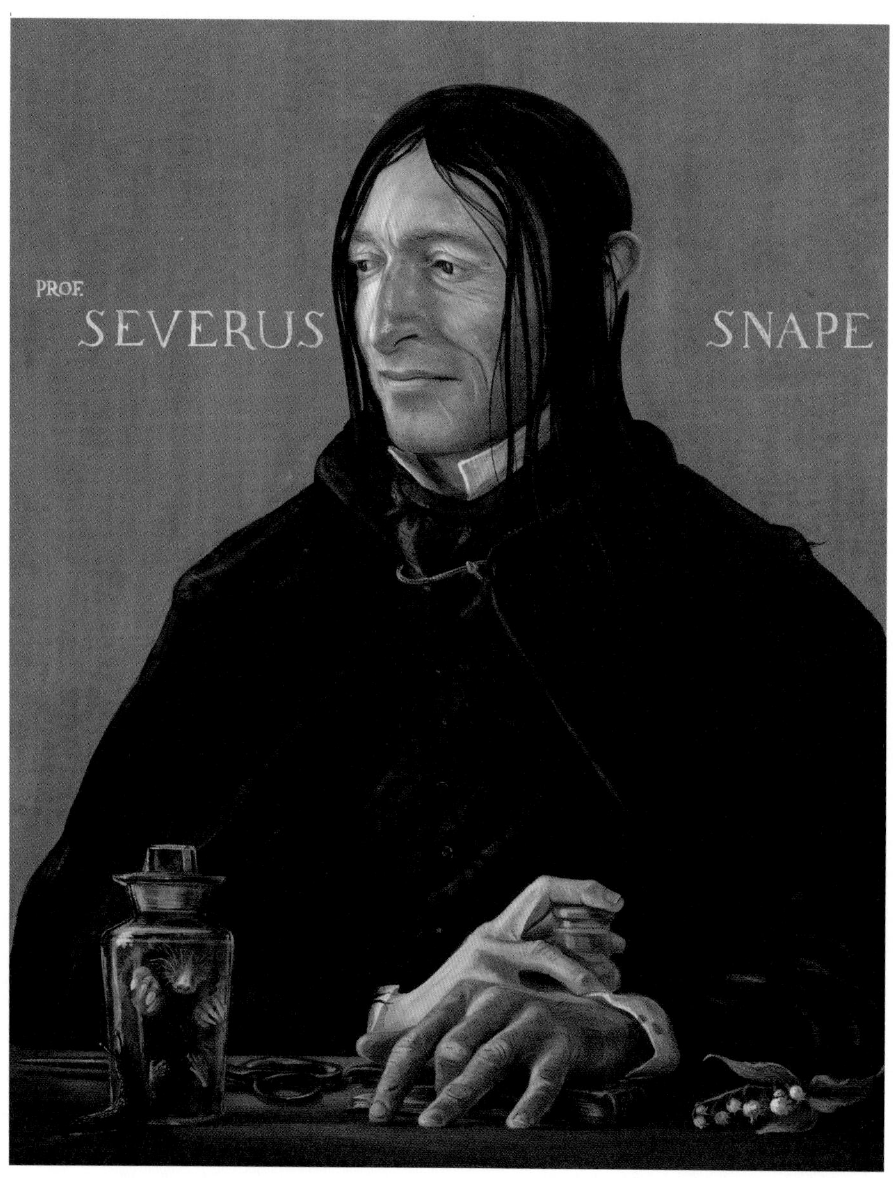

新入生の歓迎会のときから、スネイプ先生が自分のことを嫌っているとハリーは感じていた。魔法薬学の最初の授業で、ハリーは自分の考えが間違いだったと悟った。スネイプはハリーのことを嫌っているのではなかった――憎んでいるのだった。

『ハリー・ポッターと賢者の石』

魔法薬学の先生

ハリー・ポッターが初めて見たスネイプ教授は、「ねっとりした黒髪、かぎ鼻、土気色の顔」をしていました。ジム・ケイによるこの肖像画では、スネイプ教授は、この絵の外にある物をぼんやりと見下ろし、かすかに冷笑するように顔の片側をしかめています。瓶に入ったモグラは、スネイプが不死鳥の騎士団のスパイであることを表し、手のそばにあるユリは、ハリーの母親リリーへの永遠の愛を表しています。ハサミは、スネイプが発明した闇の魔術の呪文である「セクタムセンプラ（切り裂け）」を表しています。シャツにはヘビの模様があり、マントの首はヘビのピンで留められています。首に巻いた緑色のスカーフと緑色のテーブルは、所属する寮であるスリザリンを表しています。J.K. ローリングは、「ハリー・ポッターの本では闇の魔術が緑色で表されていることが多い」と説明しています。

◁ セブルス・スネイプ教授の肖像画
ジム・ケイ 作
ブルームズベリー社蔵

「第１巻で、ハリーは薄笑いを浮かべるスネイプ教授に大きな不信感を覚えますが、この肖像画は、その人物像をよくとらえています。しかし、前に散らばった物からは、複雑な性格と物語で果たす役割をうかがい知ることができます」

ジョアナ・ノーレッジ
キュレーター

魔法薬学の授業

この中世の書『Ortus Sanitatis』は、印刷された初の博物学事典で、主に植物、動物、鳥、魚、石について書かれています。題名はラテン語で「健康の庭」という意味です。手で着色されたこの木版画に描かれているのは、一見すると薬学の授業のようですが、実は患者の尿を見て病気を診断する方法を学んでいます。ひとりの男性がマトゥラ（フラスコのような容器）を光にかざしています。背後の棚にも同じような容器が並んでいます。別の男性は本を調べています。中世では、尿診断図や大宮図を使って診断や治療法を決定していました。手前では、金髪の少年と黒っぽい髪の少年がけんかをしています。中央に置いてある本は、『Ortus Sanitatis』と同じように、医療で植物を使う方法について解説する手引書かもしれません。

「『Ortus Sanitatis』は重要な科学書ですが、この挿絵には人間の営みがつぶさに描かれています。この場面では作業が進行中ですが、生徒がどれだけ教師に注意を払っているのかは疑問です」

ジュリアン・ハリソン
主任キュレーター

◁ ヤコブ・メイデンバッハ著
『ORTUS SANITATIS（健康の庭）』
（ストラスブール　1491年）
大英図書館蔵

Ulricus. Dico q̄ nō possunt. nisi quādo ⁊ q̄bus ac inq̄ntum
a deo ex causa maiestatē suā mouente eisdem ɔceditur Sigis
mundus. Super quo fundas hanc ɔclusionē Ulricus. Su
per prius deductis. Insup Johānes damascenus libro scd̄o ait
Non habent demones virtutes aduersus aliquē nisi a deo dis-
pensante ɔcedatur. sicut in Job patuit. ⁊ etiā in porcis quos di-
uina ꝑmissione submerserunt in mari. vt ptz in euangelio Etiaʒ
habent potestatem transformādi seu transfigurādi se in quācūꝗ
volunt figurā ſm ymaginē. i. ſm fantasiam. Item Gregorius
in dyalogo libro tercio ait. Absq omnipotentis dei concessio-
C i

燃える炎、煮えたぎる大鍋

魔女は大鍋を使うものだという考えは、少なくとも6世紀までさかのぼりますが、このモチーフが広く受け入れられるようになったのは、1489年に『魔女と女予言者について』が出版されてからです。ウルリヒ・モリトールによるこの書は、魔女に関する最も古い図説論文で、魔女を大鍋とともに描いた絵が印刷されたのは、これが史上初めてです。このページには、2人の老女が、燃え立つ大きな鍋にヘビと若い雄鶏を入れて、ひょうを伴う嵐を呼び出そうとしている様子が描かれています。この書は非常に広く複製され、魔女はこういう行動をするものだというイメージを人々に植え付けました。モリトールは、魔術や悪霊信仰を否定したいと願うオーストリア・チロル大公のジギスムント3世に宛てて、この書を著しました。

◁ ウルリヒ・モリトール著『DE LANIIS ET PHITONICIS MULIERIBUS … TRACTATUS PULCHERRIMUS（魔女と女予言者について）』（ケルン　1489年）
大英図書館蔵

「フツフツと沸く大釜、ユラユラと立ち昇る湯気、人の血管の中を這い巡る液体の繊細な力、心を惑わせ、感覚を狂わせる魔力……諸君がこの見事さを真に理解するとは期待しておらん」

スネイプ教授／『ハリー・ポッターと賢者の石』

「この本の木版画の挿絵は、多大な影響を及ぼしました。女性が大鍋の周りに集まるという光景は、魔術を視覚的に強く象徴するものとなり、それが何世紀も続きました。字は誰でも読めるわけではありませんが、絵なら誰でも意味を読み取ることができます」

アレクサンダー・ロック
キュレーター

破裂した大鍋

大鍋は、西洋文化では、魔術の象徴として最も古くから広く知られているもののひとつです。6世紀のサリカ法典では、ストリオポルティウス（魔女の大鍋運搬人）であることが処罰すべき罪とされていたほどです。ホグワーツでは、1年生は全員、入学時に自分の大鍋を用意することになっていました。ここに挙げた魔法の鍋には、黒いタール状の物質が塗られています。この鍋は、コーンウォール地方の魔女たちが霊を呼び出すために集まって、浜辺で強力な薬を調合していたときに破裂しました。このときの状況を書いたものには、「煙の量がそれまでにないほど増えたことに気付いて……怖気づいてうろたえ、大慌てで逃げ出した」とあります。

破裂した大鍋
ボスキャッスル魔法博物館蔵

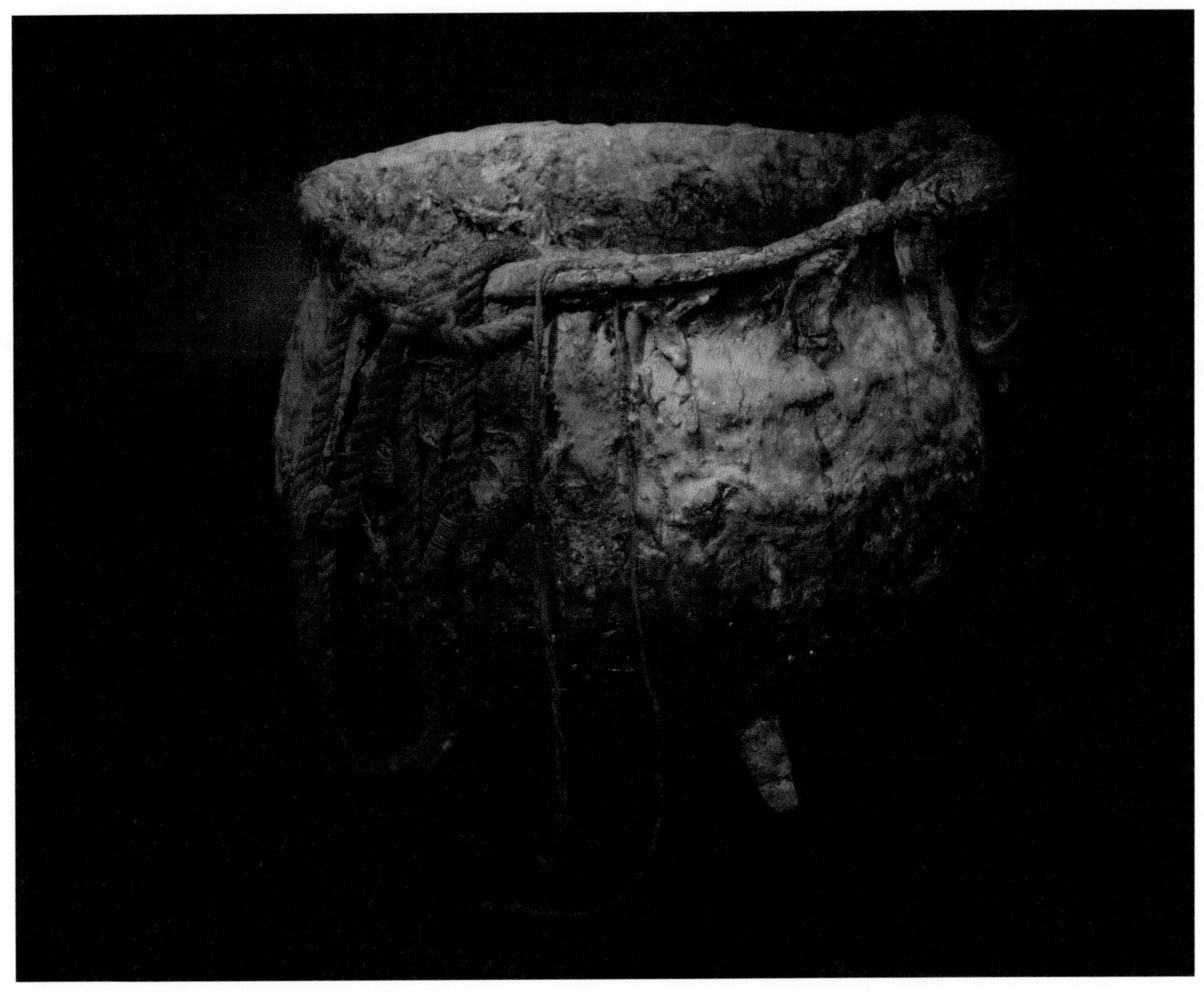

ハーマイオニーは、大鍋に新しい材料を放り込み、夢中でかき混ぜはじめた。「あと2週間ででき上がるわよ」とうれしそうに言った。

『ハリー・ポッターと秘密の部屋』

'It's Veritaserum, a colourless, odourless potion that forces the drinker to tell the truth,' said Hermione.

'Very good, very good!' said Slughorn, beaming at her. 'Now, this one here is pretty well-known… featured in a few Ministry leaflets lately, too… who can -?'

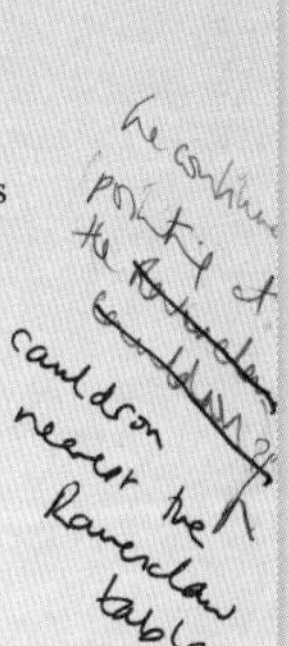

Hermione's hand was fastest once more.

'It's Polyjuice Potion, sir,' she said.

Harry, too, had recognised the slow-bubbling, mud-like substance in the second cauldron, but did not resent Hermione getting the credit for answering the question; she, after all, was the one who had succeeded in making it, back in their second year.

'Excellent, excellent! Now, this one here… yes, my dear?' said Slughorn, now looking slightly bemused, as Hermione's hand punched the air again.

'It's Amortentia!'

'It is indeed. It seems almost foolish to ask,' said Slughorn, who was looking mightily impressed, 'but I assume you know what it does?'

'It's the most powerful love potion in the world!' said Hermione.

'Quite right! You recognised it, I suppose, by its distinctive mother-of-pearl sheen?'

'And the steam rising in characteristic spirals,' said Hermione. *

'May I ask your name, my dear?' said Slughorn, ignoring these signs of embarrassment.

'Hermione Granger, sir.'

'Granger? Granger? Can you possibly be related to Hector Dagworth-Granger, who founded the Most Extraordinary Society of Potioneers?'

'No, I don't think so, sir. I'm Muggle-born, you see.'

* 'and it's supposed to smell differently to each of us, according to what attracts us, and I can smell freshly-mown grass and new parchment and –' But she turned slightly pink and did not complete the sentence

175

ハリー・ポッターと謎のプリンス

この２つのページは、『ハリー・ポッターと謎のプリンス』のタイプ原稿をJ.K. ローリングと編集者が添削したものです。１ページ目は、スラグホーン教授の授業の場面です。教授が魔法薬を次々に見せて、何という薬か聞くと、ハーマイオニーは楽々と「真実薬（ベリタセラム）」、「ポリジュース薬」、「魅惑万能薬（アモルテンシア）」、「フェリックス・フェリシス」と当ててみせます。星印を付けてある詳しい書き込みのところには、ハーマイオニーがどんな匂いに惹かれるかが書いてあります。その匂いのひとつは「新しい羊皮紙」です。２ページ目は、ハリーが、謎のプリンスの書き込みがある『上級魔法薬』の本を見て、フェリックス・フェリシスを煎じる方法を調べる場面が記されています。ハリーはこのとき、試してみたくてうずうずしていた別の呪文「セクタムセンプラ」を目にします。そして、後になって初めて、知らない呪文を使うことの恐ろしさに気付きます。

◁ J.K. ローリングと編集者が添削した『ハリー・ポッターと謎のプリンス』の草稿（2004～2005年ごろ？）▷
ブルームズベリー社蔵

「添削されたこの原稿を見ると、編集作業のことがよく分かります。私は、後から加えられた一コマが特に気に入っています。ハーマイオニーの好きな匂いを追加したことで、人物描写に深みが増しています」

ジョアナ・ノーレッジ
キュレーター

'How many times have we been through this?' she said wearily. 'There's a big difference between needing to use the room and wanting to see what Malfoy needs it for –'

'Harry might need the same thing as Malfoy and not know he needs it!' said Ron. 'Harry, if you took a bit of Felix, you might suddenly feel the same need as Malfoy –'

'Harry, don't go wasting the rest of that Potion! You'll need all the luck you can get if Dumbledore takes you along with him to destroy a,' she dropped her voice to a whisper, 'horcrux – so you just stop encouraging him to take a slug of Felix every time he wants something!' she added sternly to Ron.

'Couldn't we make some more?' Ron asked Harry, ignoring Hermione. 'It'd be great to have a stock of it… have a look in the book…'

Harry pulled his copy of *Advanced Potion-Making* out of his bag and looked up *Felix Felicis.*

'Blimey, it's seriously complicated,' he said, running an eye down the list of ingredients. 'And it takes six months… you've got to let it stew…'

'Dammit,' said Ron.

Harry was about to put his book away again when he noticed that the corner of a page turned down; turning to it, he saw the 'Sectumsempra' spell, captioned 'for Enemies,' that he had marked a few weeks previously. He had still not found out what it did, mainly because he did not want to test it around Hermione, but he was considering trying it out on McLaggen next time he came up behind him unawares.

The only person who was not particularly pleased to see Katie Bell back at school was Dean Thomas, because he would no longer be required to fill her place as Chaser. He took the blow stoically enough when Harry told him, merely grunting and

薬問屋へ

薬問屋を描いたこの挿絵は、外科医のために制作された14世紀のフランスの写本に出てきます。中央の人物は薬剤師だと思われ、灰色のフード付きオーバーを着て、しま模様の瓶を、座っている客に渡したところです。天井に取り付けたフックに掛けられている平らな皿は、材料を混ぜるのに使うのでしょう。この写本は所有者が何度も変わり、フランス北部のアミアンを出て、はるばるイングランドのヘンリー8世の蔵書となり、最終的には、ロンドンのスローン・スクエアに名を残した医師で収集家のハンス・スローンのものとなりました。

◁ 外科医用の写本に描かれた薬問屋
（フランス　14世紀）
大英図書館蔵

「薬問屋は、現代の薬剤師に相当する医療専門家で、医師やその患者に薬を調剤しました。挿絵に使われている青の顔料は、初めて塗られてから何百年もたった今でも、明るく鮮やかに見えます」

ジュリアン・ハリソン
主任キュレーター

A 広口薬瓶一式
（スペイン？　17世紀または18世紀）
サイエンス・ミュージアム蔵

広口薬瓶

古代エジプト人は紀元前1500年ごろに、ガラスが化学物質を保存する容器として優れていることに気付いていました。ガラスは他の物質を吸収せず、中の物質に不純物が混ざり込むこともないためです。ここに挙げたガラスの広口薬瓶は、古代のガラス製造技術を利用して作られ、薬の材料の保存に使われていました。「Vitriol. Coerul.」というラベルが貼ってある瓶には、硫酸銅が入っていました。もうひとつの瓶に書いてある「Ocul. Cancr.」は「カニの目」という意味で、この瓶には、腐敗したザリガニの胃から取った石のような凝固物が入っていました。これは消化剤として処方されていました。「Sang. Draco.V.」には「竜血」が入っていました。竜血は、薬効の高い赤色の樹脂で、現在でも、医学、魔術、芸術、錬金術で広く使われています。

魔法薬の小瓶

挿絵版『ハリー・ポッターと賢者の石』に向けてジム・ケイが制作したこの下絵には、魔法薬の小瓶の複雑な細部が描かれています。まだ鮮やかな色が付いていませんが、瓶はどれも生き生きとした印象で、高度に装飾的なデザインからは、中にどのような物を入れられるかが想像できます。

A 魔法薬瓶の鉛筆スケッチ
ジム・ケイ 作
ブルームズベリー社蔵

ベゾアール山羊

初めての魔法薬学の授業で、スネイプ教授はハリー・ポッターに、「ベゾアール石を見つけてこいと言われたら、どこを探すかね？」と聞きます。ベゾアールは、動物の胃の中で消化されなかった繊維が塊になったもので、解毒作用があると信じられています。ベゾアールは牛や象の胃の中にも見られますが、ほとんどは「ベゾアール山羊」のものです。1694年にフランス語で初めて出版された『A Compleat History of Druggs（薬剤全史）』によれば、ベゾアールの薬効の強さは、どの動物から取ったかによって異なります。例えば、「牛から取ったベゾアール石」は、純種のベゾアール山羊から取った「良質なものには程遠い」とされています。その一方で、「猿に見られるベゾアール」は、たった２粒で、単なる山羊のベゾアールよりはるかに高い効果があるようです。

◁ピエール・ポメ著
『A COMPLEAT HISTORY OF DRUGGS（薬剤全史）』
（ロンドン　1712 年）
大英図書館蔵

「ベゾアールには、興味深い物語や逸話がたくさんあります。人々は、さまざまな病を治すために、ベゾアールを削ったものをのみ込みました。毒除けの効果は、あながち誇張ではないかもしれません。ベゾアールをのみ込めば、吐き気を催しても不思議はないからです」

アレクサンダー・ロック
キュレーター

本物のベゾアール石

ベゾアールは、アラビアの医師たちによって、中世ヨーロッパに初めて紹介されました。その特性が疑問視されることもありましたが、需要は18世紀になっても続きました。裕福な収集家は、かなりの大金を費やして最高の「石」を手に入れ、手の込んだ容器に保管しました。ハリーは『謎のプリンス』で、以前に学んだことを活用します。ハリーは、持っていた『上級魔法薬』の本に、「ベゾアール石を喉から押し込むだけ」という指示が書き込まれていることに気付いていました。ロン・ウィーズリーが毒入りの蜂蜜酒を飲んでしまったとき、ハリーはその指示のとおりにして、ロンの命を救うことができました。

▽金線細工の容器に入ったベゾアール石
サイエンス・ミュージアム蔵

「まったく、君がベゾアール石を思いついてくれたのは、ラッキーだったなあ」ジョージが低い声で言った。
「その場にベゾアール石があってラッキーだったよ」
ハリーは、あの小さな石がなかったらいったいどうなっていたかと考えるたびに、背筋が寒くなった。

『ハリー・ポッターと謎のプリンス』

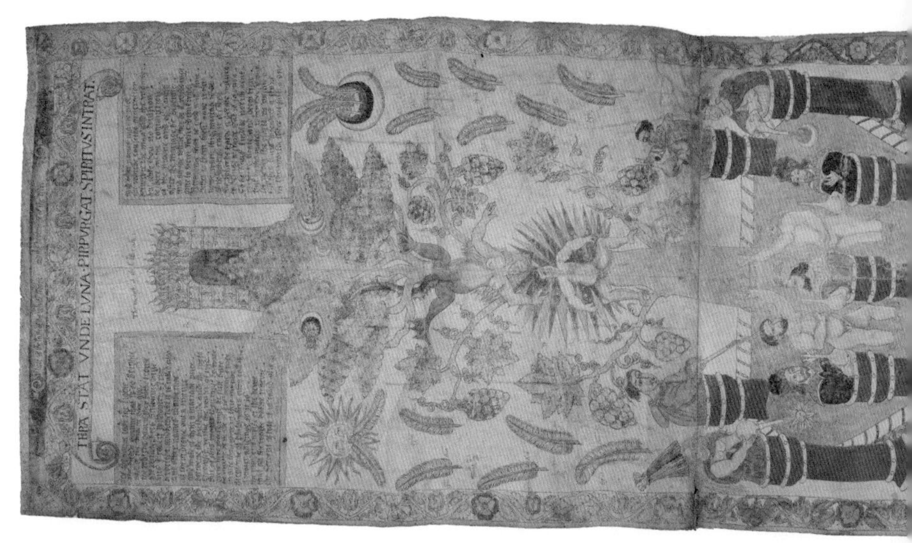

「錬金術とは、『賢者の石』と言われる恐るべき力を持つ伝説の物質を創造することに関わる古代の学問であった。
この『賢者の石』は、いかなる金属をも黄金に変える力があり、また飲めば不老不死になる『命の水』の源でもある」

『ハリー・ポッターと賢者の石』

リプリー・スクロール

これは、「リプリー・スクロール（リプリーの巻物）」と呼ばれる、錬金術についての神秘的な論文集で、エリクサーに関する一連の詩が記されています。題名は、ジョージ・リプリーにちなんで名付けられました。リプリーは、ヨークシャーのブリドリントン小修道院の修道士で、熟練した錬金術師であり、イタリアと現在のベルギーのルーヴェン大学で錬金術を学んだと伝えられています。その後、『The Compound of Alchymy（錬金術集成）』として知られる、賢者の石の製法に関する書を著しました。この写本はリプリーの教義に基づくもので、巻物の長さは4メートル以上もあります。ドラゴン、ヒキガエルなどの色彩豊かな挿絵が描かれ、翼を広げた鳥の絵には、「私の名前は『ヘルメスの鳥』。自分の翼を食べて飼い慣らされる」という説明が書かれています。巻物の最上部には炉があり、その下には木が描かれています。木には、女性の体にドラゴンの尾と水かきのある足が付いたメリュジーヌがぶら下がっています。

「リプリー・スクロールはあまりにも巨大な文書なので、全体を見たことがある人はほとんどいません。この写本は、至る所に象徴が散りばめられ、錬金術の手順を表す生き物やモチーフで豪華に装飾されています」

ジュリアン・ハリソン
主任キュレーター

リプリー・スクロール（イングランド　16世紀）
大英図書館蔵

太陽の輝き

錬金術に関する装飾写本の中でおそらく最も美しいのは、『Splendor Solis（太陽の輝き）』として知られる著作でしょう。著者は不明ですが、賢者の石を使って老いに打ち勝ったと主張したサロモン・トリスモジンが著者だとする、誤った記述が多くあります。この本が作られたのは1582年のドイツで、非常に豪華な挿絵が文章にいくつも添えられています。このページには、２つの水鉢がつながった形の噴水の上に立つ騎士が描かれ、錬金術における物質の変成を象徴しています。騎士の頭上の７つの星は、イニシエーションを象徴しています。７は、錬金術で工程の完了までに一般に必要とされた段階の数です。盾に刻まれた文章はラテン語で、錬金術の工程について書かれています。

➣『SPLENDOR SOLIS（太陽の輝き）』（ドイツ　1582年）
大英図書館蔵

「このページの見事な金色の飾り縁は、中央の肖像画と同じくらい印象的です。飾り縁は、花や鳥、動物の絵で丹念に装飾され、クジャク、フクロウなどが描かれています」

ジュリアン・ハリソン
主任キュレーター

「金を作る石、決して死なないようにする石！
スネイプが狙うのも無理ないよ。誰だって欲しいもの」と
ハリーが言った。

『ハリー・ポッターと賢者の石』

錬金術師ニコラス・フラメル

『賢者の石』で、ハリー、ハーマイオニー、ロンは、ニコラス・フラメルという人物が誰なのか突き止めようと、ホグワーツの図書室でかなりの時間を費やします。ついにハーマイオニーが、以前に軽い読書をしようと思って取っておいた古い本を引っ張り出してきました。ハーマイオニーはヒソヒソ声でドラマチックに読みあげます。「ニコラス・フラメルは、我々の知るかぎり、『賢者の石の創造に成功した唯一の者』」。この古びた本によると、フラメルは著名な錬金術師であり、オペラ愛好家で、年齢は665歳。デボン州でペレネレ夫人と静かに暮らしています。実際のフラメルは中世のパリに住み、ある資料によれば1418年に亡くなったとされています。フラメルは地主で、出版業に携わっていたと（誤って）言われることもあります。この挿絵は、ニコラスとペレネレが制作を依頼した聖嬰児記念碑を描いたもので、2人が最上部の聖人たちの横で祈りを捧げています。

「ニコラス・フラメルは興味をそそる人物です。神話と伝説とハリー・ポッターの魔術が交わる、歴史の交差点に位置しているのです。フラメルについて伝えられている情報は、ほとんどが誤りです。本当のフラメルは錬金術師ではなかったにもかかわらず、死後になって、根拠のない話がどういうわけか出回ったのです」

ジュリアン・ハリソン
主任キュレーター

▼ ニコラス・フラメルとその妻の伝記に描かれた水彩画（フランス　18世紀）
大英図書館蔵

七つの地域の書

アブー・アル＝カーシム・ムハンマド・イブン・アフマド・アル＝イラーキーは、錬金術と魔術について書かれた『七つの地域の書』の著者です。これは、錬金術の図解に専念した研究論文としては、知られている限り最古のものです。この絵は、ヘルメス・トリスメギストスによるものだとされる「秘本」から取られたということになっています。ヘルメス・トリスメギストスは古代エジプトの伝説的な賢人王で、錬金術の秘密を会得して、墓の壁にヒエログリフでそれを記録したとされています。著者は、この絵の各部分に、錬金術の観点から解釈を加えていますが、実はこの絵に意味はありません。著者は知らなかったことですが、この絵は、紀元前1922年～1878年ごろにエジプトを支配した王アメンエムハト２世を追悼して建てられた、古代の記念碑を模写したものなのです。

◁ 錬金術の手順の図　アブー・アル＝カーシム・アル＝イラーキー著『KITĀB AL-AQĀLĪM AL-SAB'AH（七つの地域の書）』（18世紀）より
大英図書館蔵

「アル＝イラーキーは、『自然魔術または白魔術の実践者』を意味する『アル＝シーマーウィー』として知られていました。マムルーク朝のスルターン、バイバルス１世・アル＝ブンドクダーリーの治世であった、13世紀のエジプトに住んでいました。

ビンク・ハルム
キュレーター

太古の化学作業

ニコラス・フラメルの錬金術師としての名声は、結局のところ、フラメルの死後に出回った話に由来するものです。16〜17世紀のこのような伝説によると、フラメルは予知夢を見て、それがきっかけで、賢者の石の真の配合を明かす希少な写本を発見しました。1735年にドイツで初めて出版され、ラビ（ユダヤ教指導者）のアブラハム・エレアツァールが著したとされる、『Uraltes Chymisches Werck（太古の化学作業）』は、その失われた書を翻訳したものだ、と言われています。この絵では、ヘビと、王冠を頂いたドラゴンが、お互いの尾をくわえて円になっています。これは錬金術に関する挿絵でよく見られるもので、「materia」（第1質料）と「spiritus universalis」（普遍精神）の統合を象徴しています。この統合は、賢者の石を創り出すのに不可欠だと考えられていました。

➤『R. ABRAHAMI ELEAZARIS URALTES CHYMISCHES WERCK（ラビ・アブラハム・エレアツァール 太古の化学作業）』（エルフルト 1735年）
大英図書館蔵

「研究者の間では、いまだに『太古の化学作業』が本物かどうか論争され、エレアツァールがそもそも実在したかどうかにも異論が唱えられていますが、この書が、賢者の石の製法を示そうと試みたものであることには変わりありません」

アレクサンダー・ロック
キュレーター

「ねっ？ あの犬はフラメルの『賢者の石』を守っているに違いないわ！
フラメルがダンブルドアに保管してくれって頼んだのよ。
だって２人は友達だし、フラメルは誰かが狙っているのを知ってたのね。だからグリンゴッツから石を移して欲しかったんだわ！」

『ハリー・ポッターと賢者の石』

フラッフィーとの遭遇

J.K. ローリングが描いたこの原画は、ネビル、ロン、ハリー、ハーマイオニー、ゲイリー（のちに名前が「ディーン」に変わり、この場面からは削除された）が、恐ろしい巨大な三頭犬と遭遇する場面を描いています。この絵には、ネビルのウサギ模様のパジャマ、ロンのそばかす、ハーマイオニーの大きな前歯など、それぞれの人物にふさわしい細部が描き込まれています。この初期の絵を見ると、著者の頭の中で、それぞれの登場人物がどう見えていたのかを知ることができます。この場面は、初めは第７章「ドラコの決闘」に入る予定でしたが、最終的には第９章となり、「真夜中の決闘」という題名に変わりました。この場面で、ハーマイオニーだけは動じずに、「フラッフィー」が仕掛け扉を守っていたことを見抜きました。それがきっかけで、ハリーは、グリンゴッツ銀行の713番金庫から持ってきたハグリッドの謎の包みが、そこに隠してあることに気付きました。

L-R : Neville, Ron, Harry, Hermione, Gary
Chap 7 - Draco Duel

➢ ハリーと友人のペン画
J.K. ローリング作（1991年）
J.K. ローリング蔵

４人が真正面に見たのは、怪獣のような犬の目だった――床から天井までの空間全部がその犬で埋まっている。頭が３つ。血走った３組のギョロ目。３つの鼻がそれぞれの方向にヒクヒク、ピクピクしている。３つの口から黄色い牙をむき出し、その間からヌメヌメとした縄のように、ダラリとよだれが垂れ下がっていた。

『ハリー・ポッターと賢者の石』

錬金術師

錬金術の研究は、何世紀にもわたって世界中の人々を魅了してきました。絵画に描かれた錬金術師の姿はさまざまで、実現する見込みのない夢を追うことに無駄な努力をつぎ込む山師として描かれることもあれば、反対に、研究に没頭し、素晴らしい発見をまさにしようとする天才として描かれることもありました。錬金術師は死の恐怖に駆り立てられてエリクサーを追い求めていたため、絵画の中で死が暗に象徴されていることも多くありました。この絵では、隅に潜んでいる人間の頭蓋骨と斧が死を象徴しています。壁には動物の剥製が飾られ、柱には謎めいた記号が刻まれ、所狭しと薬瓶や化学装置が置かれ、テーブルには本が辛うじて見えます。錬金術師は、裏に毛皮が付いた服を着て、ガラスの薬瓶を一心不乱に見つめています。

「背景には火が燃えていますが、錬金術師の額のほうが明るく輝いています。これは、実験中に大発見をしたことを象徴しているのでしょう。」

ジュリアン・ハリソン
主任キュレーター

➢ エドワード・チャールズ・バーンズ（1830 ～ 1890年）作
「An Alchemist（錬金術師）」
ウェルカム・コレクション蔵

「よいか、『石』はそんなにすばらしいものではないのじゃ。お金と命が止めどなく欲しいだなんて！ 大方の人間が何よりもまずこの2つを選んでしまうじゃろう……困ったことに、どういうわけか人間は、自らにとって最悪のものを欲しがるくせがあるようじゃ」

ダンブルドア教授／『ハリー・ポッターと賢者の石』

Wellcome Collection, London

クィレルと賢者の石

これは、『ハリー・ポッターと賢者の石』の第17章「二つの顔をもつ男」の手書きの原稿で、J.K. ローリングは、罫線のない紙にボールペンで書いています。多少文章が削除されているのが分かりますが、この初期の原稿に書かれた会話の大部分は、出版された本の文章と同じです。賢者の石を盗む企ての黒幕が、疑っていたスネイプ教授でなくクィレル教授だと分かったハリーは、「あなたはまだ石を手に入れていない……ダンブルドア先生がもうすぐここに来る。先生が来たら、そうはさせない」という、大胆なセリフを言います。このセリフとクィレルの次のセリフは編集の過程で削除され、この対決は組み立て直されました。出版された本では、クィレルが、ハリーを縄で拘束した直後、トロールを学校に入れたのは自分だと明かします。

Chapter Seventeen
The Man with Two Faces.

It was Quirrell.
"You!" said Harry.
Quirrell smiled, and his face wasn't twitching at all.
"Me," he said calmly.
"But I thought – Snape –"
"Severus?" Quirrell laughed and it wasn't his usual quivering treble either, but cold and sharp. "Yes, Severus does seem the type, doesn't he? So useful to have him swooping around like an overgrown bat. Next to him, who would suspect me? P-p-poor st-st-stuttering P-P-Professor Quirrell."
"But he tried to kill me –"
"No, no, no," said Quirrell. "I was trying to kill you. Your friend Miss Granger accidentally knocked me over as she rushed to set fire to Snape. It broke my eye contact with you. Another few seconds and I'd have got you off that broom. I'd have managed it before then if Snape hadn't been muttering a counter-curse, trying to save you."
"He was trying to save me?"
"Of course," said Quirrell coolly. "Why do you think he wanted to referee your next match? He was trying to make sure I didn't do it again. Funny, really... he needn't have bothered. I couldn't do anything with Dumbledore watching. All the other teachers thought Snape was trying to stop Gryffindor winning, he did make a fool of himself... ~~and he needn't have bothered~~ and what a waste of time, when after all that I'm going to kill you tonight."
Quirrell snapped his fingers. Ropes sprang out of thin air and wrapped themselves tightly around Harry.
"Now, you wait there, Potter, while I examine this interesting mirror –"
It was only then that Harry realised what was standing behind Quirrell. It was the Mirror of Erised.
"You haven't got the stone yet –" said Harry desperately. "Dumbledore will be here soon, he'll stop you –"
"For someone who's about to die, you're very talkative, Potter," said Quirrell, feeling his way around the Mirror's frame. "This mirror is the key to finding the stone, it won't take me long – and Dumbledore's in London, I'll be ~~long gone~~ far away by the time he gets here –"
All Harry could think of was to keep Quirrell talking.
"That troll at Hallowe'en –"
"Yes, I let it in. I was hoping some foolhardy student would get themselves killed by it, to give me time to ~~get to~~ see what was guarding the stone. Unfortunately, Snape found out. I think

「J.K. ローリングは対話を書くのがとても好きだと語っています。この草稿では、対話を少し変更するだけで性格描写が大きく変わるということが分かります」

ジョアナ・ノーレッジ
キュレーター

◀『ハリー・ポッターと賢者の石』第17章の手書き原稿
J.K. ローリング 作 ▶
J.K. ローリング蔵

that ghost with ~~his head hanging off~~ the loose head tipped him off. Snape came straight to the third floor corridor to head me off ... and you didn't get killed by the troll! That was why I tried to finish you at the Quidditch match — but blow me if I didn't fail again."

Quirrell rapped the Mirror of Erised impatiently.

"Dratted thing ... trust Dumbledore to come up with something like this ..." He stared, squinting, into the mirror. "I see the stone," he said. "I'm presenting it to my Master ... but where is it?"

He went back to feeling his way around the mirror.

~~A sudden thought struck~~ Harry's B mind was racing.

B "What I want more than anything else in the world, at this moment," he thought, "is to find the Stone before Quirrell does. So if I look in the mirror, I should see myself finding it — which means I'll see where it's hidden. But how can I look without him realising what I'm up to? & I've got to play for time ..."

"I saw you and Snape in the forest," he blurted out.

"Yes," said Quirrell idly, walking around the mirror to look at the back. "He was onto me. Trying to find out how far I'd got. He suspected me all along. Tried to frighten me — as though he could scare me, when I had ~~with the~~ Lord Voldemort ~~behind me~~ on my side."

"But Snape always seemed to hate me so much —"

"Oh, he does," Quirrell said casually. "Heavens, yes. He was at ~~school~~ Hogwarts with your father, didn't you know? They loathed each other. But he didn't want you dead.*"

"And that warning burned into my bed —"

"Yes, that was me," said Quirrell, now feeling the Mirror's clawed feet. "I heard you and Weasley in my class, talking about Philosopher's Stones. I thought you might try and interfere. Pity you didn't heed my warning, isn't it? Curiosity has led you to your doom, Potter."

"But I heard you a few days ago, sobbing — I thought Snape was threatening you —"

For the first time, a spasm of fear flitted across Quirrell's face.

"Sometimes —" he said, "I find it hard to follow my Master's instructions — he is a great man and I am weak —"

"You mean he was there in the classroom with you?" Harry gasped.

"He is with me wherever I go," said Quirrell softly. "I met with him when I travelled round the world, a foolish young man, full of ridiculous ideas about good and evil. Lord Voldemort showed me how wrong I was. There is no good and evil. There is only power, and those too weak to seek it ... Since then, I have served him faithfully, though I have let him down many times. He has had to be very hard on me." Quirrell shuddered suddenly. "He does not forgive mistakes easily. When I failed to steal the Stone from

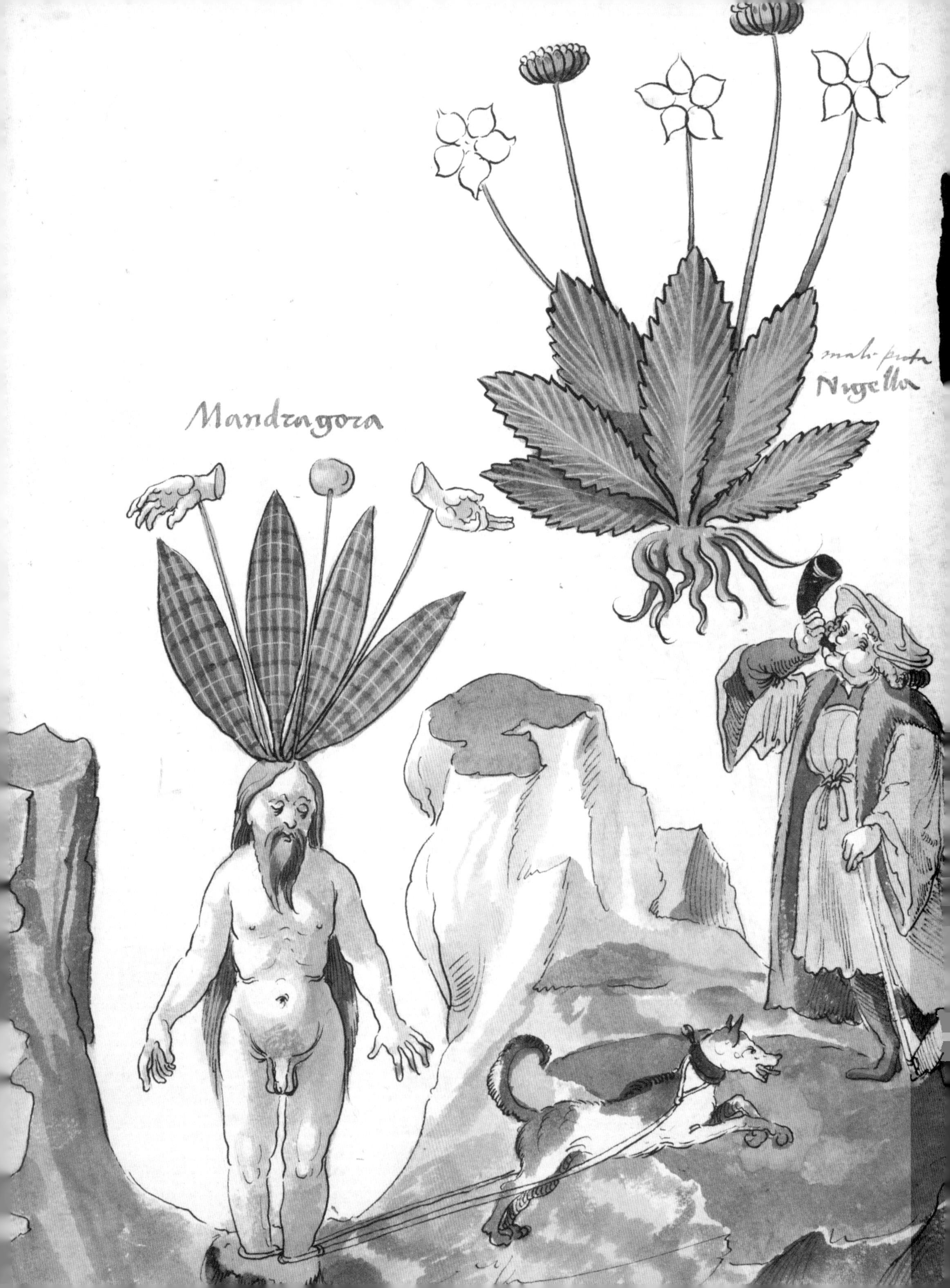
Mandragora
Nigella

第3章

薬草学

薬草学

アンナ・パボード

アンナ・パボードは、ベストセラーとなった『The Tulip（邦題：チューリップ ヨーロッパを狂わせた花の歴史）』、最近では『Landskipping（風景）』などの著書があります。著書『The Naming of Names（植物の命名）』（これもブルームズベリー社刊）では、古代ギリシャから現代まで続いている、植物の世界における規則を探求、考察しています。40年以上ドーセットに住み、日当たりの良い急な斜面で、テンナンショウやモクレンに囲まれてガーデニングをしています。

イラクサに足を引っかけた子供が悲鳴を上げたら、ギシギシの葉を探してきて、かぶれてヒリヒリとかゆくなったところに巻く。この昔ながらの知恵は、植物に関する民間伝承として英国に今でも残り、広く知られているが、この種の伝承としてはおそらく最後のものだろう。私たちは、薬が必要なときは、錠剤や高い市販の飲み薬に手を伸ばすことが多く、かつて牧草地や川岸や森で摘み集められていたさまざまな野草の使い方は、良くも悪くも、ほとんど忘れ去られてしまった。例えば、イカリソウ、ウマノスズクサ、ムシトリスミレ（牛の乳房にこすり付けて病気の予防・治療薬とする）、アストランティア、ヒメハギなどである。オウシュウヨモギ（Artemisia vulgaris）は、薬草および魔法の草としてヨーロッパ全土で尊ばれていた。「これが家の中にあれば、悪い妖精は寄り付かない」ことは、誰もが知っていた。エクセター大聖堂の天井の辻飾りに刻まれた植物のひとつでもある。英国原産の植物の一般名には「wort」が付くものが多いが、これは、かつて薬の一種として使われていたことを表している。

ホグワーツでは、植物とその使用法を学ぶ薬草学が、当然ながら教育課程の中心的位置を占め、全生徒が履修しなければならない主要7科目のひとつとなっている。薬草学の授業はポモーナ・スプラウト教授が担当している。フィリダ・スポア著『薬草ときのこ千種』は1年生の必須の教科書のひとつで、新1年生のハリー・ポッターも、ダイアゴン横丁のフローリシュ・アンド・ブロッツ書店で、ちゃんと購入した。

とはいえ、この薬草学概論を入手できないマグルでも、ホグワーツ生が学ぶアスフォデル、ハナハッカ、ニガヨモギなどの植物について学ぶことはできる。このような植物に関心があれば、モンクスフードとウルフスベーンの違いに関するスネイプ教授の質問にも答えることができるだろう。正解は、「違いはない」である。どちらも同じ植物（トリカブト）で、ヨーロッパ各地でさまざまな名称がある。トリカブトは古代ギリシャでは、「アコニトン」と呼ばれ、クレタ島やザキントス島に豊富に生え

يكون له ساق ه والصنف الاخر يعرف بالذكر وهو
ابيض ويقال له موريون وله ورق ابيض املس كبار عراض
شبيه بورق السلق في شكله ولفاحه اضعف من لفاح الصنف
الأول ولونه شبيه بلون الزعفران طيب الرائحة مع ثقل وياكله
الرعاة فيعرض لهم من ذلك شي يسير من السبات وله اصل شبيه
باصل الصنف الأول الا انه اكبر من الصنف الأول وابيض منه
وهذا الصنف ليس له ساق وقد يستخرج عصاره قشر اصل هذا
الصنف وهو طري ان يدق القشر ويصير تحت شي ثقيل
وينبغي ان تشمس العصاره وتخزن بعد ان تثخن وترفع في اناء من خزف

ていた。根を乾燥させてすりつぶすと、効果が高く死に至ることもある毒薬となり、解毒剤はほとんどない。死に至るまでの時間は、採集されてからの時間と同じだとされている。西暦77年ごろにアコニトンについて書いたギリシャの医師、ディオスコリデスは、アコニトン中毒の最も良い治療法は、ネズミを丸ごとのみ込むことだと考えていた。

ディオスコリデスは、ローマ軍に医師として従軍し近東を広く旅した。著書『De materia medica（医薬の材料について）』は、薬草の識別に役立つ野外観察図鑑の一種で、それぞれの植物で治せる病気や解決できる問題の概要が書かれている。この書は1500年間にわたって、植物学の最高権威として尊ばれたが、中世に英国で作られた写本は、伝言ゲームのように、ディオスコリデスの明瞭簡潔で実用的な原本からどんどん離れていった。『The Lay of the Nine Healing Herbs（九つの薬草の歌）』は、このような中世の模倣者によって生み出された典型的な書で、魔術やアングロサクソン人の迷信がふんだんに盛り込まれている。迷信のひとつは「エルフの一撃」に関するもので、脇腹が突然刺すように痛む、いわゆる「差し込み」が、意地悪な妖精の仕業だとされている。また、「空飛ぶ毒」については、「オークのたいまつを四方に向かって４回強く振り、たいまつに血を付けてから捨て、以下を３回唱える」と書いてある。

また、「オウシュウヨモギやセイヨウオトギリ（Hypericum perforatum）を持たずに旅に出かけることは、愚かである」と言われていた。しかも、持って行くだけでは不十分で、左のわきの下に付けなければ効果を発揮しないという。書かれているとおりに正しく使えば、千里眼や魔法、妖術、邪視に対抗する強力な防御手段となるという。薬草を使う際は、その薬草が、いつどこで、どのように採集されたかも知っていなければならない。また、薬草の効き目は、儀式を正しく行ったかどうかによって左右される。特に、マンドレイクを扱うときは、それが絶対不可欠であった。

牙のようにとがったマンドレイクの根は人間の形をしているとされ、効き目が強く、共感魔術の薬として使われた。イタリア北部とギリシャの原産だが、乾燥させた根は、ヨーロッパ全土の薬局で見られた。マンドレイクは強力な効果を持つ植物で、幻覚を引き起こし、初期の薬草書では鎮痛薬として広く推奨された。また、媚薬としても使われた。土から引き抜くときには、叫び声を上げると言われている。中世の写本には、収穫の際に行わなければならない複雑な儀式が記述されている。儀式には象牙の道具と空腹の犬が必要で、月の満ち欠けにも注意を払わなければならない。これは、薬草を採集する人々が身を守るために考え出した巧妙な秘策とも思えるが、ホグワーツの生徒たちは、温室でマンドレイクを扱うとき、耳当てを着けていた。

マンドレイクは非常に高価だったため、必然的に、偽のマンドレイクが市場にあふれるようになった。ドイツの植物学者、レオンハルト・フックスは、マンドレイクの根はカンナという植物の根を彫刻したものが多いと述べている。イングランドの薬草学者、ジョン・ジェラードは、マンドレイクと呼ばれているものは、実際には、野生のブリオニアの根だと言い、「飲み食いのほかにすることのない暇な怠け者」によって作られたものだと述べている。

1597年に出版されたジェラードの『Herball（薬草書）』には、フィリダ・スポアの概論書よりさらに多くの植物の詳細が記載されている。ジェラードは盗作者で詐欺師だったが、ジェラードと同書は成功を収めた。というのも、ヨーロッパ大陸では、大学付属の植物園や、一流の出版社による学術書、偉大な教師、そして、15世紀にイタリア北部の画家たちが生み出したような植物の豪華な挿絵など、学術界の体制が植物の研究の発展を助けたが、英国にはそのようなものは存在しなかったからである。

ジェラードは、ロンドンのホルボーンに作った自らの庭園でマンドレイクを栽培していた（当然のことながら、冬に霜が降りて枯れてしまった）が、マンドレイクにまつわる迷信については、「ばかげた作り話」だとして退けている。ところが、葉ではなくガン（鳥）が生えてくるという、オークニー諸島の「barnacle tree」（「フジツボの木」の意）と呼ばれる不思議な木については著書に詳しく記し、「正しい」ラテン名として「Britannica concha anatifera」と命名までしている。自然を観察していた当時の人々と同様、ジェラードも、まだ解明されていない自然現象を説明しようとしていた。当時は、鳥が毎年、長い距離を移動することを誰も知らなかった。では、突然現れる不思議なガンの群れは、どこから来るのか？ 当時の時代背景に照らすと、フジツボの木から生まれるという説明は、他の説明と同じくらい、納得のいくものだったのである。

哀れな私たちマグルは、「ピョンピョン球根」や「暴れ柳」の不思議な性質について、きちんと教わる機会はないかもしれないが、古い言い伝えの一部は、今も生き続けている。ホグワーツの生徒は、どの植物やきのこが闇の力から守ってくれるかを教わった。私の家の辺りでは、在来種であるセイヨウナナカマドの枝が、農家の玄関ポーチの上に魔女除けとして取り付けられているのを、今でも時々見かける。万が一に備えて……。

Anna Pavord

ホグワーツで学ぶ薬草学

ホグワーツの薬草学の授業は、ホグワーツ城の敷地内にある温室で行われます。ここに挙げた絵は、薬草学の授業で使う温室のひとつをジム・ケイが綿密にスケッチしたもので、各部分で構造が異なるガラス張りの建物が描かれています。キュー植物園（ジム・ケイはキュー植物園で働いていたことがある）のヤシ館、温帯植物館、高山植物館を見たことのある人なら、この絵を見れば、植物に合わせてさまざまな環境を備えた温室だと分かるでしょう。

「ケイが構想した温室は、垂れ下がる植物、壁をはい上がる植物、水中で育つ植物、日陰で広がる植物など、さまざまな植物に何が必要かを考えてデザインされていることが、よく分かります」

ジョアナ・ノーレッジ
キュレーター

▽ホグワーツの温室のスケッチ
ジム・ケイ 作
ブルームズベリー社蔵

ハリー、ロン、ハーマイオニーは一緒に城を出て、野菜畑を横切り、魔法の植物が植えてある温室へと向かった。

『ハリー・ポッターと秘密の部屋』

スプラウト先生はずんぐりした小さな魔女で、髪の毛がふわふわ風になびき、その上につぎはぎだらけの帽子をかぶっていた。ほとんどいつも服は泥だらけで、爪を見たらあのペチュニアおばさんは気絶しただろう。

『ハリー・ポッターと秘密の部屋』

A ポモーナ・スプラウト教授のペン画
J.K. ローリング 作（1990年12月30日）
J.K. ローリング蔵

ずんぐりした小さな魔女

『ハリー・ポッターと賢者の石』が出版される7年前にJ.K. ローリングが描いたスプラウト教授の初期のスケッチには、薬草学の授業で扱う植物に囲まれているスプラウト教授が描かれています。ホグワーツの薬草学の授業では、通常の植物と魔法の植物の両方を教えます。トレーに生えているのは毒きのこでしょうか、それともレッドキャップ（赤い帽子をかぶっているという悪鬼）でしょうか？ ひとつの植木鉢から巻きひげが広がっていますが、これは実は、毒触手草が、かじる物をこっそりと探しているのでしょうか？ スプラウト教授自身は、魔女の帽子をかぶっています。帽子のてっぺんからはクモがぶら下がり、温室で植物を食べてしまう虫たちを駆除するのに役立っています。

カルペパーの薬草書

J.K. ローリングは、物語に登場させる薬草や魔法薬の名前を考える際、薬剤師ニコラス・カルペパーの薬草書を参考にしました。この書は、『The English Physician（英語で書かれた療法）』という題名で、1652年に初めて出版されました。その後、100以上の版が出て、北米で出版された初の医学書となりました。カルペパーの薬草書は、在来種の薬草を網羅し、特定の病気と対応させて示し、最も効果的な治療方法と、どのようなときにそれを行うかを指示しています。カルペパーは薬剤師の免許を持っていなかったため、医学界からは疎まれていました。ロンドンで医療行為を独占していた医師たちは、カルペパーを妬み、独占を守ろうとしたのです。カルペパーは医師会と衝突し、1642年には、魔術を使ったとして裁判にかけられたものの、無罪となったようです。

CULPEPER's
ENGLISH PHYSICIAN;
AND COMPLETE
HERBAL.
TO WHICH ARE NOW FIRST ADDED,
Upwards of One Hundred additional HERBS,
WITH A DISPLAY OF THEIR
MEDICINAL AND OCCULT PROPERTIES,
PHYSICALLY APPLIED TO
The CURE of all DISORDERS incident to MANKIND.
TO WHICH ARE ANNEXED,
RULES for Compounding MEDICINE according to the True SYSTEM of NATURE:
FORMING A COMPLETE
FAMILY DISPENSATORY,
And Natural SYSTEM of PHYSIC.
BEAUTIFIED AND ENRICHED WITH
ENGRAVINGS of upwards of Four Hundred and Fifty different PLANTS,
And a SET of ANATOMICAL FIGURES.
ILLUSTRATED WITH NOTES AND OBSERVATIONS,
CRITICAL AND EXPLANATORY.

By E. SIBLY, Fellow of the Harmonic Philosophical Society at PARIS; and Author of the Complete ILLUSTRATION of ASTROLOGY.

HAPPY THE MAN, WHO STUDYING NATURE'S LAWS,
THROUGH KNOWN EFFECTS CAN TRACE THE SECRET CAUSE. DRYDEN.

LONDON:
PRINTED FOR THE PROPRIETORS, AND SOLD BY GREEN AND CO. 176, STRAND.
MDCCLXXXIX.

➢『CULPEPER'S ENGLISH PHYSICIAN; AND COMPLETE HERBAL（カルペパーの英語で書かれた療法と薬草大全）』（ロンドン　1789年）
大英図書館蔵

「カルペパーは、教育水準の低い階層に情報を伝えようと願って、従来のようなラテン語でなく、英語で執筆しました」

アレクサンダー・ロック
キュレーター

週3回、ずんぐりした小柄なスプラウト先生と城の裏にある温室に行き、「薬草学」を学んだ。不思議な植物やきのこの育て方、どんな用途に使われるかなどを勉強した。

『ハリー・ポッターと賢者の石』

Mr. NICHOLAS CULPEPER Born 18th. Oct. 11 m P.M. 1616 DEPARTED this Life 10th of January 1654

魔法の園芸用具

薬草学は、ホグワーツの生徒が全員履修する必須科目です。このことは、魔法や医療、薬草学において、植物が非常に重要だったことを反映しています。ここに挙げた園芸用具は骨や枝角から作られ、種まきと収穫専用に使われました。このような道具は、収穫する植物が汚染されないよう、必ず天然の材料だけを使っていました。使う素材には、象徴的な意味もありました。枝角は動物の頭から上に伸びるため、枝角から作られた道具は、地を天空の霊界と結び付けると考えられていました。枝角は毎年落ちて生え替わるため、復活と再生を象徴しています。

◁ 枝角と骨から作られた園芸用具
ボスキャッスル魔法博物館蔵

「このような道具は、何千年にもわたって使われてきました。植物は、薬効だけでなく、その植物が持っているとされる超自然的な力を目的として収穫されることも多くあり、そのような場合には、採集の際の儀式がことのほか重要視されました」

アレクサンダー・ロック
キュレーター

庭小人のスケッチ

ハリー・ポッターの世界に出てくる庭小人（学名ゲルヌンブリ・ガーデンシ）は、放置するとたちまち手に負えなくなる害獣です。庭小人（ノームともいう）は、成長すると背丈が30センチほどとなり、庭に巣穴を掘って、芝生の上に見苦しい土の山を作ります。あまり知能は高くないようで、ウィーズリー家で庭小人の駆除が始まると、何匹かが巣穴から出て見物しに来ましたが、結局は自身が庭から放り投げられるはめになりました。ジム・ケイのスケッチは、ジャガイモのような頭と、きょとんとして頭の鈍そうな表情を描いて、庭小人の醜さをとらえています。

A 庭小人のスケッチ　ジム・ケイ 作
ブルームズベリー社蔵

ヘビにかまれた傷の治療薬

ヘビにかまれた傷の特効薬は何だったのでしょうか？ この12世紀の写本には、ヘビにかまれたら、「Centauria major」（「大型ベニバナセンブリ」の意）と「Centauria minor」（「小型ベニバナセンブリ」の意）を探すようにと助言しています。この2つの植物は、古代ギリシャのケイローン（ケンタウルス）にちなんで命名されています。ギリシャ神話に登場するケイローンは、名高い医師、占星術師、託宣者でした。弟子のひとりで、医学と治療の神であるアスクレーピオスは、胎児のときに救出されてケイローンのもとに連れて来られ、ケイローンによって養育されました。このペン画では、ケイローンが、トーガを着たアスクレーピオスに、その2つの植物を渡しています。2人の足元には、去っていくヘビが描かれています。

➢ 薬草書に描かれたベニバナセンブリ（イングランド 12世紀）
大英図書館蔵

水曜日は「薬草学」の試験だった（「牙つきゼラニウム」にちょっとかまれたほかは、ハリーはまあまあのできだったと思った）。

『ハリー・ポッターと不死鳥の騎士団』

...uritu. Itali

...ul. contrita facies
...mirabiliter sanat.
...icula que in ingui-
...ascitur. Herba
...patiu contusa
...no in ligno sic ut
...axungia facies
...onis paniculam
...ecludit. Legis
...uria maior.
...inici dicitur Abus-
...is dicit. Alii
...nas. Itali fel terre
...us in uino
...s dolorem.
...ca splenem psa-

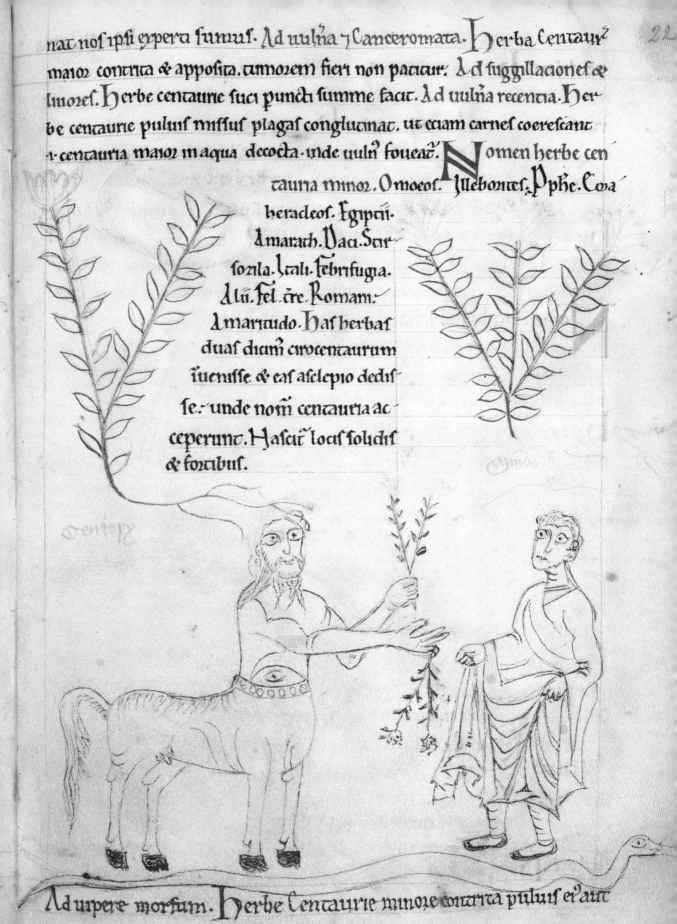

nat nos ipsi experti sumus. Ad uulnera et canceromata. Herba centaurie maior contrita & apposita. tumorem fieri non patitur. Ad suggillaciones & liuores. Herbe centaurie suci puncti summe facit. Ad uulnera recentia. Herbe centaurie puluis missus plagas conglutinat. ut etiam carnes coerescant. Centauria maior in aqua decocta. inde uulnus foueatur. Nomen herbe centauria minor. Omoeos. Illebontes. Prophete. Centauria heracleos. Egiptii. Amarath. Daci. Stirsozila. Itali. Febrifugia. Alii. Fel terre. Romani. Amaritudo. Has herbas duas dicunt chironcentaurum inuenisse & eas asclepio dedisse. unde nomen centauria acceperunt. Nascitur locis solidis & fortibus.

Ad uipere morsum. Herbe centaurie minoris contrita puluis et aut

治療用の植物

中世には、多くの学者が、自らが実際に使うために写本を編纂して、個々の植物の性質を記録し、図解しました。豪華な装飾を施したこの薬草書は、1440 年ごろ、イタリア北部のロンバルディアで作られたもので、おそらく裕福な地主のために編纂されたと思われます。どのページも、真に迫るさまざまな植物の絵が描かれ、それぞれの植物の名称が簡潔に説明されています。ニワトコの仲間の植物を掲載したこのページには、威嚇する緑色のヘビと、とぐろを巻き、舌の先が分かれたドラゴンが描かれています。中世の薬草書に描かれたこれらの絵は、この植物がヘビにかまれた傷を治すのに使えると信じられていたことを物語っています。この写本では、動物の絵を使って植物の適切な使用方法を示しており、このページには穀物をついばむ鶏の絵が描かれています。

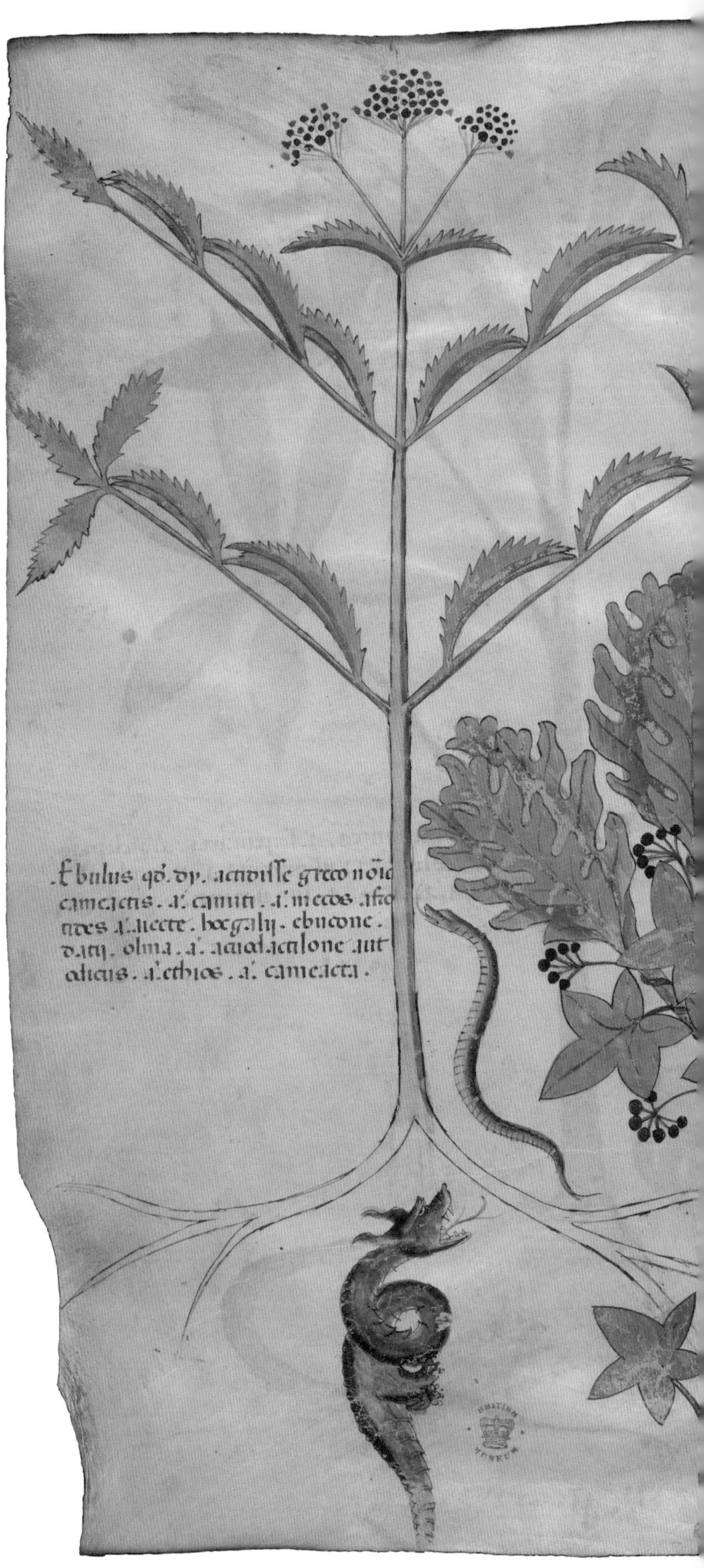

➢ 薬草書に記載されたニワトコ
（イタリア　15 世紀）
大英図書館蔵

「『スネークルート』という語は、現代では、オオバコなど、薬効のあるさまざまな植物に使われています。傷にオオバコの湿布をすると治りが速くなると、広く信じられています」

ジュリアン・ハリソン
主任キュレーター

ジェラードの薬草書

ジョン・ジェラードはイングランドの植物学者で、最も有名な著書は、『The Herball or Generall Historie of Plantes（薬草書あるいは一般植物誌）』です。ジェラードは、ロンドンのホルボーンに自らの庭園を持ち、ありとあらゆる植物をそこで栽培していました。その中には、外来種であるジャガイモもありました。この薬草書には、木版画の挿絵が1800点以上収録されています。そのうち、実際にこの書のために制作されたのは16点だけで、残りの挿絵は、その6年前にドイツで出版された本から取ってきた（そのことを記載せずに）ものです。ジェラードは、イングランドのどこに珍しい種が生息しているかを記録しています。ここに挙げたページでは、ヨモギの仲間（Artemisia）の植物とニガヨモギ（Artemisia absinthium）について書いてあります。ヨモギの一種は、庭をガなどの昆虫から守るハーブとして使われていました。また、内服して寄生虫を体内から駆除するのに使われることもありました。ニガヨモギには毒性があり、アルコール度数が高いリキュールであるアブサンの原料に使われています。ホグワーツでは、生徒がニガヨモギを使って、生ける屍の水薬や縮み薬など、いくつかの魔法薬を作る方法を習います。

➢ ヨモギ・ニガヨモギ 『The Herball or Generall Historie of Plantes, gathered by John Gerarde of London, Master in Chirurgerie（薬草書あるいは一般植物誌　ロンドンの外科医術師ジョン・ジェラード収集）』より（ロンドン 1597年）
大英図書館蔵

スプラウト先生は大きな鍵をベルトから外し、ドアを開けた。天井からぶら下がった、傘ほどの大きさがある巨大な花の強烈な香りに混じって、湿った土と肥料の臭いが、プンとハリーの鼻をついた。

『ハリー・ポッターと秘密の部屋』

944 THE SECOND B

✻ *The deſcr.*

3 This kinde of Wormwood *Geſnerus* and that le
Abſinthium Egyptium, but *L'Obelius Abſinthium*
in ſhape and ſhew one from another; yet all ſuch d
by the place and countrey where they grow: the lea
Trichomanes, which is our common Maidenhaire, o
oppoſite againſt another, and of a ſtrong ſauour.
4 This Wormwood which *Dodonæus* calleth *Abſ.*
the ſea Wormwood, in his ſmall and tender leaue
foreſaide Sea wormwood, but it is of a ſad or deepe
uour at all, whereupon it was called and that very
dum: in Engliſh fooliſh, or vnſauory wormwood.

5 *Abſinthium marinum, Abrotoni fœminæ facie.*
Mugwoort Wormwood.

from the Santons, groweth farre from the Alpe
then hath it not his name of the Santons.

✻ *The temperat*

White wormwood is hot and ſomewhat drie.
A Vnſauorie Wormwood as it is without ſmell a
leſſe hath it any ſcouring facultie; theſe are not v
ing as it were wilde or degenerate kindes of Wo
forme and ſmell of other plants.

hecarie *Valerandus Donroz*, called
d *Tridentiunm*, do differ verie little
there are be knowne and discerned
lant are verie like to the leaues of
our, euery small leafe standing one

orum, and *Insipidum*, is very like vnto
: beareth flowers also like vnto the
ing neither bitter taste, nor any sa-
ium inodorum, or *Absinthium insipi-*

✱ *The description.*

le of sea Wormwood is a shrubbie
lant, in face and shewe like to Mug-
rong smell; hauing flowers like those
on wormwood, at the first shewe like
ander cotton: the roote is tough and

✱ *The place.*

nts are strangers in England, yet we
ewe of them in the gardens of Her-

✱ *The time.*

of their flowring and seeding is re-
: other wormwoods.

✱ *The names.*

ite Wormwoode *Conradus Gesnerus*
iphium fœmina, and saith, that it is
called *Herba alba*, or white Herbe; an
ther name it *Santonicum*, for as *Dios-*
, *Santonicum* is founde in Fraunce be-
Alpes, and beareth his name of the
here it groweth: but that part of Swis-
ch belongeth to Fraunce is accounted
aines to be beyond the Alpes; and the
the Santons is far from it: for this is a
ines scituated vpon the coast of the
neath the floude Gerond northward:
anton wormwood if it haue his name
growe neere adioining to the Alpes,

tues.

o is it scarse of any hot qualitie, much
icke where the others may be had, be-
ome of them participating both of the

Of

Of Mugwoort. *Chap. 437.*

✱ *The kindes.*

There be diuers sorts of Mugwoorts, as shall be declared.

1 *Artemisia mater Herbarum.*
Common Mugwoort.

2 *Artemisia tenuifolia.*
Thinne leafed Mugwoort.

✱ *The description.*

1 The first kinde of Mugwoort hath broad leaues, very much cut or clouen, like the le
common wormwood, but smaller, of a darke greene colour aboue, and hoarie vnde
the stalkes are long and straight, and full of branches, whereon do grow small roun
tons which are the flowers, smelling like Marierome when they waxe ripe: the roote is gr
of a woodie substance.

2 The seconde kinde of Mugwoort hath a great thicke and woodie roote: from when
sundrie braunches of a reddish colour, beset full of small and fine iagged leaues, very li
sea Sothernwood: the seed groweth alongst the small twiggie branches, like vnto little
which fall not from their branches, in a long time after they be ripe.

3 There is another Mugwoort of the sea, that hath leaues like vnto sea Purslane, thick, fat,
ous, of a grayish colour: among which riseth vp a stalke two cubits high, diuiding it selfe into
branches, beset full of small and barren flowers, like sea wormwood: the roote is thicke
woodie substance.

植物と薬

497種類の植物の絵を掲載したこの本は、16世紀に薬を作っていた人にとって、なくてはならないものだったことでしょう。ドイツの医師、レオンハルト・フックスは、植物を正確に観察して挿絵を描き、31年の歳月をかけてこの本を完成させました。この本には、史上初めて印刷物に掲載された植物が、カボチャ、トウガラシ、ジャガイモなど100種以上もあります。17世紀にこの本が発見されると、著者の研究を称えて、植物分類の属がフックスにちなんだ「フクシア属」と命名されました。この絵の植物は、ヘレボルス・アルバ（「白ヘレボルス」の意）で、クリスマスローズの仲間です。

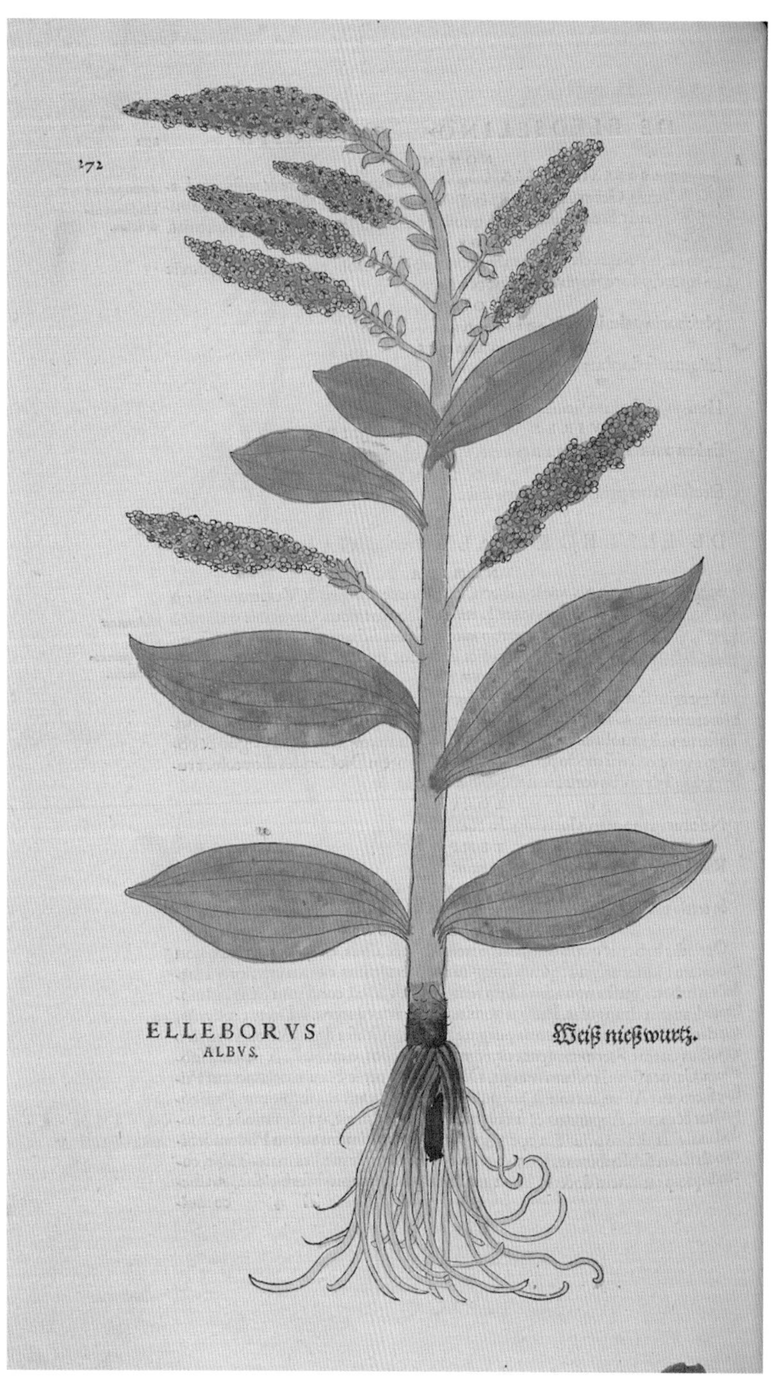

◁ヘレボルス　レオンハルト・フックス著『De historia stirpium commentarii insignes（植物誌）』より（バーゼル　1542年）
大英図書館蔵

「ハリー・ポッターは、安らぎの水薬を調合したときにヘレボルス（日本語版では「バイアン草」）を加えるのを忘れましたが、16世紀にはさまざまな種類のヘレボルスがよく知られていました。そのひとつ、ヘレボルス・ニゲル（「黒ヘレボルス」の意）は大昔から薬として使われてきましたが、現在では有毒だとされています」

ジョアナ・ノーレッジ
キュレーター

新奇な薬草

『A Curious Herbal（新奇な薬草）』は、驚くべき経緯を持つ書です。著者のエリザベス・ブラックウェル（1707～1758年）は、夫のアレクサンダーを債務者刑務所から釈放させるのに必要な資金を集めるために、挿絵を自ら描き、版を彫って印刷し、手作業で彩色しました。1737年から1739年まで、毎週少しずつ発行されたこの書には、「医術に現在用いられる非常に有用な植物」の挿絵が500点入っています。エリザベスは、ロンドンのチェルシー薬草園（1673年に薬用植物園として設立）で植物をスケッチし、刑務所にいるアレクサンダーのところにそれを持って行って、その植物が何か教えてもらいました。この思い切った挑戦により、エリザベスは十分な収入を得て、夫を釈放してもらうことができましたが、アレクサンダーは結局スウェーデンに行ってしまい、そこで政治的陰謀に関与したとして反逆罪で処刑されました。エリザベスは1758年に、孤独のうちに亡くなりました。

➢ ニワトコ　エリザベス・ブラックウェル著『A Curious Herbal, Containing five hundred cuts of the most useful plants which are now used in the practice of physic（新奇な薬草　医術に現在用いられる非常に有用な植物の挿絵500点を収録）』全2巻より
（ロンドン　1737～9年）
大英図書館蔵

そして3人の魔女としょぼくれた騎士は、魔法の園を突き進みました。陽の降り注ぐ小道の両側には、珍しい花々や草や果物が豊かに育っていました。

『吟遊詩人ビードルの物語』

マンドレイクの記述

1912年、薬剤師のヘンリー・S・ウェルカムは、歴史画家アーネスト・ボードをはじめとする画家たちに依頼して、医学と科学の歴史に関するさまざまな絵画を描かせました。ボードは、『De Materia Medica（医薬の材料について）』の制作風景を描きました。『De Materia Medica』は植物を薬として利用する方法を記した薬局方で、1世紀にギリシャの医師、ペダニウス・ディオスコリデスによって書かれたものです。ボードが描いた絵では、ディオスコリデスがインクを付けた尖筆で本に書き込み、挿絵画家が人間の形をしたマンドレイク（別名マンドラゴラ）を手本にして絵を描いています。この構図は、6世紀に制作された写本の『De Materia Medica』に描かれたディオスコリデスの絵と似ています。その絵に描かれているマンドレイクを持つ女性は、エピノイア（知性または思考の力）だとされています。『De Materia Medica』は、科学的根拠に基づいて植物が正確に記録されていたため、知識のよりどころとして何世紀にもわたって使われていました。この絵は、科学的発見に貢献したディオスコリデスの功績を称えたものだと言えます。

▽アーネスト・ボード作
「Dioscorides describing the mandrake
（マンドレイクについて記述する
ディオスコリデス）」（1909年）
ウェルカム・コレクション蔵
Wellcome Collection, London

雄と雌のマンドレイク

この装飾写本には、『De Materia Medica（医薬の材料について）』の第３巻と第４巻のアラビア語版が含まれています。『De Materia Medica』は、もともと、ペダニウス・ディオスコリデスがギリシャ語で著したものです。ディオスコリデスは植物学者・薬埋学者であり、医師としてローマ軍で働きました。この写本には、植物の彩色画が287点もあり、さらに52点の絵のための余白があります。ディオスコリデスは、ここに挙げたようにマンドレイクの雄と雌を最初に区別した著者のひとりです。雄と雌のマンドレイクは、「マンドレイク」と「ウーマンドレイク」と呼んでもいいかもしれません。実は、このような区別は、地中海沿岸地域原産のマンドレイクの種が複数あるために、誤って生じたものです。

◁ 雄と雌のマンドレイク 『KITĀB MAWĀDD AL-'ILĀJ（医薬の材料の書）』より（バグダッド　14世紀）
大英図書館蔵

マンドレイクの収穫

中世の薬草書では、マンドレイクは、頭痛、耳の痛み、痛風、精神異常にとりわけ効くとされていました。しかし、マンドレイクの収穫は、長い間、非常に危険だと考えられていました。安全に収穫する最善の方法は、まず根を象牙の棒で掘り出し、ひもの端をマンドレイクに取り付け、もう一方の端を犬に取り付けます。次に、角笛を鳴らして犬を呼び寄せると、マンドレイクが犬に引っ張られます。角笛の音は、マンドレイクのすさまじい悲鳴をかき消すのにも役立ちます。

ジョバンニ・カダモストの図説薬草書（イタリアまたはドイツ　15世紀）
大英図書館蔵

「この絵の前面のマンドレイクには、切断された2つの手が茎から生えていて不気味さを感じさせます。これは、マンドレイクが切断手術のときの麻酔薬として使われていたことを象徴しています」

ジュリアン・ハリソン
主任キュレーター

「このマンドレイクはまだ苗ですから、泣き声も命取りではありません」
先生は落ち着いたもので、ベゴニアに水をやるのと同じように、あたりまえのことをしたような口ぶりだ。

スプラウト教授／『ハリー・ポッターと秘密の部屋』

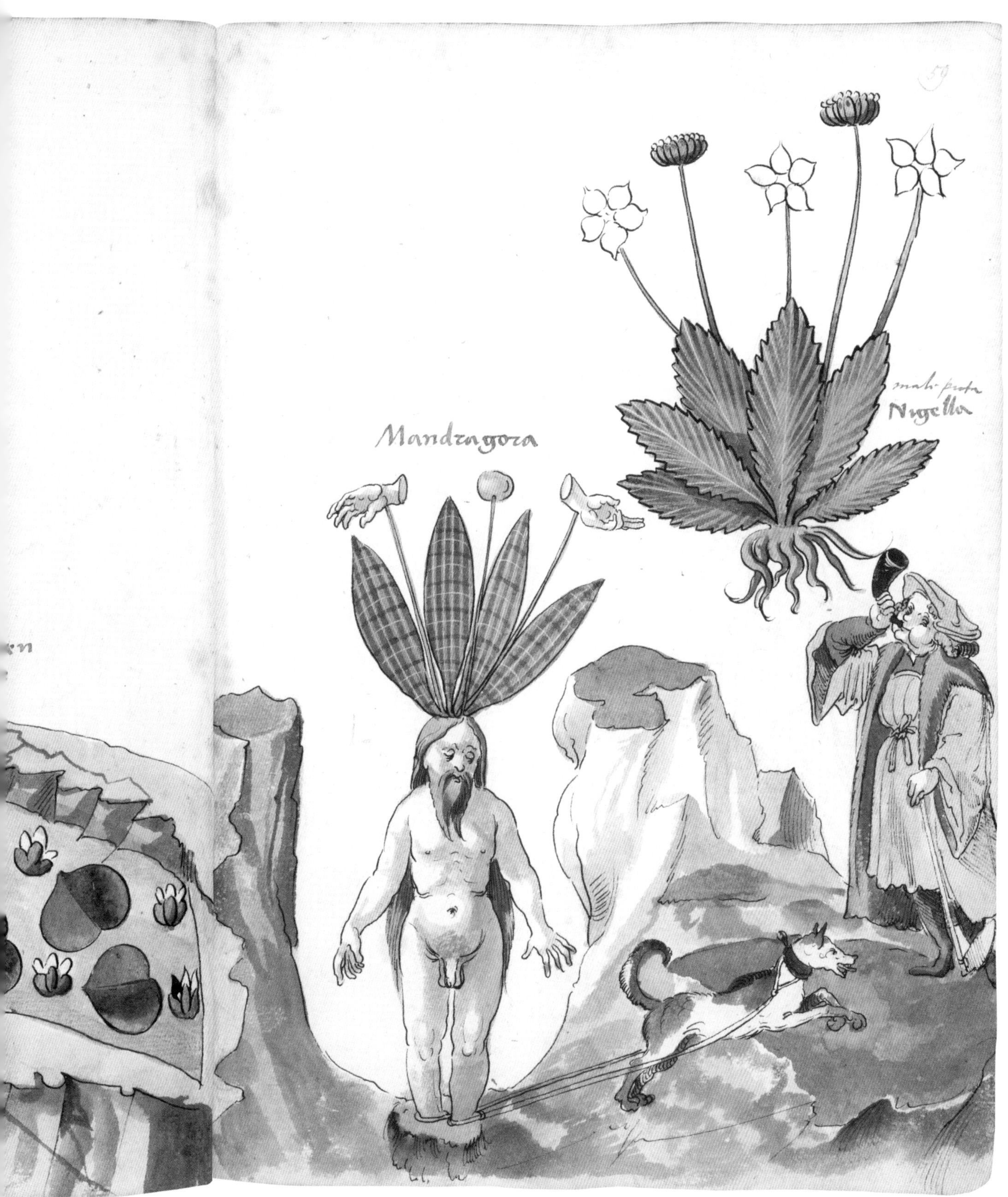
Mandragora
Nigella

土の中から出てきたのは、植物の根ではなく、小さな、泥んこの、ひどく醜い男の赤ん坊だった。葉っぱはその頭から生えている。肌は薄緑色でまだらになっている。
赤ん坊は声のかぎりに泣きわめいている様子だった。

『ハリー・ポッターと秘密の部屋』

マンドレイクのスケッチ

ジム・ケイによるこの予備的スケッチには、十分に成長した大人のマンドレイクと赤ん坊のマンドレイクが隣り合わせに描かれています。大人のマンドレイクは、根が継ぎ目なく体と一体化し、頭からは葉が生えています。また、葉の間からは実が生えています。ケイが構想した赤ん坊のマンドレイクは、根が背骨になっています。この絵は、実物を写生したように見えます。ジム・ケイはキュー王立植物園でキュレーターを務めていたことがあり、この絵も、植物学専門図書館ならたいてい所蔵している植物の自然研究書を参考にしています。

マンドレイクのスケッチ
ジム・ケイ 作
ブルームズベリー社蔵

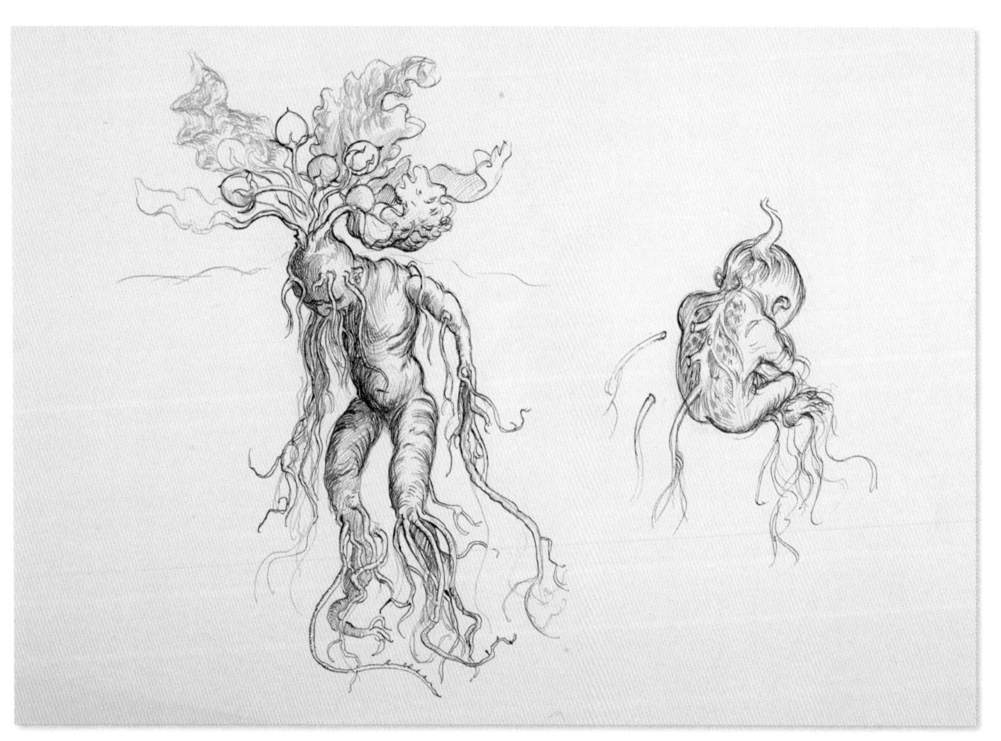

マンドレイクの根

ハリーと友人たちは、ホグワーツで最も「不思議で危険な植物」が植わっている３号温室で、マンドレイクに初めて遭遇します。ハーマイオニー・グレンジャーは、「マンドレイク、別名マンドラゴラは強力な回復薬で、姿形を変えられたり、呪いをかけられたりした人を元の姿に戻すのに使われる。そして、マンドレイクの泣き声は、それを聞いた者にとって命取りになる」ということがすぐにわかりました。ハリー、ハーマイオニー、ロンが見たマンドレイクはまだ赤ん坊ですが、この標本は、ひげを生やした老人のように見えます。マンドレイクは形が人間に似ていることから、何世紀にもわたって多くの文化に影響を与えてきました。実は、マンドレイクの根と葉には毒があり、幻覚を引き起こします。

マンドレイクの根
（イングランド　16世紀または17世紀）
サイエンス・ミュージアム蔵

コンニャク

東アジアの伝統的な薬草学では、コンニャク（学名：Amorphophallus konjac）に、解毒や腫瘍の抑制など、幅広い健康上の利益があるとされています。コンニャクは、英語では「デビルズタン」、「ブードゥーリリー」、「スネークパーム」とも呼ばれます。日本では、味よりも食感を楽しむ食材として、さまざまな料理にコンニャクがよく使われています。コンニャクは、動物由来の食べ物を避ける人のためにゼラチン代わりに使うこともできます。この絵は、1750年に出版された『花彙』に掲載されているものです。『花彙』は、植物について解説した全8巻の書です。ここに挙げたものは、長崎の出島のオランダ商館医だったドイツ人のフィリップ・フランツ・フォン・シーボルトがかつて所有していたもので、シーボルト自身による手書きの注釈が入っています。

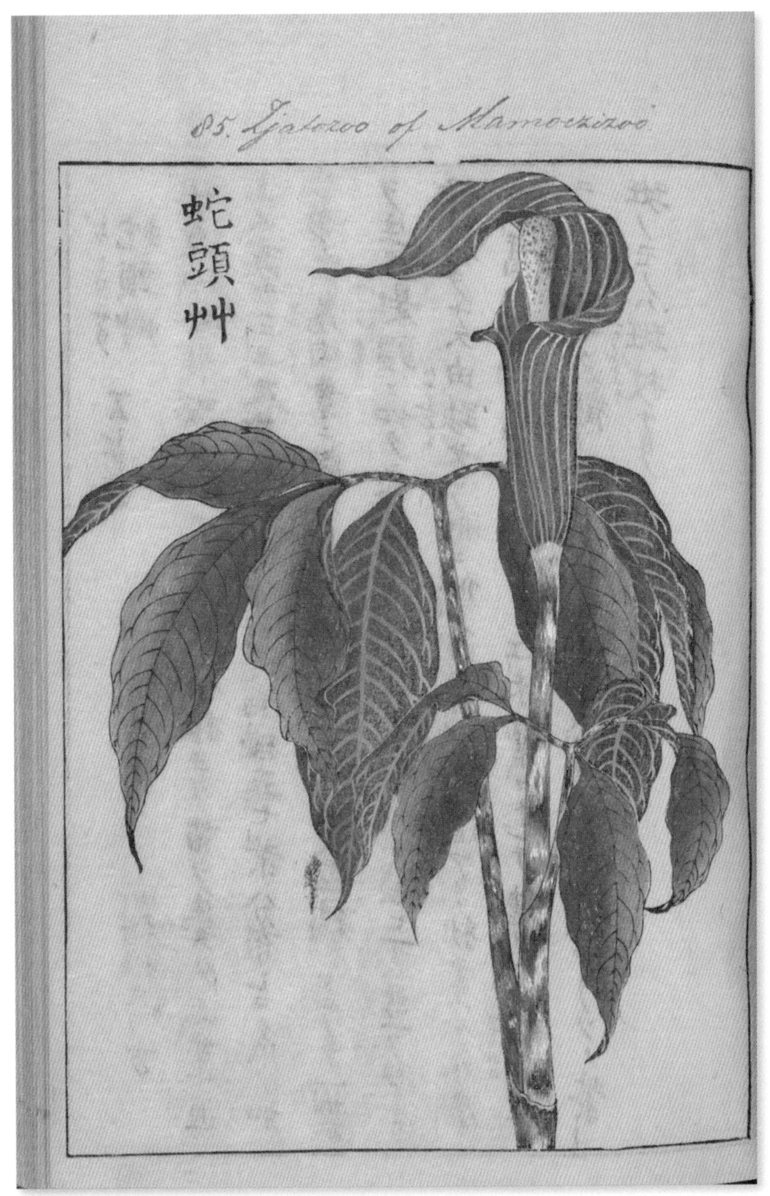

◁コンニャク 『花彙』（日本 1750年）より
大英図書館蔵

有毒のケシ

美しい挿絵が入ったこの中国の写本は、毒草・薬草について書かれています。このページに描かれている植物は、タケニグサです。中国名の「博落迴」は、中空の茎に息を吹き込んだときの音がホルンのような中国の楽器の音に似ていることから、その楽器にちなんで付けられました。タケニグサ（ケシ科、学名：Macleaya cordata）の汁は毒性が非常に高く、害虫駆除に使うことができます。また、汁やその他の部分は、虫刺され、皮膚の潰瘍、白癬の治療など、薬用としてさまざまに使われています。

➢ タケニグサ　『毒草』より（中国　19世紀）
大英図書館蔵

リリーは、ペチュニアがよく見えるように近くに来るまで待ってから、手を突き出した。花は、その手のひらの中で、襞（ひだ）の多い奇妙な牡蠣（かき）のように、花びらを開いたり閉じたりしていた。

『ハリー・ポッターと死の秘宝』

4

毒草

博落迴

本草拾遺博落迴有大毒主惡瘡瘻根瘤贅瘜肉白癜風蠱毒
精魅溪毒已生瘡瘻者和百丈青雞桑灰等為末傅瘻瘡蠱毒
精魅當有別法生江南山谷莖葉如萆麻莖中空吹作聲如博
落迴折之有黃汁藥人立死不可入口也　按酉陽雜俎落迴
一曰博落迴有大毒生江淮山谷中莖葉如麻莖中空吹作聲
如勃邏迴因名之今江西廣饒間極多生河濱荒阜非山草也
輕生者服之立斃冬月取其根和燒酒服之尤烈粲牘中時有
之亦呼為勃勒回云小兒取其乾葉吹之為戲湖南長沙亦多

「気をつけて、ウィーズリー。気をつけなさい！」
スプラウト先生が叫んだ。豆がみんなの目の前でパッと花を咲かせはじめたのだ。

『ハリー・ポッターとアズカバンの囚人』

「中国の本草学は長い歴史を持っています。伝説によると、本草学は、神話上の帝王である神農（「農業の神」の意）から始まったとされています。神農は農業と医学を発明し、それに関する最初の書である『本草経』を著したと言われています」

エマ・グッドリフ
キュレーター

ras toutes choses requises qui se doivent observer touchant, la plume, le papier et l'encre comme on l'enseigne dans leurs chapitre parce que si tu ne les opere pas bien, tu ne viendras pas about de ton dessein.

De L'Experience De l'Invisibilité Et comment elle s'opere. Chap. Sixiéme.

Si tu souhaittes de faire L'experience de l'invisibilité, tu la feras comme il est contenu dans l'operation et si on ordonne le jour et l'heure tu la feras comme il Est porté dans leurs chap. Mais si tu ne dois pas observer le jour et l'heure comme il a été dit au chap. des heures; tu feras comme il a été dit cy devant. Si aussi l'Experience se doit écrire, il faut que cela se fasse comme il Est porté cy dessous. Mais si cela se doit faire par l'invocation, auparavant que les conjurations se fasse, tu diras devotement dans ton coeur.

Saboles Habaron, Erloy, Elinuigit, Gabeloy, Semiticon, Melinoluch, Labanitena, Neromobel, calemete, Balue, Timaguel, Villaguel, Tevenies, Serie, Jerete, barucâba,

呪文学

呪文学

ルーシー・マンガン

ルーシー・マンガンは、ジャーナリストであり、コラムニストです。ロンドンのキャットフォード地区で育ち、ケンブリッジ大学で英語学を学びました。その後2年間、事務弁護士として実習を行いましたが、資格を取得後、すぐにやめて書店に勤務し、弁護士よりもはるかにやりがいを感じたそうです。現在は、スタイリスト誌のコラムや、さまざまな特集記事を執筆しています。これまでに刊行された著書は4冊で、子供のころの読書の思い出をつづった5冊目の『Bookworm（本の虫）』が近日刊行予定です。ラジオやテレビのさまざまな番組の司会も務めていますが、キャスターを名乗るにはまだ早いと思っているとのことです。

チャーム（英語で「呪文」の意）は、概してチャーミング（魅惑的）である。J.K.ローリングは、「チャームは、一番創造的な魔法だと思う。（物体を完全に変えるのではなく）物体に性質を付け加えるから」と語っている。ローリングの言葉を借りて、かいつまんで言うと、「ティーカップをネズミに変えるのはスペル（「呪文」を意味する別の英語）。それに対して、ティーカップを踊らせるのはチャーム」である。したがって、ハリー・ポッターシリーズの本に出てくるチャームのほとんどは、退屈な生活を楽しく便利なものにしてくれる。呼び寄せ呪文（「アクシオ 来い」）を使えば、マグルのように、物がどこにあるか分からなくなって、しょっちゅうイライラするようなことはない。ゴシゴシ呪文を使えば、面倒な家事をしなくて済む。防水呪文を使えば、雨が降っても眼鏡のレンズが濡れることはない。眼鏡をかける人なら誰でも、この呪文が使えたらいいのに、と思うだろう。検知不可能拡大呪文を使えば、ハンドバッグに入れられる量が無限大になる。これがどんなにありがたいことか……まあ、まだ若い皆さんも、そのうち必ず分かることと思う。

このように、チャームは善意を持ってかけられるものが多い。「元気の出る呪文」、「浮遊術」、「くすぐりの術」、「泡頭呪文」、弱い呪文なら跳ね返すことができる「盾の呪文」などがその例だ。だが、呪文を使う者がその気になれば、悪意ある使い方をすることも、もちろん可能だ。マグル界のチャームも、善良な目的に使われることが多い。例えば、最も有名な「アブラカダブラ」がそうだ。この古い呪文はおそらく3世紀から存在し、元は病を癒す力を持つお守りに書かれて使われた。

しかし一般的にはチャームは小規模で扱いやすく、かけ方も、やはり穏やかだ。普通は、杖をビューン、ヒョイと振るだけでいい（だから、リリー・ポッターの杖のよ

12
11

うに、柳の木でできていて振りやすい杖は最適だ)。もちろん、正しい言葉を唱え、それを正しく発音することも必要だ。第1巻のフリットウィック教授の授業で、羽根を浮かせようとしていたとき、ハーマイオニーはロンに、「ウィンガーディアム レヴィオーサ」の言い方を教えるのに、「ガー」という音を長く発音させようと、さんざん苦労していた。現実世界では昔から、魔力を高めるために、お守りや特別な石や魔除けのようなものを必要とすることがあるが、ハリー・ポッターの世界では、このような物を併用する必要はほとんどない。

ハリー・ポッターの本では、チャームがあることで、物語が大いに楽しくなっている。ハリー、ロン、ハーマイオニーは、高度な魔法について知り、使いこなすようになるが、チャームはそれを構成する基本的要素である。J.K. ローリングは、細心の注意を払ってそれぞれのチャームを登場させ、生き生きと描写した。ハリー・ポッターの本は全体が綿密に計画されているが、チャームの描写にも、それが端的に表れている。ハリーの世界は常に一貫していて矛盾がないため、読んでいていつも大きな満足感を覚えるが、チャームの場合もまったく同じだ。軽くて明るい(ことが多い)魔法であるチャームを教えているのが、小柄でキーキー声のフィリウス・フリットウィック教授だというのも、ぴったりなのかもしれない(名前も軽くて明るい感じだ)。

初歩的な魔法であるチャームの効力は、当然、一時的なものである。だから、『幻の動物とその生息地』に書いてあるように、ヒッポグリフの所有者は、「目くらましの呪文」をかけてヒッポグリフを隠すことが法律で義務付けられているが、不都合なときに効果が薄れてしまわないよう、毎日その呪文をかけなければならない。また、チャームの効力は、かけた人が確実に制限することができる。現実世界で買う物の電池やインクが切れたり、おならの音が出なくなったりしてしまうのと同じように、ウィーズリー家の双子が経営するいたずら専門店で買う「綴りチェック羽根ペン」も、効力が徐々になくなってしまう。マンティコアの硬い皮は、ほとんどのチャームをはね返すことができる。「透明の場」は、素晴らしい頭の回転と努力がなければ、透明呪文をかけた物自体を越えたところまで延長することはできないし、『ハリー・ポッターと不死鳥の騎士団』でハーマイオニーが首なし帽子を見て言うように、透明の場を延長すれば、透明呪文の効果が続く時間はさらに短くなる。このように、J.K. ローリングは、ハリー・ポッターの世界に固有の論理を編み出した。それによって、魔法の世界なのにそれが実在するとすっかり信じ込ませてしまう、説得力が生まれたのである。

このように、大胆な冒険と創造に現実感を混ぜ込んだことが、J.K. ローリングの本が大成功した理由のひとつだ。ハリー・ポッターの世界には、現実世界の規則とは違うが独自の一貫した規則がある。人々は想像をめぐらせてこの世界の中で暮らし、安心して歩き回ることができる。この世界と著者は、絶対に読者との契約を破ることがない。この世界では、物事はきちんと解決する。必ずしも簡単に進むとは言えず、悲しいことが起こらないわけでもないが、完璧に、きちんと真っ当に事が運ぶ。読者は誰でもそれを望んでいるが、その契約を守ってくれると期待できるのは、一般に児童書作家だけである。だからこそ、ハリーはどの世代も魅了しているのであり、将来の世代まで魅了することも間違いない。

L. Mangan

横丁へ

この絵は、『賢者の石』の冒頭で、ハグリッドの傘で3度たたいたときに、ダイアゴン横丁のアーチ形の入口がどのように現れるかを、6段階で示しています。絵は細部まで完全に描き込まれ、J.K. ローリングが、本に登場する魔法を、できるだけ現実世界の論理に根付いたものにしようとしていたことがうかがえます。レンガがひとりでに並び方を変えてアーチ形の入口ができるというコンセプトは、入口がただ唐突に現れるより、ずっと現実味があります。J.K. ローリングの世界が、リアルで生き生きとしたものとなっている要因はいくつかありますが、それを際立たせているのは、豊かな想像力と、魔法が起こる過程を説明しようと真剣に考える姿勢なのです。

ダイアゴン横丁の入口のスケッチ
J.K. ローリング 作（1990 年）
J.K. ローリング蔵

叩いたレンガが震え、次にくねくねと揺れた。そして真ん中に小さな穴が現れたかと思ったらそれはどんどん広がり、次の瞬間、目の前に、ハグリッドでさえ十分に通れるほどのアーチ形の入り口ができた。そのむこうには石畳の通りが曲がりくねって先が見えなくなるまで続いていた。

『ハリー・ポッターと賢者の石』

店へ

ジム・ケイは、ダイアゴン横丁に並ぶ店の全景を描いた、途方もなく詳しいスケッチを制作しました。でこぼこの石畳が続き、道路標識の下には水飲み場が描かれているこの絵には、名高いダイアゴン横丁の雰囲気がよく出ています。手前の店には、ありとあらゆる商品が建物のあちこちにつり下げてあります。魔法で店の正面全体を飾ることができるので、ショーウインドーのディスプレーだけに限る必要はまったくないのです。

A ダイアゴン横丁のスケッチ
ジム・ケイ 作

ブルームズベリー社蔵

「ケイは、自分らしさを出した、気の利いた楽しい名前を店に付けました。例えば、『トゥインクル・テレスコープ』は、子供のころに見た『サリー・トゥインクル』という演劇用品店にヒントを得たものです。ナッツを売る店、『タッツ・ナッツ』の店名は、ツタンカーメンの墓から採取された種にちなんだものです。この種は、ケイがかつて勤務していたキュー植物園に保存されていました」

ジョアナ・ノーレッジ
キュレーター

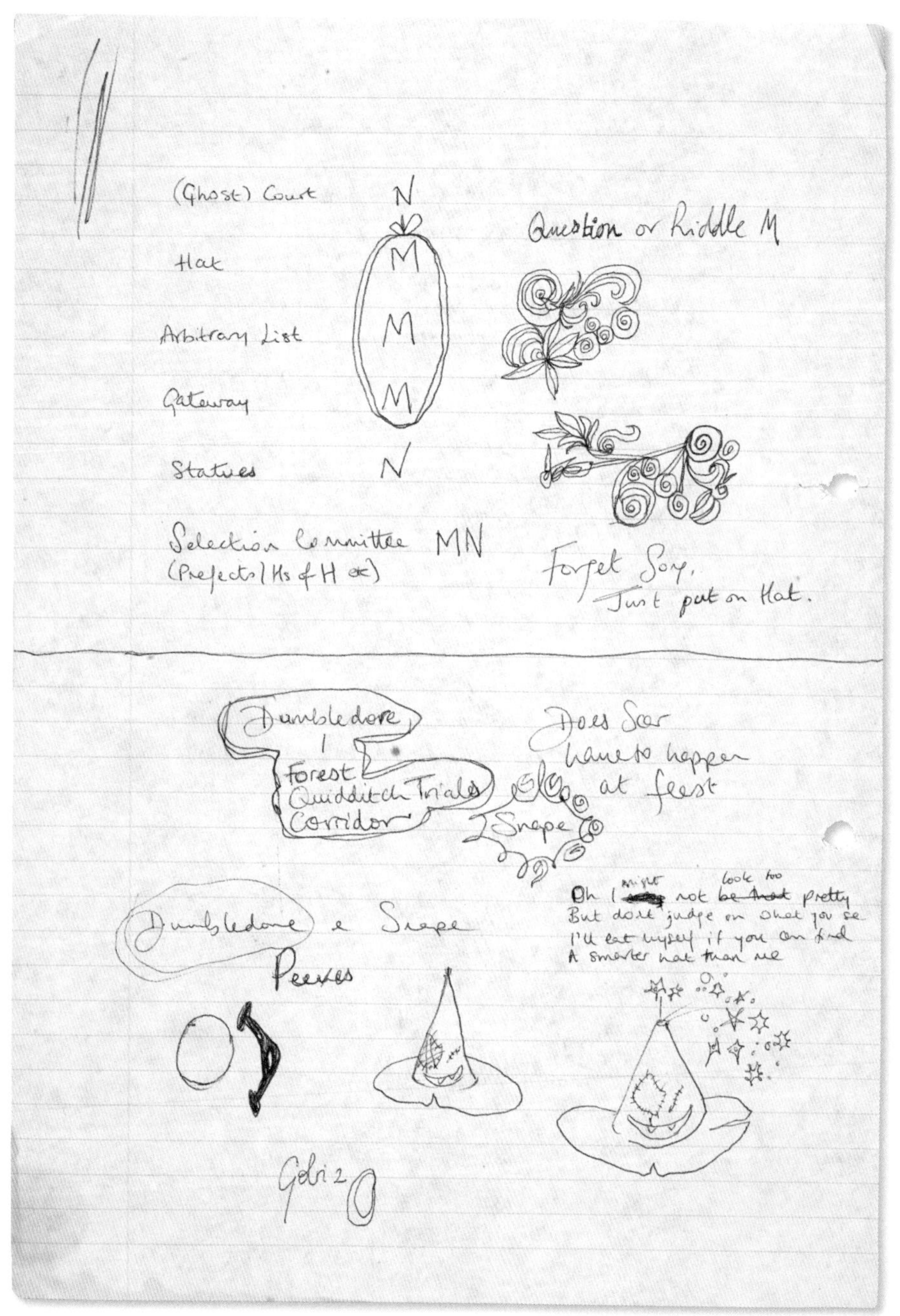

組分け帽子に決まるまで

J.K. ローリングは、ハリー・ポッターの世界と物語の計画を、５年の歳月をかけて練り上げました。ホグワーツには、グリフィンドール、レイブンクロー、ハッフルパフ、スリザリンという４つの寮があることにし、それぞれに個性を持たせました。次の作業は、生徒を各寮に振り分ける方法を考え出すことです。このメモは、著者がそのアイディアをいくつか書き出したものです。「statues（像）」と書かれているのは、玄関ホールにある創始者の４つの像が動きだして、像の前にいる生徒たちの中から、自分の寮に入る生徒を選び出すというアイディアを表しています。その他のアイディアとしては、ゴーストの法廷や、なぞなぞ、監督生が生徒を選ぶというものもありました。組分け帽子もここに描かれています。帽子は破れていて、継ぎが当ててあり、にかっと笑う口もあります。

◁ 生徒の組分けに関するメモ
J.K. ローリング 作
J.K. ローリング蔵

「とうとう、生徒を選ぶ方法を一つひとつ書き出した。『どちらにしようかな』、くじ引き、チームのキャプテンが選ぶ、帽子から名前を引く……言葉を話す帽子から名前を引く……帽子をかぶる……組分け帽子」

J.K. ローリング　ポッターモアで

Oh, you may not think I'm pretty
But don't judge on what you see
I'll eat myself if you can find
A smarter hat than me
You can keep your bowlers black
Your top hats sleek and tall
For I'm the Hogwarts Sorting Hat
And I can cap them all
There's nothing hidden in your head
The Sorting Hat can't see
So try me on and I will tell you
Where you ought to be.
You might belong in Gryffindor
Where dwell the brave at heart
Their daring, nerve and chivalry
Set Gryffindors apart
You might belong in Hufflepuff
Where they are just and loyal
The patient Hufflepuffs are true
And unafraid of toil
might belong in Ravenclaw
all quick wits are found
wisest and most learned minds

組分け帽子の歌

ホグワーツでは毎年、新学年の初めに、新入生が組分け帽子によってそれぞれの寮に振り分けられます。これは、ハリーが１年生のときの組分け儀式で組分け帽子が歌う歌詞を、J.K. ローリングが手書きした下書きです。線を引いて消したり手直ししたりしたところはありますが、この歌詞のほとんどは、最終的に出版された『賢者の石』に載りました。

◁ 組分け帽子の歌
J.K. ローリング作
J.K. ローリング蔵

「組分け儀式は、各寮が生徒に望む人物像について説明する歌を、帽子が歌うところから始まります。歌は、毎年新しいものが作られます。
ハリーが次に組分け儀式に参加したのは、４年生になってからでした」

ジョアナ・ノーレッジ
キュレーター

they gambolled and pl...

> Undignified and foolish, dependent on the whims of a woman.

> locked up his heart.

> His friends and his family laughed to see him so

not knowing what he had done

aloof. 'All will change,' they prophesied, 'when he ~~falls in love~~ meets the right ~~[illegible]~~ maiden.'

But the young man did not fall in love. All around him young ~~his friends~~ men and women ~~played~~ were raised to ecstasy or ~~[illegible]~~ plunged to despair by the vagaries of ~~[illegible]~~ desire and affection, ~~and~~ but the warlock walked unscathed through their midst, a cold smile upon his handsome mouth. He cared naught for anyone or anything, ~~except~~ and he was proud ~~of it~~ ~~and for~~ ~~the to have~~ for ~~his own~~ ~~[illegible]~~ that it was so. ~~untainted and uninjured heart, locked up safe in its enchanted box.~~

Now his friends began, first, to ~~marry~~ wed, and then to have children. More than ever he was pleased to ~~visit his untainted and uninjured heart,~~ think of his untainted and uninjured heart safe in its enchanted box. ~~'Look at~~ their hearts ~~look~~ must ~~suffer~~ ~~shrivel~~ be husked,' he ~~asked~~ told himself, ~~'they give and give, and~~ ~~'endlessly they give to their brats~~ ~~and shrivelled and~~ ~~sucked~~ dry, ~~by the needs of~~ ~~these brats, these parasites~~ with the demands of their brats!'

His own ~~mother~~ father fell ill and died. He watched his mother weep for days, ~~and sp~~ heard her speak of a broken heart. In vain did she ~~implore him to~~ ask him why he did not cry. But The ~~heartless~~ warlock ~~merely~~ ~~smiled, and~~ ~~congratulated~~ ~~pleased to flatt~~ congratulated himself again on his heartless state, for he had escaped ~~the~~ her suffering.

~~There came a day when a beautiful~~ ~~[illegible]~~ ~~maiden, for~~

One day, ~~soon~~ after his father's death, a beautiful

毛だらけ心臓の魔法戦士

これは『吟遊詩人ビードルの物語』に入っている話のひとつを書いた自筆原稿です。J.K. ローリングは、魔法界のおとぎ話を４つ書きましたが、これはそのひとつです。マグルの子供たちが読むおとぎ話のように、魔法界の子供たちに広く読まれています。ハリー・ポッターシリーズの最終巻で、ダンブルドアはハーマイオニー・グレンジャーに、ルーン文字で書かれた自分が所有する一冊を遺贈します。

ルーン文字は、西暦２世紀頃から16世紀初頭にかけて、北ヨーロッパの一部で使用されていた初期のゲルマン書記体系の文字です。ルーンは今日では言語を書き表す文字としては使用されなくなりましたが、それらのシンボルは魔法に広く使われています。ここに挙げたおはじきのような円盤は占い用で、枝角から作られ、赤いルーン文字が刻まれています。これをばらまき、散らばり方を見て占います。

maiden came to condole with the warlock's mother upon his father's death.
The young witch was beautiful, and gifted, and her family had much gold. The warlock had no heart to feel, yet he could understand the man who married such a maid, whose beauty would excite envy in other men, whose magic could assist her husband's ambitions and whose gold would ensure his comfort. / Coldly and deliberately, he began to pay court to the maid. She was both fascinated and frightened.
'You seem not to feel,' she said wonderingly. 'If I thought you truly had a heart...'
The warlock understood that a show of feeling was necessary to secure her hand, so he returned, for the first time in many years, to the place where he had locked up his heart.
The heart was smaller by far than he remembered, and much hairier. Nevertheless he removed it from its enchanted box and replaced it within his own breast.
But the heart had grown savage during that long estrangement. ... spreading and what it spread
He returned to the maid

◁「毛だらけ心臓の魔法戦士」の下書き
J.K. ローリング 作 ▷
J.K. ローリング蔵

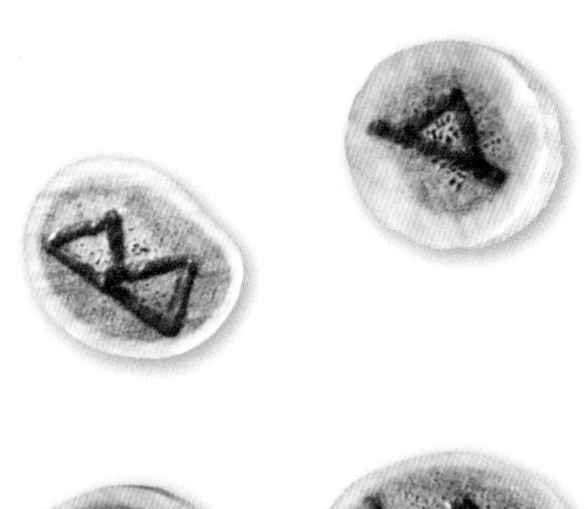

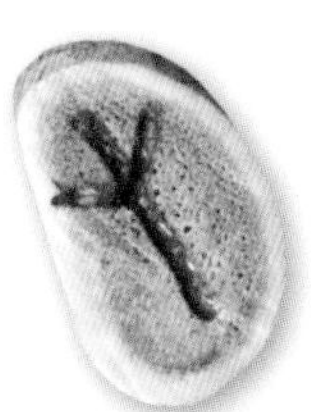

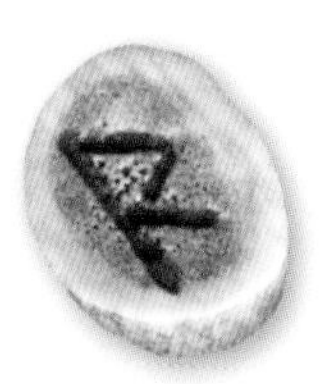

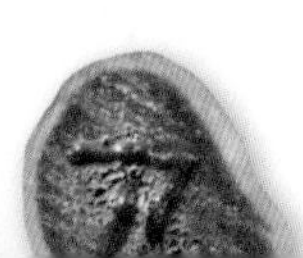

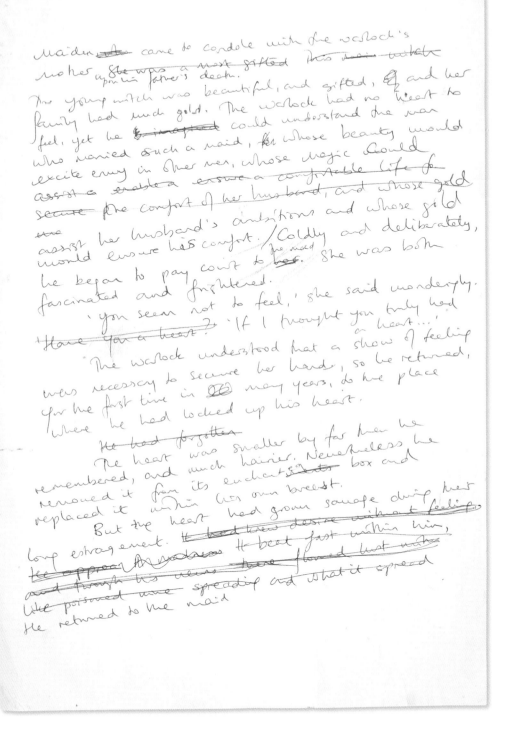

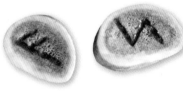

◁ ルーン文字が刻まれた枝角製の円盤
ボスキャッスル魔法博物館蔵

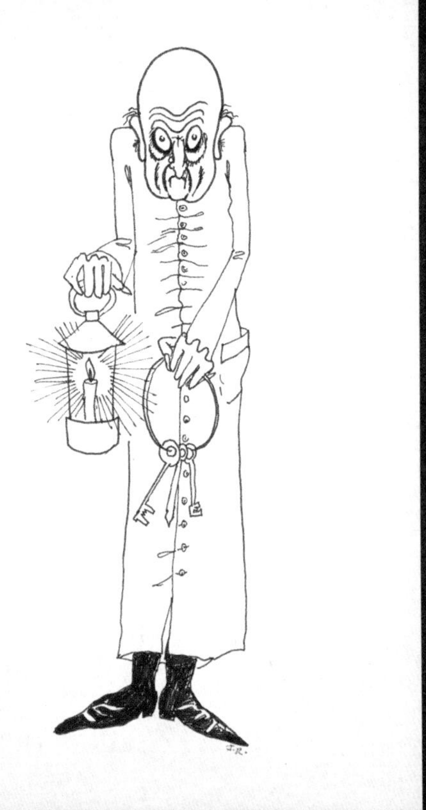

アーガス・フィルチ

ハリー・ポッターは、夜に学校を探検していて、ホグワーツ管理人のアーガス・フィルチに危うく見つかりそうになることがよくありましたが、父ジェームズから受け継いだ透明マントのおかげで、辛うじて見つからずに済みました。J.K. ローリングによるこのスケッチに描かれているように、フィルチは学校の廊下を見回るときに、ランプで照らして、寝ていなければいけない時間にホグワーツ城をうろついている生徒を見つけます。この絵のフィルチは、素行の悪い生徒たちを何年も追いかけ回してきたせいか、額にしわが数本刻まれています。「アーガス」(「アルゴス」とも)は、ギリシャ神話に登場する、多くの目(または100の目)を持つ巨人の名前で、その別称である「パノプテース」は「普見者」(すべてを見通す者)という意味です。

◀ アーガス・フィルチのスケッチ
J.K. ローリング 作(1990年)
J.K. ローリング蔵

透明になる呪文

透明マントを受け継ぐ予定のない人が透明になるためには、他の方法を見つけなければなりません。『The Key of Knowledge(知識の鍵)』は、ソロモン王の著書に見せかけた、魔法についての教本で、このページには、透明になる呪文が載っています。この書は広く伝えられ、ヨーロッパ中で魔法を学ぶ人々によって何度も書き写されたため、透明になる方法にはいくつかのバリエーションが見られます。この写本は丁寧な筆跡のフランス語で書かれ、見出しには赤または金色のインクが使われています。この呪文を唱えるときには注意が必要です。『知識の鍵』には、透明人間から元に戻る呪文が載っていないのです!

69.

ras toutes choses requises qui se doivent observer touchant la plume, le papier et l'encre comme on l'enseigne dans leurs chapitre parce que si tu ne les opere pas bien, tu ne viendras pas about de ton dessein.

De L'Experience
de l'Invisibilité
Et comment elle s'opere.
Chap. Sixieme.

Si tu souhaittes de faire l'experience de l'invisibilité, tu la feras comme il est contenu dans l'operation et si on ordonne le jour et l'heure tu la feras comme il est porté dans leurs chap. Mais si tu ne dois pas observer le jour et l'heure comme il a été dit au chap. des heures, tu feras comme il a été dit cy devant. Si aussi l'experience se doit écrire, il faut que cela se fasse comme il est porté cy dessous. Mais si cela se doit faire par l'invocation, auparavant que les conjurations se fasse, tu diras devotement dans ton coeur.

Saboles Habaron, Eloy, Elinigit, Gabeloy, Semiticon, Melinoluch, Labanitena, Neromobel, calemete, Balue, Timaguel, Villaguel, Tevenies, serie, Serete, barucaba,

▶ 'De L' Experience de L' Invisibilité' in The Book of King Solomon called The Key of Knowledge'(知識の鍵と呼ばれるソロモン王の書/透明になる試みの準備方法)
(フランス、17世紀)
大英図書館蔵

鍵の雲

この2つの下絵は、ジム・ケイがどのように挿絵を制作したかを示しています。まず、細かい鉛筆画を描いてから、デジタル処理で着色するか、水彩画を重ねるのです。この絵を見ると、「羽の生えた鍵」のさまざまなデザインや色を試して、『賢者の石』に描写されている「虹色の羽の渦」を表現しようとしているのが分かります。鍵は一つひとつ、細部まで美しく描かれています。羽の生えた鍵は、フィリウス・フリットウィック教授が魔法をかけておいたもので、賢者の石を守るためにホグワーツの教授たちが仕掛けたわなのひとつです。ハリーは得意の箒(ほうき)に乗って、魔法で守られている扉を開ける鍵を、鍵の群れから探し出して捕まえました。

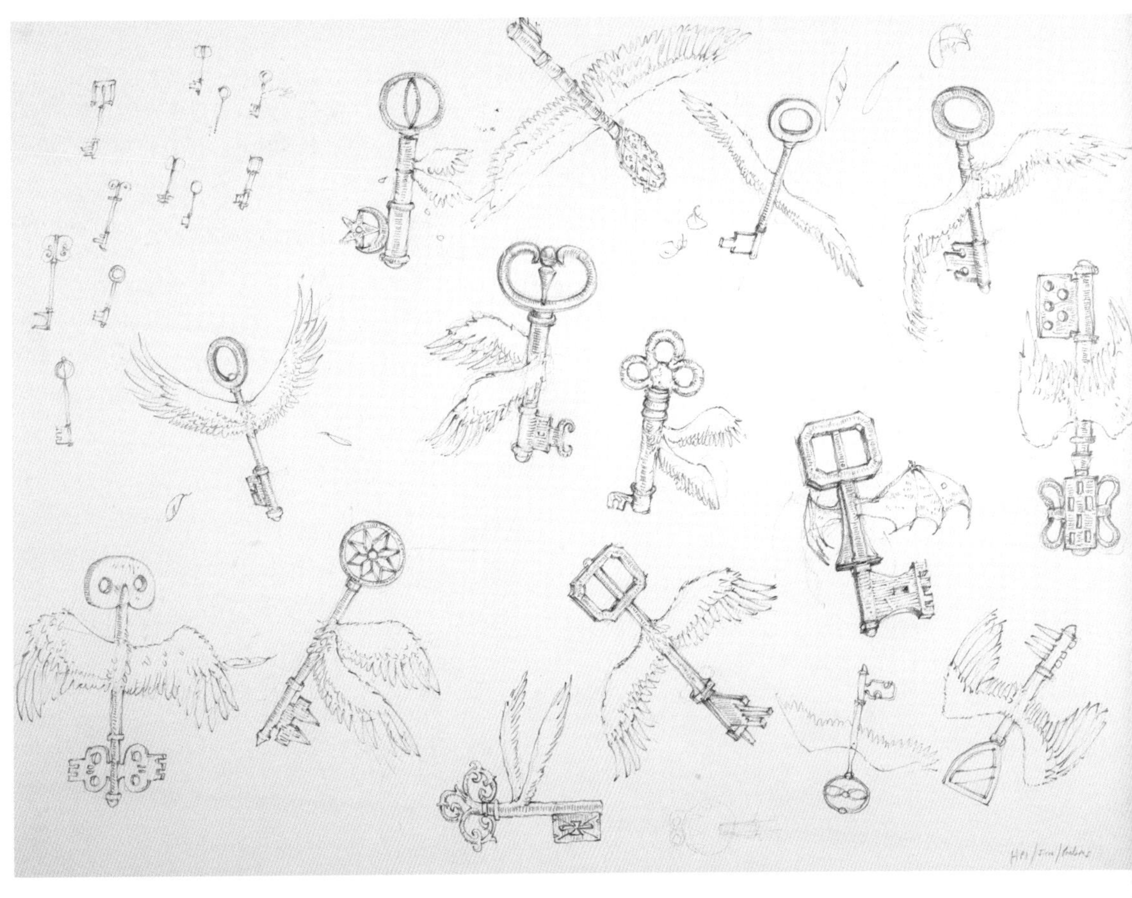

3人はそれぞれ箒を取り、地面を蹴って空中に飛び、雲のような鍵の大群のまっただ中へと舞い上がった。3人とも捕もうとしたり、引っかけようとしたりしたが、魔法がかけられた鍵たちはスイスイと素早く飛び去り、急降下し、とても捕まえることができなかった。

『ハリー・ポッターと賢者の石』

➢ 羽の生えた鍵のスケッチ
ジム・ケイ 作
ブルームズベリー社蔵

オルガ・ハントの箒

西洋における魔女のイメージに一番密接に結び付いている魔法の物体は、何と言っても箒でしょう。この伝統的なイメージは、古くは異教の豊穣の儀式をルーツとしていますが、魔術と箒の結び付きは美術や民間の迷信において大きく発展し、それが16～17世紀のヨーロッパで魔女ヒステリーを増大させました。この色彩豊かな箒は、デボンシャーに住むオルガ・ハントという女性が所有していました。オルガは、満月が来ると箒に乗って、ダートムーアにあるヘイトアの岩の周りを跳び回って、カップルやキャンプしている人々を驚かせたと言われています。

➢ オルガ・ハントが所有していた箒
ボスキャッスル魔法博物館蔵

魔女と使い魔

1621年、ヨークシャーのフューストンに住むエドワード・フェアファックスの下の娘、アン・フェアファックスが急死しました。アンの2人の姉は友人とともに、ある地元の女性たちが魔術を使ったせいだと訴えました。訴えられた女性たちは巡回裁判所で裁判にかけられましたが、アンの姉の友人が、この話は全部でっち上げだったと告白したため、この告訴事件は成立しませんでした。エドワード・フェアファックスは、裁判官から叱責されたにもかかわらず、アンが魔女のせいで死んだという考えを、断固として変えませんでした。この写本は告訴事実を記したもので、後年の挿絵画家が「魔女」とその使い魔の絵を付け加えています。魔女のひとりについては、次のような記述があります。「年長のマーガレット・ウェイトは、夫が死刑に処されて死亡しており、未亡人である。マーガレットの使い魔は、多数の足を持つ異形の者で、髪は乱れ、猫ほどの大きさで、名は不明である」

≺『A DISCOURSE OF WITCHCRAFT AS IT WAS ACTED IN THE FAMILY OF MR. EDWARD FAIRFAX OF FUYSTONE（フューストンのエドワード・フェアファックス氏の家族において行われた魔術に関する論文）』（イングランド　18世紀）
大英図書館蔵

ランカシャーの魔女

この本の匿名の著者は、イングランドのランカシャー州が、「魔女と、魔女による非常に奇妙ないたずらで有名」だと述べています。ランカシャーが魔術と関係が深いという通説は、1612年にペンドルで行われた有名な魔女裁判に端を発しています。この裁判では、19人ほどが、魔術を使ったとして告発されました。ペンドル魔女事件は不幸な顛末をたどり、告発された人の大半が縛り首にされましたが、この文章の著者は、ランカシャーの魔女をもっと肯定的に描こうとしています。本には木版画の簡素な挿絵が入っています。この絵はそのひとつで、箒にまたがった魔女が空を飛び、呪文をかけています。

➤『The History of the Lancashire Witches（ランカシャーの魔女の歴史）』
（コベントリー　1825年）
大英図書館蔵

THE
HISTORY
OF THE
Lancaſhire WITCHES.
Containing the manner of their becoming ſuch; their Enchantments, Spels, Revels, Merry Pranks, raiſing of Storms and Tempeſts, riding on Winds, &c.
The Entertainments and Frolicks which have happened among them: with the Loves and Humours of Roger and Dorothy.
ALSO,
A Treatiſe of Witches in general,
Conducive to Mirth and Recreation.

「この絵に添えられた文章には、ランカシャーの魔女の『娯楽と遊興』について説明すると書いてあります。『クィディッチ今昔』では、クィディッチの試合に関する記述として最古だとされている資料が引用され、そこに記述されている1385年の試合が『ランカシャーでの試合』だったと書かれていますが、それも不思議でないのかもしれません」

アレクサンダー・ロック
キュレーター

学生の魔法使いなら誰でも知っているように、魔法使いの機密事項の中でも、我々が箒に乗るという秘密は、おそらく最も広く知れ渡ってしまっている。マグルの描く魔女の姿には、必ず箒が描かれている。……マグルの頭の中では、箒と魔法が切り離せないものになっている。

『クィディッチ今昔』

ハリーとドラコ

ホグワーツにやって来たばかりのハリーにとって、魔法の世界は今までとはまったく違う複雑なものでした。しかし、初めての飛行訓練では、それまで箒(ほうき)に触ったこともなかったにもかかわらず、ごく自然に飛ぶことができました。それを見たマクゴナガル教授は、すぐにハリーを連れて、グリフィンドール寮のクィディッチチームのキャプテンのところまで行き、2人を引き合わせました。ハリーは、ホグワーツのクィディッチの試合に出場するシーカーとして、ここ百年で最年少の選手となりました。ジム・ケイによるこの絵で、ハリーはケープをなびかせ、箒をしっかり握っています。その背景では、ハリーの方に向かってくるドラコ・マルフォイの姿が雨にかすんでいます。

◁ クィディッチをしているハリー・ポッターとドラコ・マルフォイ　ジム・ケイ 作
ブルームズベリー社蔵

「ケイの絵は、ハリーが2年生のときにスリザリンチームと対戦したクィディッチ開幕試合を生き生きと描いています。この試合では、狂ったブラッジャーがハリーをしつこく追いかけ、ハリーは腕を折ってしまいます。それでもハリーはスニッチを捕まえ、試合に勝ちました」

ジョアナ・ノーレッジ
キュレーター

観客のワーッという声に煽られるように、14人の選手が鉛色の空に高々と飛翔した。ハリーは誰よりも高く舞い上がり、スニッチを探して四方に目を凝らした。

『ハリー・ポッターと秘密の部屋』

魔法の指輪

このパピルスは、４世紀に書かれた古代ギリシャの魔法手引書の一部です。この書には、泥棒を見つける呪文や、人が秘密にしている考えを暴く呪文が書いてあるほか、魔法の指輪を作る方法が説明してあります。魔法の指輪を作るには、「これが埋まっている限り、何かが決して起こらぬよう願う」という呪文を指輪に刻みます。この指輪を地中に埋めて隠すと、その何かを阻止することができるというわけです。阻止したいことを指輪に刻んで埋めることによって、例えば、ライバルが恋愛運に恵まれることを阻止したい、と指定することができます。加える１語を除き、刻む呪文はどちらから読んでも同じです。これは、魔法の呪文の特徴としてよく知られているものです。

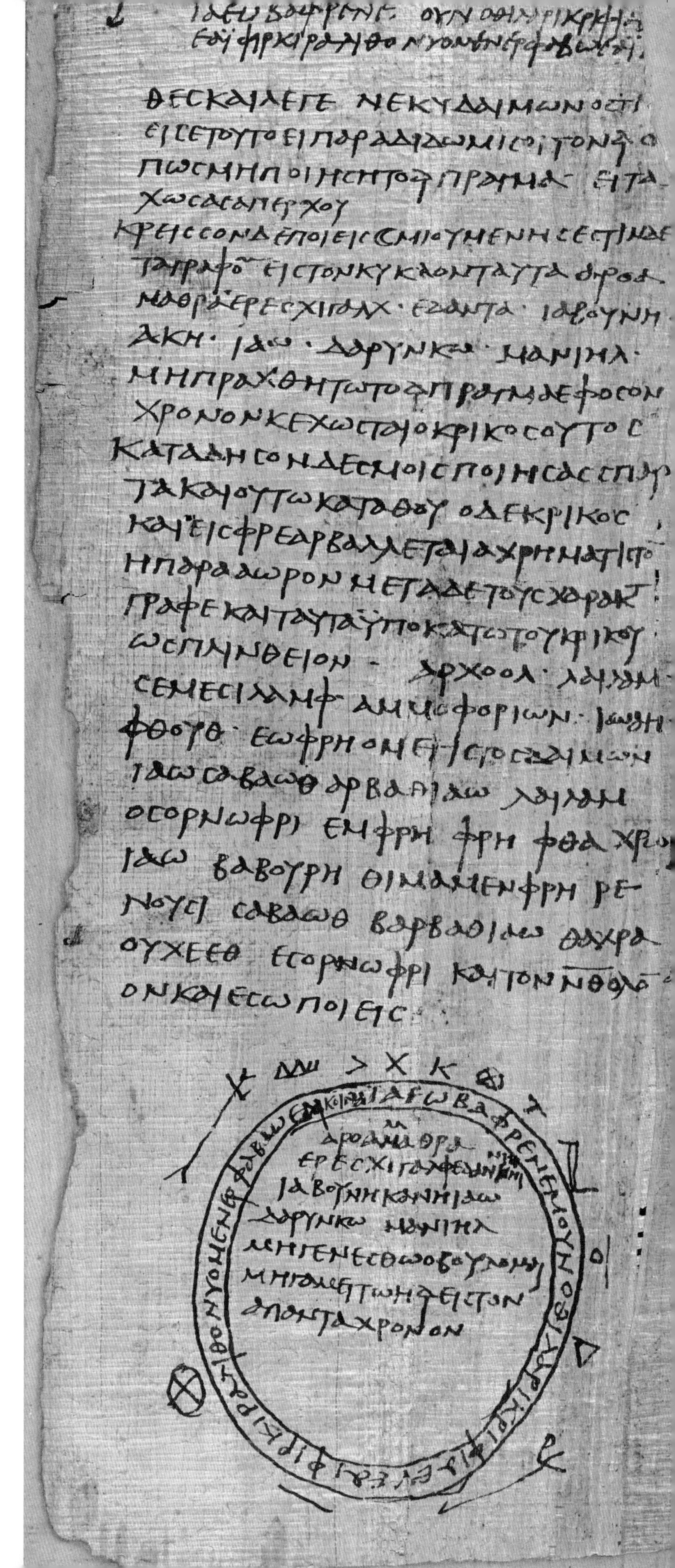

➢「これが埋まっている限り、何かが決して起こらぬよう願う」と書かれた指輪の図　ギリシャの魔法手引書より（テーベ　４世紀）
大英図書館蔵

アブラカダブラ

手品師は昔から、「アブラカダブラ」の呪文を使って、帽子からウサギを出してきました。しかし、この言葉は古代においては、病を癒す力を持つ呪文だと考えられていました。この言葉が使われている最古の記録は、クイントゥス・セレヌス・サンモニクスが書いた『Liber Medicinalis（医学の書）』です。セレヌスは、カラカラ皇帝に仕えた医師で、マラリアの治療法として「アブラカダブラ」という呪文を使うよう指示しています。マラリアにかかったら、1文字ずつ減らしながらこの言葉を繰り返し書きます。そうすると、字が円錐形に並びます。これをお守りとして首の周りに着けると、熱を追い払うことができるというのが、この治療法です。

「この写本の余白では、『アブラカダブラ』と書いたものが赤い線で囲まれています。セレヌスはさらに、呪文を書いたお守りを、亜麻、ライオンの脂、またはサンゴで、首の周りに固定するよう勧めています」

ジュリアン・ハリソン
主任キュレーター

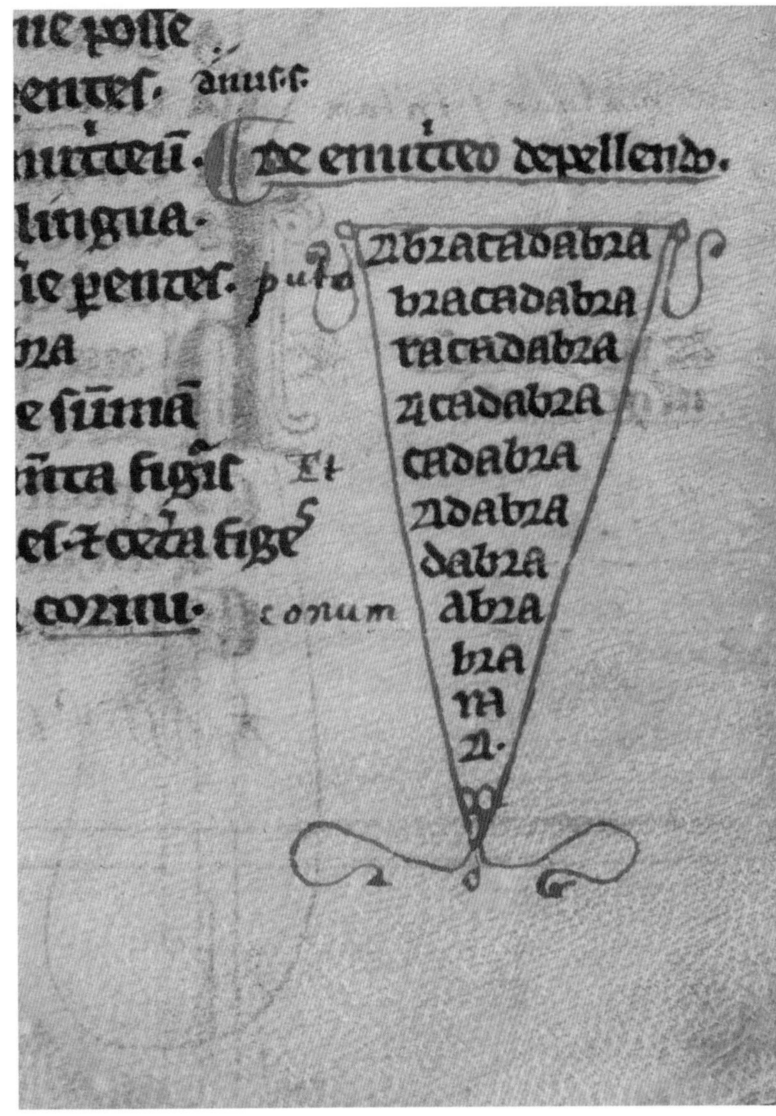

➢『LIBER MEDICINALIS（医学の書）』
（カンタベリー　13世紀）
大英図書館蔵

ライオンに変身する方法

エチオピアでは、魔術師がさまざまな呪文や植物の名前と性質を集めて、それをこのような手引書に書き写すことが、広く行われていました。このページは魔術書から取られたもので、呪文を取り消す呪文や、悪魔の自由を奪う呪文などが載っています。ライオンなどの動物に変身することができるまじないの方法を説明した、次のような記述もあります。「これらの秘密の名前を、赤いインクで白い絹の布に書く。ライオンに変身するには、その布を頭に縛り付ける。ニシキヘビに変身するには、腕に縛り付ける。ワシに変身するには、肩に縛り付ける」

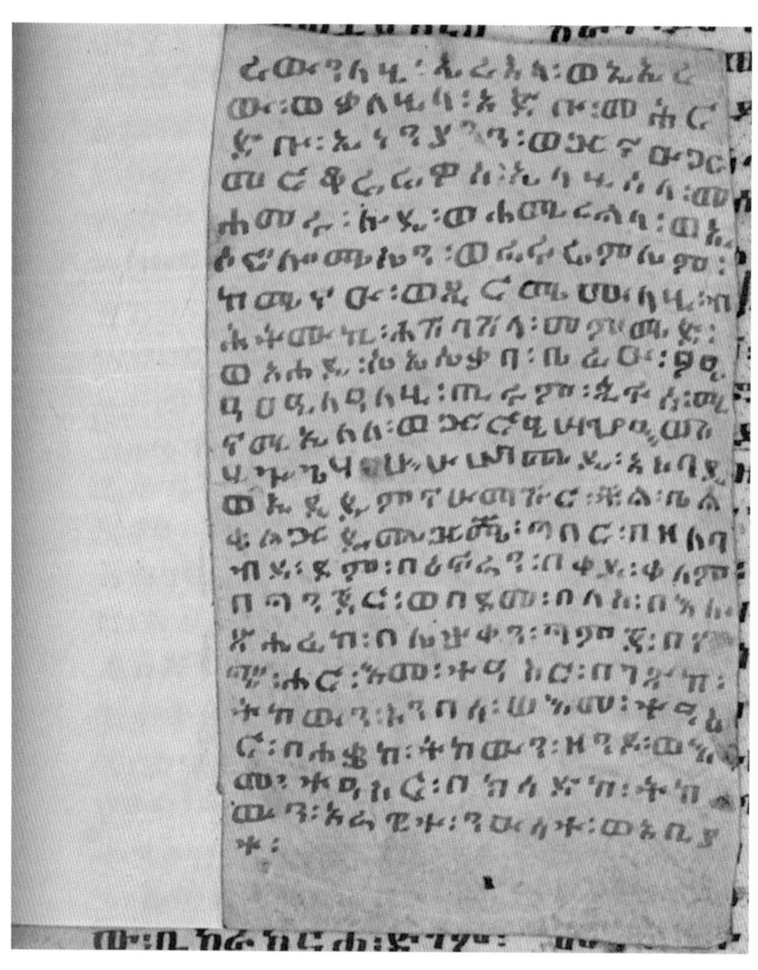

➢ ライオン、ニシキヘビ、またはワシに変身するまじない
（エチオピア　18世紀）
大英図書館蔵

「変身術は、ホグワーツで学ぶ魔法の中で最も複雑で危険なもののひとつです。いいかげんな態度で私の授業を受ける生徒は出ていってもらいますし、２度とクラスには入れません。初めから警告しておきます」

マクゴナガル教授／『ハリー・ポッターと賢者の石』

恋愛成就のお守り

愛の妙薬や恋愛成就のお守りは、現代でも世界中で広く使われています。このような魔術は、ホグワーツにも登場したことがあります。スラグホーン教授が授業で煎じていた魅惑万能薬（アモルテンシア）や、ロン・ウィーズリーがうっかり食べてしまったロミルダ・ベインの惚れ薬は、その例です。ここに挙げた恋愛成就のお守りはオランダで作られたもので、記号をふんだんに使って魔力を吹き込んでいます。子宝を祈願してカキの殻に彩色されているこのお守りは、名前のイニシャルが「J」と「R」の男女のために作られました。この２つの文字は赤い糸でつながっています。また、くっ付いて描かれている２つのハートは、２人の愛を表しています。文字の上には２人の星座の記号が書かれています。「♉」はおうし座、「♊」はふたご座です。

➢ 恋愛成就のお守り（オランダ　20世紀）
ボスキャッスル魔法博物館蔵

「この恋愛成就のお守りの効果は不明です。スラグホーンが魔法薬学の授業で断言したように、『愛を創ったり模倣したりすることは不可能だ』からです」

アレクサンダー・ロック
キュレーター

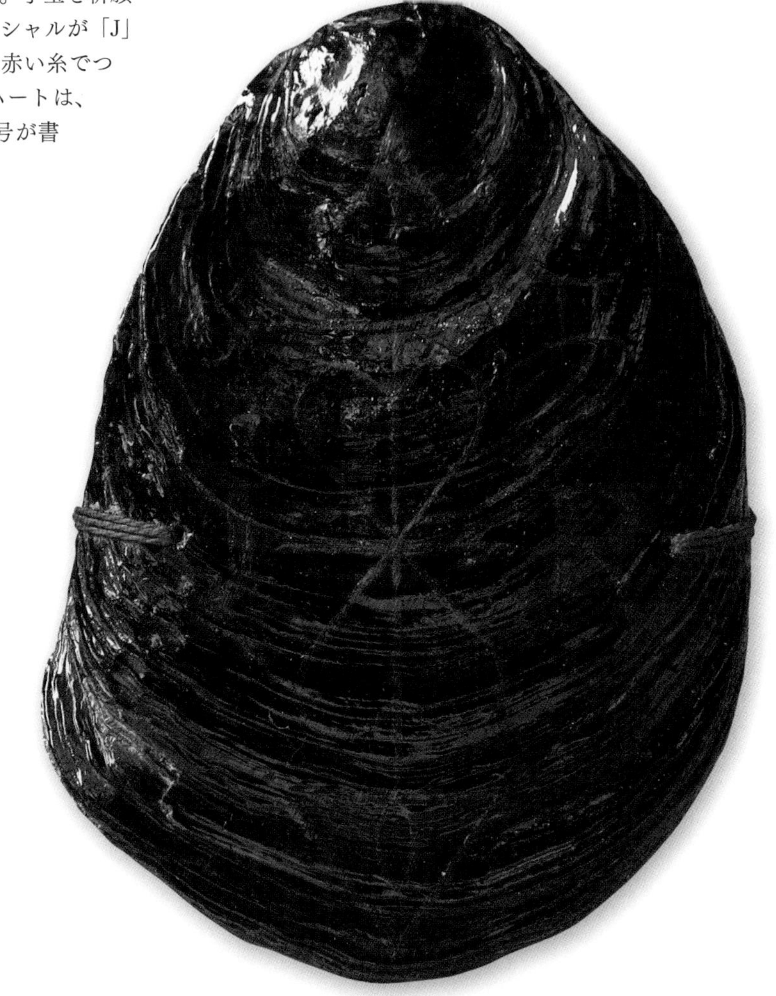

「先生、お邪魔して本当にすみません」
ハリーはなるべく小さな声で言った。ロンは爪先立ちになって、スラグホーンの頭越しに部屋をのぞこうとしていた。
「でも、友達のロンが、間違って惚れ薬を飲んでしまったんです。先生、解毒剤を調合してくださいますよね？」

『ハリー・ポッターと謎のプリンス』

GEMINI
TAURUS
E
W
S
MONOCEROS
Meissa
Betelguex
Bellatrix
Mintaka
Anilam
Alnitak
Thabit
Rigel
Saiph
ERIDANUS

天文学

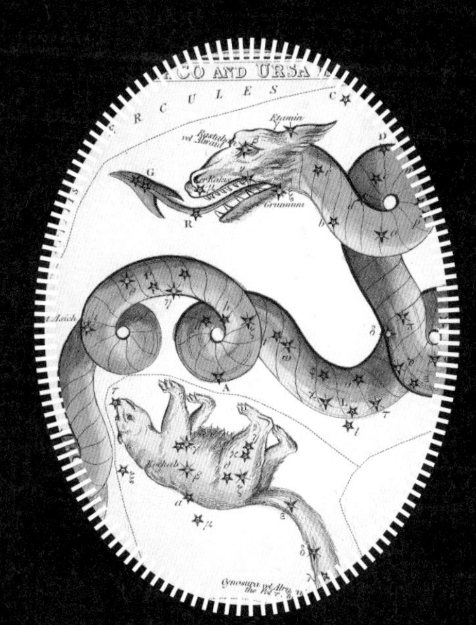

天文学

ティム・ピーク

欧州宇宙機関の英国人宇宙飛行士、ティム・ピークは、宇宙に対する尽きることのない情熱を燃やしてきました。宇宙に対する興味は子供のころに始まり、星を眺めたり、航空ショーを見に行ったりしていました。テストパイロットとなったのち、2009年に宇宙飛行士としての訓練を開始。2015年12月からは、国際宇宙ステーションに6カ月間滞在し、宇宙遊泳や、何百回もの科学実験を行い、マラソンを走りました。また、宇宙飛行士の支援による教育活動を実施し、それまでにない大きな成果を上げました。

鮮やかな緑と赤の光に揺らめくカーテンが、私たちをぐるりと取り囲んで舞い、ときどき意外な方向に光線を発する。謎めいた薬を煎じている巨大な鍋の中を飛んでいるようだ。だが、これは魔法などではない。うっとりするようなこの光のショーは自然現象で、国際宇宙ステーションから何度も目にした光景だ。オーロラの上空を飛ぶときや、時にはオーロラを通過するときにも、この光景が見られた。オーロラは、地球の極地の上空で、太陽からの荷電粒子が地球の磁力線に沿って降下して起こる現象だ。上層大気に含まれる酸素や窒素などの原子にこの粒子が衝突すると、その相互作用によって、あの特徴的な色彩が生まれる。オーロラは見かけは魅惑的だが、困った一面もあり、極端な場合には、粒子の到来によって、人工衛星や無線通信に干渉が起こり、地球に停電が発生することもある。ありがたいことに、太陽を観測する宇宙船が常に監視していて、宇宙の天気が大荒れにならないかどうか、予報してくれる。

オーロラは魔法のように魅惑的だが、宇宙ステーションでのとても短い夜に見る星空も素晴らしいものだ。宇宙ステーションは時速17,000マイル（約28,000km）を超える速度で、地球の上空およそ250マイル（400km）のところを飛行しているので、地球を1周するのに約90分しかかからない。ということは、1日に計16回もの日の出と日没が見えるということだ。夜には、私たちが住む銀河系の中心の方に星が壮大に広がり、介在するチリ雲も見える。地上からでも銀河系（天の川）、オーロラ、恒星、惑星は見えるが、雲を消すには巧みな魔法が必要になるかもしれない。ハリー・ポッターシリーズの登場人物の名前は、天文学的現象や天体にちなんだものが多い。ホグワーツの天文学教授自身がそうで、オーロラ・シニストラという名前だ。また、アンドロメダ、ベラトリックス、ドラコ、シリウスなど、このような例は枚挙にいとまがない。読者は、ハリー・ポッターに関連する星座や星を夜空にいくつ見つけられるだろうか？

魔法使いの生徒は、天文学の授業で恒星や惑星の名前を覚え、その動きについて学ぶが、天文学は魔法使いにとって重要な教科であるだけではない。マグルも昔から夜空に魅了されてきた。古代文明において、人々は天体の動きに規則性を見つけ、種ま

きや収穫の時期の判断や航海に、星や月の位置を利用した。

星図作りの真の先駆者のひとりが、古代ギリシャの天文学者、ヒッパルコスである。ヒッパルコスは肉眼で観測し、簡単な幾何学を使うだけで、約千個の星の相対的な明るさと位置をまとめた。それから2千年以上たって、欧州宇宙機関（ESA）は、ヒッパルコスに敬意を表して命名された衛星を打ち上げた。ESAのヒッパルコス衛星は、星の精密な位置測定を専門とする初の衛星で、250万個以上の恒星の詳細を記録して、高精度天文学の分野に大きな変革をもたらした。

現在、ESAにはさらに強力な宇宙望遠鏡「ガイア」がある。かつてない10億個もの恒星をさらに精密に測定し、古代に生きた私たちの祖先がおそらく夢にも思わなかった、非常に高精度な解析が行われている。天文学者は、ガイアから得られるデータを使って、銀河系の3次元地図を作る予定である。この地図は、現在の恒星の正確な位置を示すだけでなく、過去の動きも示し、将来の位置まで推測することができる。ハリーがダイアゴン横丁に買い物に行ったときに見かけて、欲しいと思った「大きなガラスの球に入った完璧な銀河系の動く模型」をのぞき込むようなものだろうか。この模型を持っていれば、ハリーはもう天文学の授業を取る必要がなくなるだろう。模型には、ガイアの観測結果と同じような情報がたくさん詰まっていたに違いない。

ホグワーツの生徒は、太陽系の惑星や衛星の環境についても学ぶ。ハリーとロンが宿題をしているとハーマイオニーがやって来て、木星の衛星について2人の誤りを正す、という印象的な場面がある。

> 木星の一番大きな月はガニメデよ。カリストじゃないわ……それに、火山があるのはイオよ。シニストラ先生のおっしゃったことを聞き違えたのだと思うけど、エウロパは氷で覆われているの。子ネズミじゃないわ……。

ここで話題になっているのは木星の4大衛星で、天文学者ガリレオ・ガリレイの名を取って「ガリレオ衛星」と総称されている。ガリレオは、1610年に、初めて作られた単純な望遠鏡のひとつを使って、この4つの衛星を発見した。ガリレオは、この4つの光の点の位置が、別の日に観察すると変わっていることに気付き、これらが木星の周りを回っているからだと考えた。衛星の配置が変わる様子は、高性能の双眼鏡や単純な望遠鏡があれば自分で観察できるし、木星は肉眼で見える。

2020年代に打ち上げられるESAのJupiter Icy Moons Explorer（木星氷衛星探査計画）では、氷に覆われている木星の衛星の探査を目指している。エウロパには子ネズミがいないと言ったハーマイオニーは正しいが、エウロパは、地球外生命を探す場所として最適な場所のひとつだ。惑星を覆う氷の下には、太陽系で最大の液体の海があると考えられている。地球では、水と生命は密接に関連している。エウロパには生命が存在し、海で泳いでいるのだろうか？ ガニメデは、実際にカリストより大きく、実は太陽系全体で最大の衛星であり、その大きさは、惑星である水星にも匹敵する。ガニメデとカリストにも、岩石に覆われた地表の下に海が隠れている可能性があり、ESAの新しい計画では、惑星ほどの大きさを持つこれらの衛星に、人間が住める可能性があるのか、調査する予定である。

『ハリー・ポッターと賢者の石』が出版されてから20年の間に、天文学と宇宙探査は驚くべき発展を遂げた。惑星を調査する宇宙計画が実行され、他の天体に探査機が投下された。2005年には、探査機ホイヘンスが土星の衛星タイタンに着陸し、2014年

には、ロゼッタ探査機のフィラエ着陸船がチュリュモフ・ゲラシメンコ彗星67Pに着陸した。また、強力な宇宙望遠鏡が打ち上げられ、ブラックホール、星の爆発などの未知の現象や、宇宙に不可解な影響を与える目に見えない暗黒物質や暗黒エネルギー、そして、宇宙自体の誕生まで、さまざまな調査が行われている。先駆的な初期の天文学者の遺産を引き継いで、人類は今後何世紀にもわたり、ますます深くじっくりと、空を探り続けていくだろう。

だが、本職の天文学者や宇宙飛行士や魔法使いでなくても、夜空の不思議議を楽しめるということを忘れないでほしい。空を見上げるだけで、魔法のような体験ができるのだから。

ホグワーツの教科と教師のリスト

J.K. ローリングが『賢者の石』を執筆しているときに手書きで作成したこのメモには、ホグワーツで教える科目と、担当教師の名前の候補が並んでいます。このメモでは、J.K. ローリングがハリー・ポッターの魔法界を創り上げていくときに、どのような修正や選択をしたのかを、垣間見ることができます。これによると、天文学教授の名前は、初めは「オーレリア・シニストラ」だったようです。これは、のちに「オーロラ・シニストラ」となりました。J.K. ローリングは、登場人物の名前や呪文にラテン語をよく使っています。「オーロラ」は「夜明け」という意味ですが、磁極近くの空で見られる美しい色彩の自然現象のことも指します。「シニストラ」は、「左側」という意味を持つほか、へびつかい座にある恒星の名前でもあります。

Enid Pettigrew

Quirinus Quirrell (1)
Gilderoy Lockhart (2), (6),
Remus Lupin (3), (7)　　Sinistra
Enid Pettigrew (4), (6), (7)
Oakden Hernshaw (5)

SUBJECTS 3'd year

core subjects
- Potions
- Transfiguration
- Charms
- Defence Against the Dark Arts
- History of Magic
- Astronomy
- Herbology

Divination → Harry & Ron
Study of Ancient Runes → Hermione
Arithmancy → Hermione
Care of Magical Creatures → Harry & Ron
Muggle Studies → Hermione

Divination : Enid Pettigrew

Transfiguration	Professor Minerva McGonagall
Charms	Filius Flitwick
Potions	Severus Snape
Defence Against the Dark Arts	Remus Lupin
History of Magic	Cuthbert Binns
Astronomy	Aurelia Sinistra
Herbology	Pomona Sprout
Divination	1
Care of Magical Creatures	

「闇の魔術に対する防衛術の教師のリストには、エニッド・ペティグリュー、オークデン・ハーンショー、マイラー・シルバナスなど、見慣れない名前の人物が書かれています。これらの名前は結局使わないことになり、出版された本には登場していません」

ジョアナ・ノーレッジ
キュレーター

◁ ホグワーツの教科と教師のリスト
J.K. ローリング 作
J.K. ローリング蔵 ▷

Transfiguration	♀	Prof. Minerva McGonagall
Charms	♂	Prof. Filius Flitwick
Potions	♂	Prof. Severus Snape
Herbology	♀	Prof. Pomona Sprout
D. A. D. A.	♂	Prof. Remus Lupin
Astronomy	♀	Prof. Aurora Sinistra
History of Magic	♂	Prof. Cuthbert Binns
Divination	♂	Prof. Mopsus etc
Study of Ancient Runes	♀	Prof. Bathsheda ~~Vector~~ Babbling
Arithmancy	♀	Prof. Septima Vector
Care of Magical Creatures	♂ →	~~Hagrid~~ Rubeus Hagrid
Muggle Studies	♀	Prof.

igit

ector

ptima
Vector

Hippogriffs Stormswift
Hothoof
Fleetwing

Gibberish
Gobbledegook
also checks
tongues/languages Greek etc

Mylor Silvanus

ata
e fates
e furies

Rosmerta "Good purveyor"
village woman?

---

1) Quirrell
2) Lockhart
3) Lupin
4) Pettigrew
5) Mylor person. Oakden Hobday

ほんの一瞬、大きな黒犬が後ろ脚で立ち上がり、前脚をハリーの両肩に掛けた。しかし、ウィーズリーおばさんがハリーを汽車のドアのほうに押しやり、怒ったようにささやいた。
「まったくもう、シリウス、もっと犬らしく振る舞って！」

『ハリー・ポッターと不死鳥の騎士団』

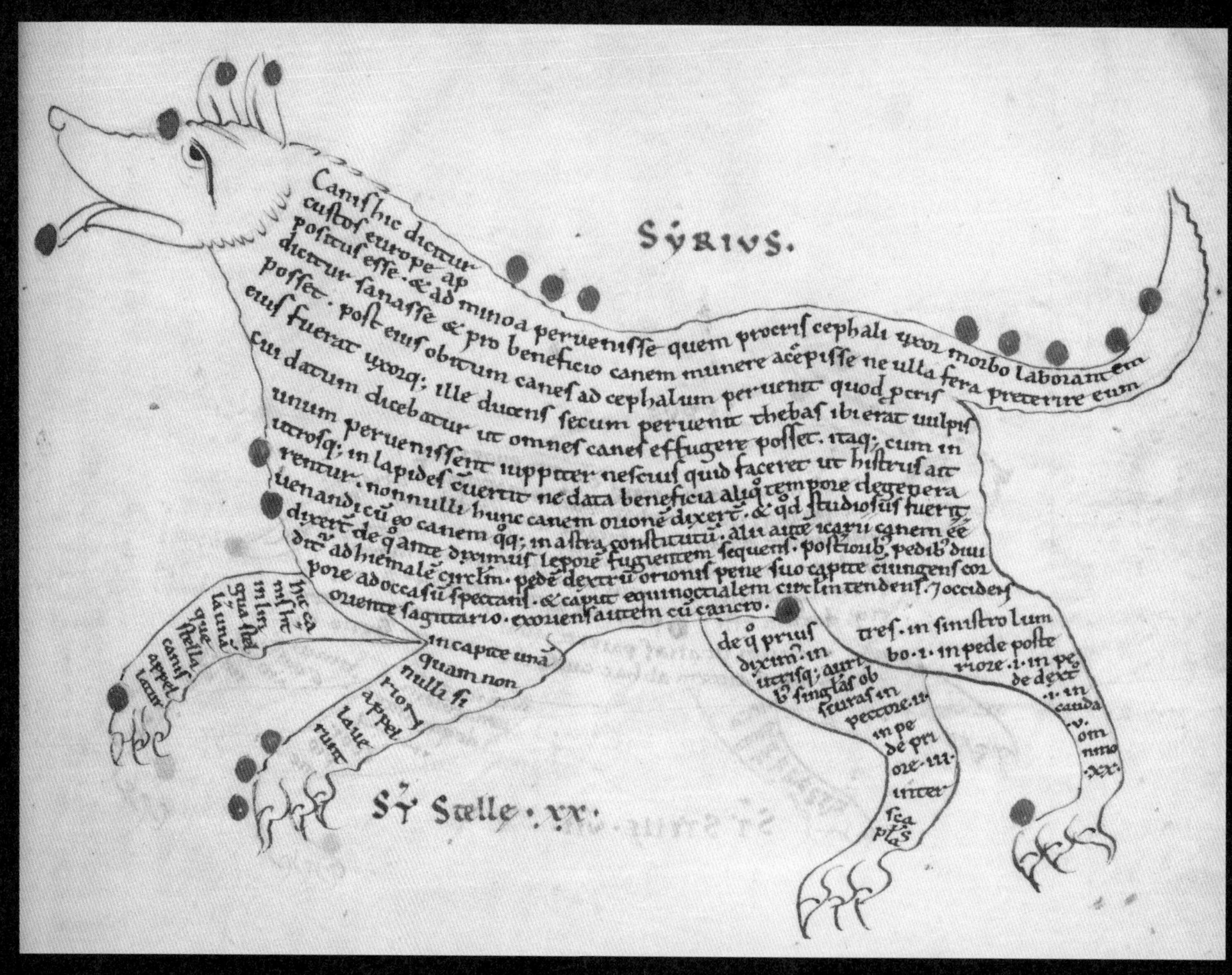

シリウス・ブラック

ハリー・ポッターシリーズに登場する人物の名前には、美しい夜空にアイディアを得たものがたくさんあります。ホグワーツの卒業生であるアンドロメダ・トンクス、ベラトリックス・レストレンジ、そして、この２人のいとこであるシリウス・ブラックもそうです。この中世の写本が説明しているのは、おおいぬ座です。おおいぬ座で最も有名な星はシリウスで、英語では「ドッグスター」（「犬星」の意）と呼ばれます。シリウスは、地球から見える最も明るい恒星です。この写本に描かれた犬の輪郭の中には、ラテン語の形象詩（文字の配置で表現する詩）がいっぱいに書かれています。詩は、ローマの著作家ヒュギーヌスの作品から取ったものです。

A 天文学論文集
（ピーターバラ　12 世紀）
大英図書館蔵

ケプラーの星表

宮廷付の天文学者ヨハネス・ケプラーが著した『ルドルフ表』は、恒星に対する惑星の位置の推算を助けるものです。この表は、1,005個の恒星の位置を収録するという偉業を達成し、望遠鏡が発明される前の時代で最も正確な星表とされています。複雑な口絵には、天文を司るムーサ（ギリシャ神話で文芸を司る9人の女神のひとり）であるウラニアの神殿が描かれています。神殿には、ニカイアのヒッパルコス、プトレマイオス、ニコラウス・コペルニクス、ケプラーの前任者であるティコ・ブラーエといった偉大な天文学者が多数描かれているほか、名前は分かりませんが、カルデア人も見えます。カルデア人は、天文術に長けていたことで知られている古代人です。また、神殿の下に張られた板のひとつには、ケプラー自身が描かれています。

◁ ヨハネス・ケプラー『TABULÆ RUDOLPHINÆ（ルドルフ表）』（ウルム 1627年）
大英図書館蔵

「1617年、ケプラーの母は魔術を使ったという疑いをかけられました。これは、死刑に値する犯罪でした。告発されてから1年以上を獄中で過ごしましたが、ケプラーが母を助けるため奔走し、最終的には釈放されました。ケプラーは、神聖ローマ皇帝付の天文学者でした。家族がこのような込み入った事件に巻き込まれたことは、ケプラーにとって非常に辛いことだったに違いありません」

アレクサンダー・ロック
キュレーター

次に教科書を買った。「フローリシュ・アンド・ブロッツ書店」の棚は、天井まで本がぎっしり積み上げられていた。敷石ぐらいの大きな革製の本、……

『ハリー・ポッターと賢者の石』

アラビアのアストロラーベ

昔の天文学者は、星の動きを調べるために、さまざまな道具を使いました。精巧で美しいこの真鍮の器具はアストロラーベと呼ばれ、天文学者が宇宙をその手に持つことができるようにした模型です。アストロラーベは、ハリーたちが天文学の試験の課題で描いた星図のような、平面の天宮図を作成するのに使われました。また、計時や航海に使うこともできました。緯度を測定することもでき、イスラム世界では、メッカの方角を知るために広く使われました。精巧な装飾を施したこのイスラムのアストロラーベは、中東のムスタファ・アイユーブが制作したもので、裏は日時計になっています。

アストロラーベ
ムスタファ・アイユーブ 作
（中東　1605～1606年）
サイエンス・ミュージアム蔵

天球儀

天球儀は、地球から見た空の星の位置を示すものです。天球儀を作る技術は何千年も前にさかのぼるもので、最古の天球儀は古代ギリシャで作られました。教室で使うのに最適な大きさのこの卓上天球儀は、ヨハン・ガブリエル・ドッペルマイヤーというドイツ人の教授が、友人のヨハン・バプティスト・ホーマンと協力してニュルンベルクで作ったものです。教育者だったドッペルマイヤーは、科学の新しい考え方や発見を推進しました。天球儀に星座を彫り込んだのは、器具製作者のヨハン・ゲオルク・プシュナーです。プシュナーは、ドッペルマイヤーとホーマンがまとめた天体図に従って作業をしたと思われます。プシュナーが彫り込んだ星座は、夜空で絶えず対話をしているように見えます。

「この天球儀には、過去にヨハネス・ケプラーなどの天文学者が観測したいくつかの彗星の軌道が描かれています」

ジョアナ・ノーレッジ
キュレーター

「Globus coelestis novus（新天球儀）」
ヨハン・ガブリエル・ドッペルマイヤー 作
（ニュルンベルク　1728年）
大英図書館蔵

大太陽系儀

太陽系儀は、太陽系の模型です。ここに挙げた素晴らしい太陽系儀は教材として使われ、ステータスシンボルでもありました。この太陽系儀は、太陽系の6番目までの惑星（土星まで）とその衛星の動きを再現することができます。特定の日時における惑星の位置を示すように設定することもできます。模型は正多角形の台に載っています。台の側面には金の枠に入ったパネルがいくつもあり、十二宮が描かれています。獅子宮と双児宮の間には時計があり、毎正時に時を知らせます。時計には、製作者であるロンドンのジェームズ・シモンズの署名が入っています。太陽系儀は昔から教材として使われ、ダイアゴン横丁でも買うことができます。ホグワーツでは、天文学だけでなく「星座占い」にも使われています。本には、シビル・トレローニー教授の太陽系儀について、「9個の惑星と燃えるような太陽があり……それがガラスの中にぽっかりと浮いている」と書かれています。

➢ 大太陽系儀
ジェームズ・シモンズ、マルビー＆カンパニー作（ロンドン　1842年）
国立海事博物館（ロンドン）
Grand Orrery

それに、大きなガラスの球に入った完璧な銀河系の動く模型も、たまらない魅力だった。これがあれば、もう「天文学」の授業を取る必要がなくなるかもしれない。

『ハリー・ポッターとアズカバンの囚人』

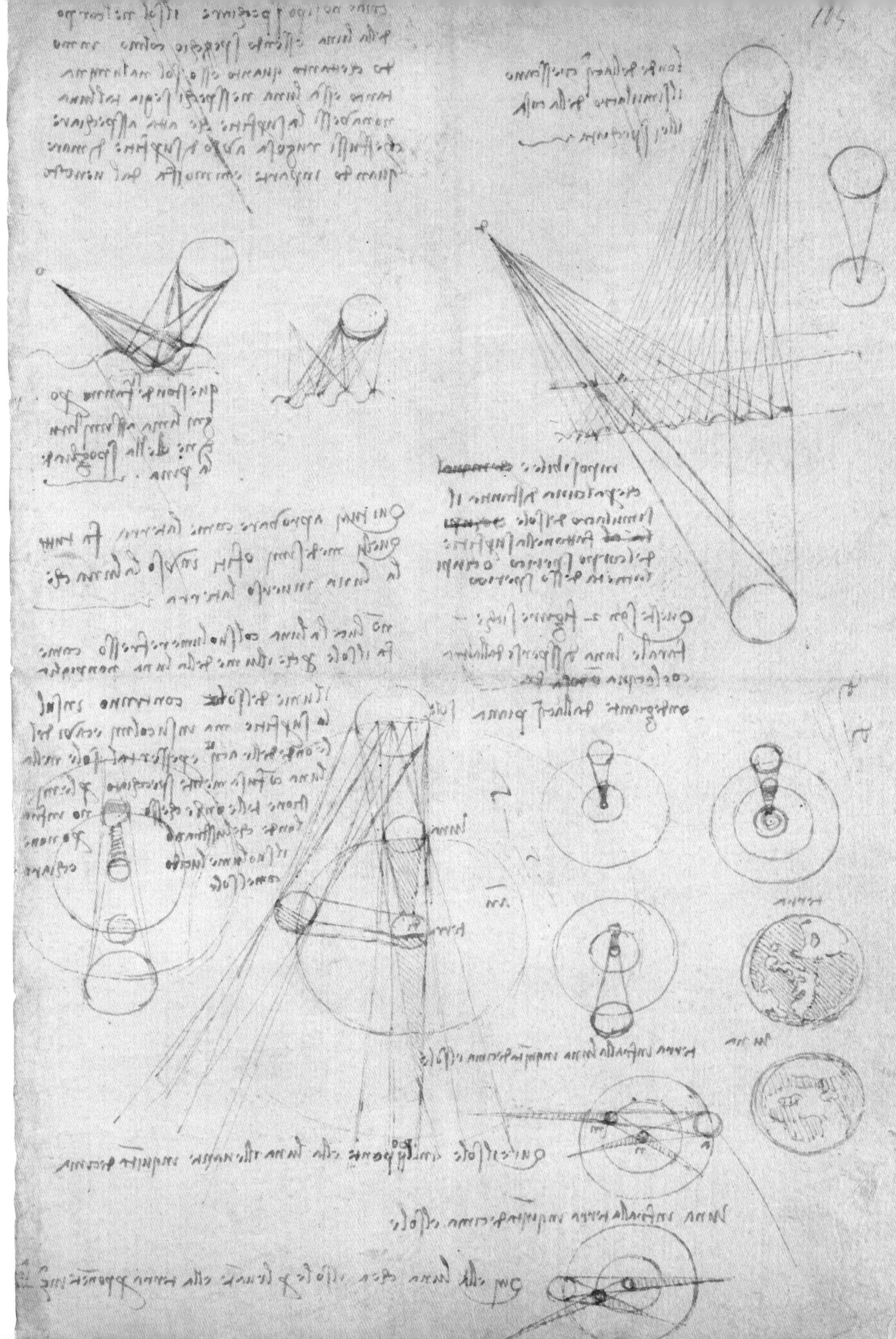

レオナルドが見た月

発明家、科学者、芸術家のレオナルド・ダ・ビンチは、時代を何世紀も先取りしていました。レオナルドは、生涯を通じて、右から左に読む奇妙な鏡文字でメモを書きつづっていました。このメモは、後年になって、「アランデル手稿」という名の冊子にまとめられました。この名前は、以前の所有者であるアランデル伯爵から来ています。左中央にある影を付けた図は、太陽、月、地球の配列に基づく光の反射を説明しています。この絵では、地球が宇宙の中心であるというギリシャの天文学者プトレマイオスの説に従って、太陽と月が地球の周りを回っています。また、レオナルドは、月が水で覆われていて、月の表面が凸面鏡のように光を反射すると信じていました。

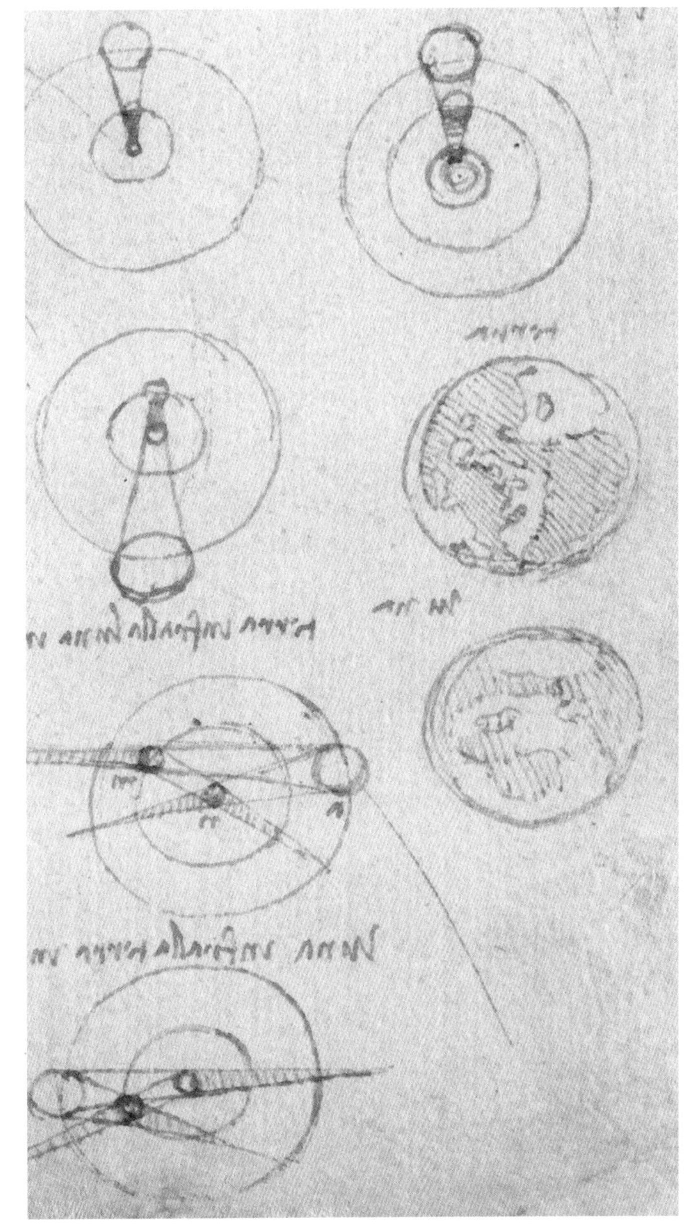

◁ レオナルド・ダ・ビンチの手稿（イタリア　1506～8年ごろ）▷
大英図書館蔵

ハリーは曇った夜空を見上げた。くすんだ灰色と銀色の雲の曲線が、白い月の面（おもて）をなでていた。ハリーは自分の発見したことに驚き、頭がぼーっとなっていた。

『ハリー・ポッターと死の秘宝』

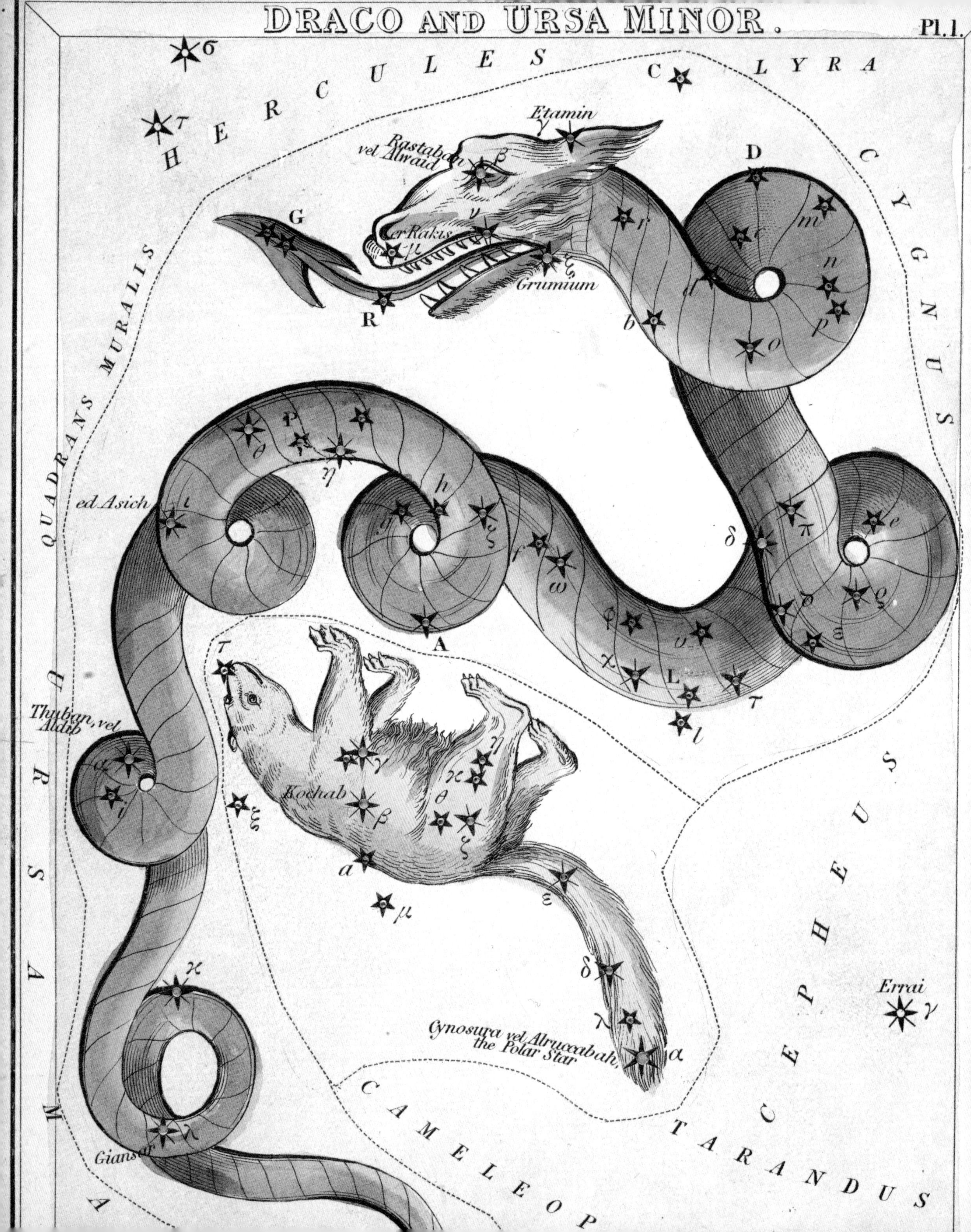

DRACO AND URSA MINOR.
Pl.1.
HERCULES
LYRA
CYGNUS
QUADRANS MURALIS
URSA MA
CEPHEUS
CAMELEOP
TARANDUS
Etamin
Rastaban vel Alwaid
Er Rakis
Grumium
ed Asich
Thuban, vel Adib
Kochab
Cynosura vel Alrucabah, the Polar Star
Errai
Giansar

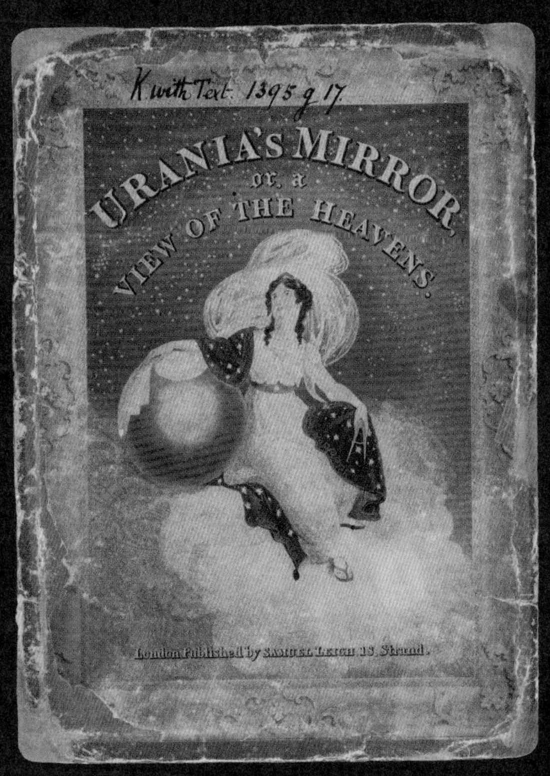

⋀『URANIA'S MIRROR; OR A VIEW OF THE HEAVENS(ウラニアの鏡　あるいは天空の眺め)』⋗（ロンドン　1834年）
大英図書館蔵

天空の眺め

ホグワーツの１年生にぴったりの『Urania's Mirror（ウラニアの鏡)』は、32枚の星図が印刷されたカード集で、天文学の独習用に市販されていました。カードには、星の等級（明るさ）に応じた大きさの穴が開けられていて、明かりにかざすと本物そっくりの星座が見えるようになっていました。絵は、地図製作者のシドニー・ホールによる彫刻版で印刷され、手作業で彩色されています。ホールは、匿名の「ある婦人」のデザインに従って作業したとされてきましたが、その後、その「ある婦人」が、ラグビー校の助教師リチャード・ブロクサムであることが判明しました。ブロクサムがこのカード集の著者であることを隠した理由は不明ですが、当時は、女性の顧客を引き付けようとする風潮があったため、他の著作家と同じように、自身が男性であることが売り上げに影響するかもしれないと思った可能性があります。

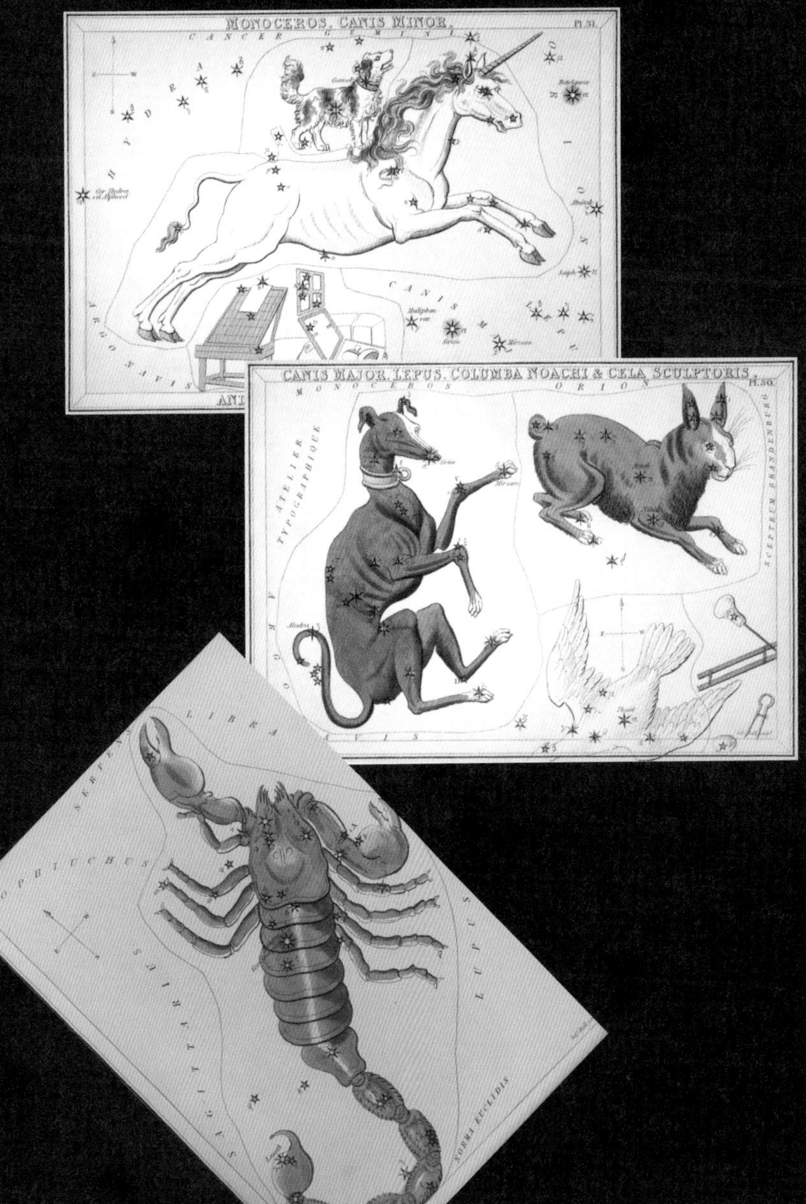

ハリーが天井を見上げると、ビロードのような黒い空に星が点々と光っていた。「本当の空に見えるように魔法がかけられているのよ。『ホグワーツの歴史』に書いてあったわ」ハーマイオニーがそうささやくのが聞こえた。

『ハリー・ポッターと賢者の石』

The Signification of LINES and other Marks in the HANDS.

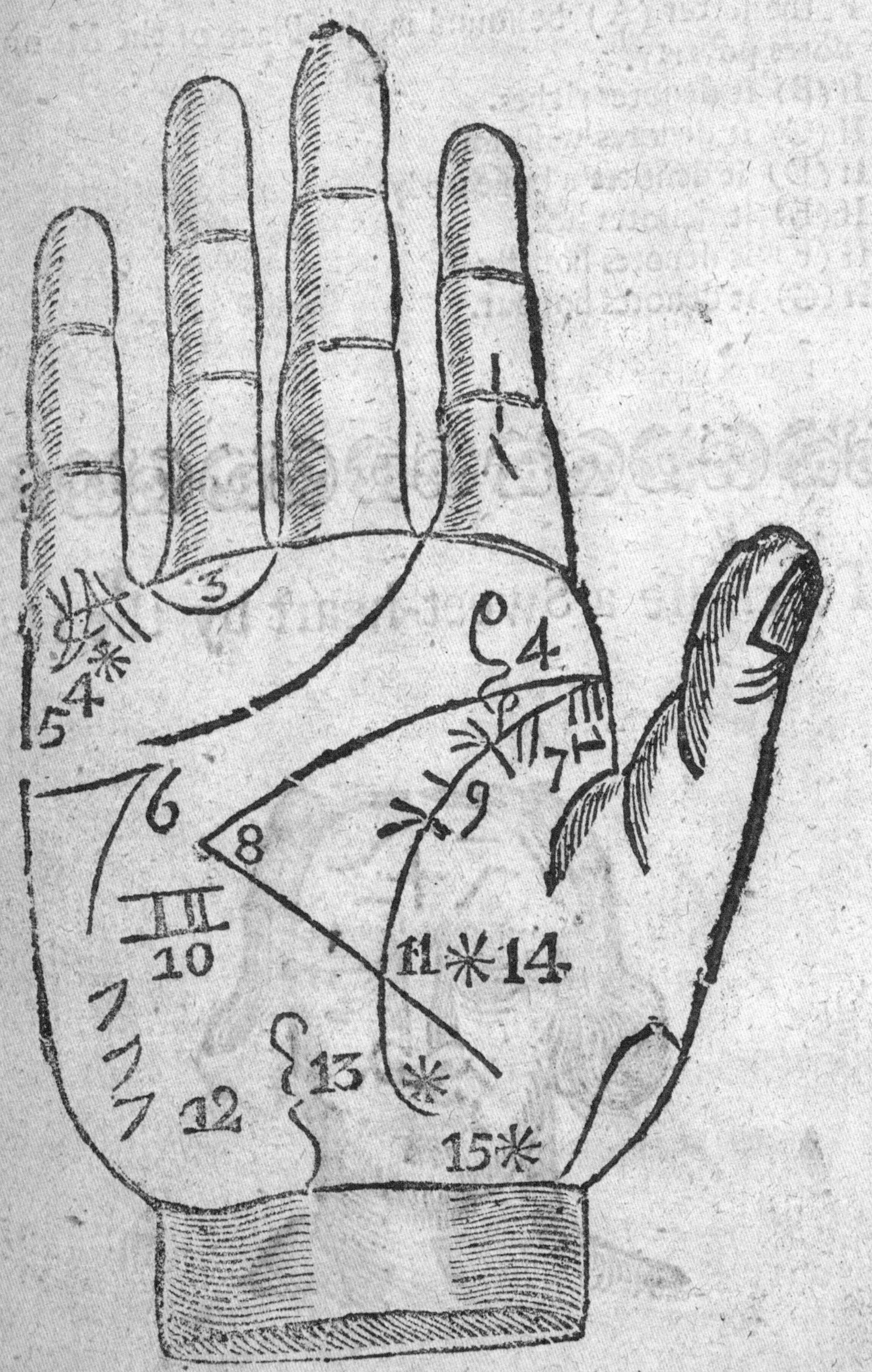

A Star in this place ſignifies riches and honour. 2 The party will heir an eſtate. 3 Denotes increaſe of goods and ſubſtance. 4 Signifies a truſty and faithful perſon. 5 Predicts a woman to be a ſtrumpet. 6 So many ſtright lines, ſo many ſons, ſo many crooked lines, ſo many daughters. 7 Theſe points denote a whore-maſter. 8 Denotes a ſharp wit.

第6章

占い学

占い学

オーウェン・デイビーズ

オーウェン・デイビーズは、ハートフォードシャー大学の社会史学教授です。古代から現代までの魔術、魔法、幽霊、民間療法の歴史に関する幅広い著書があります。最近では、『Oxford Illustrated History of Witchcraft and Magic（図解オックスフォード魔術史）』を編集し、『Grimoires: A History of Magic Books（邦題：世界で最も危険な書物 グリモワールの歴史』など、多数の本を執筆しています。魔術に学問的な関心を抱くようになったのは、ファンタジー小説や民話を読んだことからだそうです。

未来の秘密を予知したいという欲求は、有史以来、人々を夢中にさせてきた。約４千年前のメソポタミア文明では占いが有益な知識とされており、卑しい身分の者であっても占いを生活の道しるべとし、占いが社会の本質を形作っていたことが、中東で発見された粘土板に書かれた最古の記録から分かっている。未来を知ることは、自分の運命を自分で支配するということである。ハリー・ポッターと友人たちは、シビル・トレローニーの授業がつまらないと思ったようだが、いつの時代も占いは魔術の中心であった。

古代において、未来を占うことは、人間の運命を支配する神々と関わりを持つことであった。神は私たち人間にどんな未来を用意しているのか？ 干ばつがあれば、「神は干ばつをあとどれくらい続けようと思っているのか」、伝染病がはやれば、「誰が死に、誰が生き残る運命なのか」を、人々は知ろうとした。王や皇帝は、「戦いで勝つかどうか」、「妻は跡取りの男子を産むのか」を知りたがった。貧民は貧民で、「自分が誰と結婚するのか」、「来週は良い天気か」、「自分の農場や仕事はうまくいくのか」といったことを、いつも心配していた。古代ギリシャでは、そのようなことを知りたいという民衆の望みを満たすため、神のゼウスやアポロンをまつる神託所や神殿が造られた。それと同じころ、地球の向こう側の中国では、皇帝や官吏が、日の吉凶を記した暦に従って、新しい宮殿の建設を始めるのに最も良い日や、種をまく最適な時期を決めていた。

時代とともに、さまざまな文化の中で多様な形式の占いが発展した。夢を解釈する夢占いは、世界中に普及し、由緒ある占い術のひとつである。古代には、眠っている間に神々や霊が人間と交信し、未来を暗示しようとすると思われていた。20世紀初期

には、ジークムント・フロイトの精神医学理論により、「夢には、解読を待っているメッセージがたくさん隠れている」という考えが、現代科学でも認められるようになった。夢占いに勝るとも劣らないくらい古くから行われているのが、星占い、つまり占星術である。これは、ケンタウルスであるフィレンツェ教授が「科学」として大切にしていたものだ。フィレンツェは、トレローニー教授が教えていた他の技法の一部に対して否定的だった。占星術は主に２種類ある。自然占星術は、彗星の出現や月の満ち欠けなど、目に見える天体の動きを解釈するものだ。判断占星術は、ある時点の星の位置を算定し、それに基づいて事象を予測するものだ。運命を判断するには、その人の誕生時の星の配置を元にホロスコープを作成する。「ホラリー」（「時間」の意）予測では、質問された時刻の惑星の位置に基づいて、その質問内容について占う。

ハリー・ポッターがホグワーツで習った主な占い術は、水晶占い、茶の葉占い、手相占い、トランプ占いである。占いの力は一般的に、神から霊感を受けて得られるものだと考えられていたが、学ぶことができない科目は、授業を行う意味がない。水晶玉が占いに広く使われるようになったのは、安く大量生産できるようになった19世紀末になってからである。それ以前には、水に浮かべた油や鏡、さらには親指の爪など、光を反射する他のものが使われていた。『アズカバンの囚人』で、トレローニー教授は茶葉を重要視していた。しかし、ヨーロッパで茶がよく飲まれるようになるずっと前、古代の地中海地域では、酒杯に残ったワインのおりの形で、同じように占いをしていた。18世紀にコーヒーがよく飲まれるようになると、カップに残ったコーヒーの粉で、同じような占いが行われた。手相占いは人相学の一分野である。「physiognomy（人相学）」という用語は、「自然を解釈するもの」という意味のギリシャ語から来ている。手相は、単にその人の性格が表れているものと見なされることもあるが、大衆文化では占い術のひとつとなった。17～18世紀の占い手引書に広く取り上げられていた他の人相学としては、額のしわを読む面相学や、体のほくろの位置で占うものもあった。昔の占い師のほとんどは、おなじみの普通のトランプを使っていたが、18世紀末になると、神秘的なタロットカードがオカルト実践者の間で次第に広く使われるようになってきた。「吊し人」のカードは試練と犠牲を意味し、正位置の「魔術師」のカードは良い兆しがあることを意味する。

古代から現代までどの時代にも、未来を占う特別な知識や力を持っているとされる人々が一定数いた。大昔には、男性聖職者がそうだったが、古代ギリシャでは、デルポイにあるアポロンの神殿のピューティアという巫女が、その後何世紀にもわたって、女性預言者の典型となった。時代が下るにつれて、予言者や占い師は宗教的存在ではなくなっていき、ジプシーなど特定の集団が、未来予知能力を持つという評判を得るようになった。また、占いの能力は遺伝すると考えられるようになった。トレローニー教授の評判は、高祖母カッサンドラ・トレローニーの評判による部分もあった。マグル界では、７番目の娘から生まれた７番目の娘は、天賦の先見能力または透視能力があると広く考えられていた。ホグワーツのあるスコットランドでは、昔から「セカンド・サイト（「第２の視覚」の意）」という伝承があり、いわば第３の目に恵まれている予見者は、未来を夢見たり予見したりすることができると言われていた。

ハリー・ポッターはダーズリー家でみじめな幼少期を送っていたが、そこには、ホグワーツで待っている運命を示す兆しはほとんどなかった。ハリーやその他の人々がさまざまな占い術を使うことによって、初めて将来の全貌を知り、最後の審判に備えることができたのである。魔法界では、「備えあれば憂いなし」なのである。

Owen Davies

「あたくしがトレローニー教授です。たぶん、あたくしの姿を見たことがないでしょうね。学校の俗世の騒がしさの中にしばしば降りて参りますと、あたくしの『心眼』が曇ってしまいますの」

『ハリー・ポッターとアズカバンの囚人』

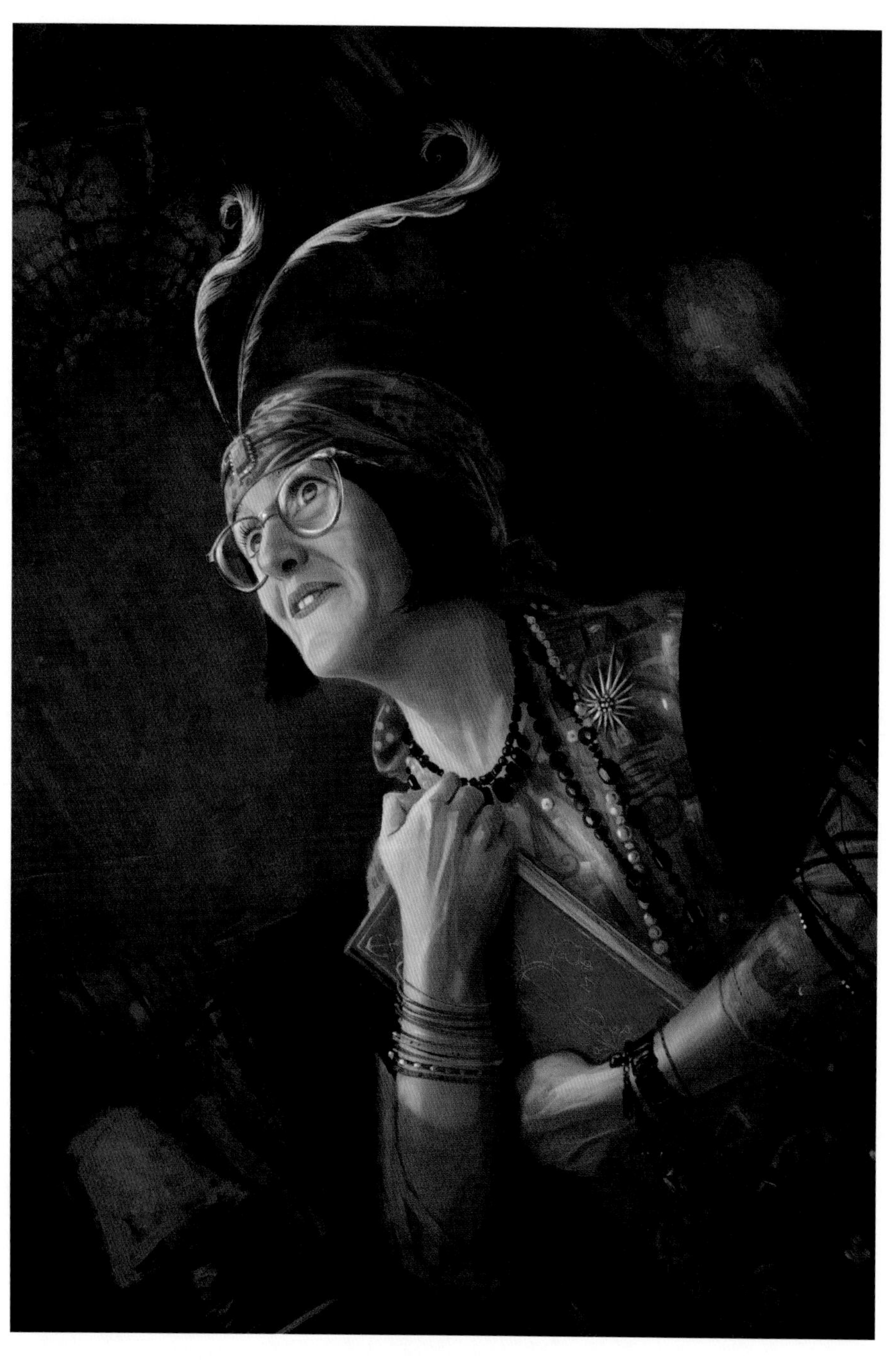

真の予見者

これは、ホグワーツでハリー・ポッターに占い学を教えたシビル・トレローニー教授の肖像画の完成版です。この絵で、トレローニー教授はショールをまとい、腕輪とビーズのネックレスを着けています。ジム・ケイは、この絵を制作する際、分厚い眼鏡を掛けていない絵をまず描き、眼鏡などの要素は別にデザインして、後でデジタル処理で加えました。トレローニーは、占い学が「魔法の学問の中でも一番難しいものだ」と考え、芝居がかった占い学の授業に心底酔ってしまいますが、この絵に描かれた上向きの熱い視線は、それをよくとらえています。背景は、占い学の塔にある教室です。燃えるように赤い色で、視覚的に大劇場のセットのようなイメージを生み出しています。

◁ シビル・トレローニーの肖像画
ジム・ケイ 作
ブルームズベリー社蔵

マザー・シプトン

この小さな本は、「ヨークシャーの女予言者」という別名を持つマザー・シプトンについて書かれています。マザー・シプトンの生涯についてはほとんど知られておらず、実在したかどうかも確かではありません。たいそう醜かったと言われ、予言の能力に加え、空中に浮く能力も持っていました。この本に出てくる「不思議な予言」のほとんどは君主の継承に関するものですが、マザー・シプトンは自身が死ぬ日時も予測しています。今日、マザー・シプトンについて最もよく知られているのは、ヨークシャーのネアズバラにある「ドロッピング・ウェル（滴下泉）」の近くで生まれたということです。この泉は不思議な性質を持ち、物を石に変えることができると、何世紀にもわたって信じられてきました。実は、この泉から湧き出る水にはミネラルが多く含まれているために、数週間で物が石化してしまうのです。

「マザー・シプトンの最も有名な予言は1530年のもので、ヨーク大主教に任命されたウルジー枢機卿について、『市を見ることはできるが、到着することはできない』と予言しました。この本によると、ウルジーは近くの城の上から市を見ましたが、その直後に逮捕され、ロンドンに連行されました」

ターニャ・カーク
キュレーター

『WONDERS!!! PAST, PRESENT, AND TO COME; BEING THE STRANGE PROPHECIES AND UNCOMMON PREDICTIONS OF THE FAMOUS MOTHER SHIPTON（奇跡!!! 過去、現在、未来　著名なマザー・シプトンによる不思議な予言と非凡な予測）』（ロンドン　1797年）
大英図書館蔵

タロットカード占い

トランプ占いは、トランプを使って未来を予測する占いです。占いでは、昔からさまざまな種類のトランプやカードが使われてきました。タロットカードは、初めはゲームに使われていました。タロットカードは、４種のマークが付いた通常のトランプとは違って78枚あり、絵が描かれた切り札が加わっています。切り札には寓意的な意味があり、吊し人、隠者、運命の輪、女帝などの絵が描かれています。この１組のタロットカードは、「マルセイユ版タロット」の一種に基づく19世紀のスイスのタロットカードを複製したものです。このデザイン様式には、最初は手描きだった15～16世紀のヨーロッパのカードのデザインの要素が取り入れられています。タロットカードが18世紀に占いに使われていた証拠はありますが、オカルト目的で広く使われるようになったのは19世紀になってからです。

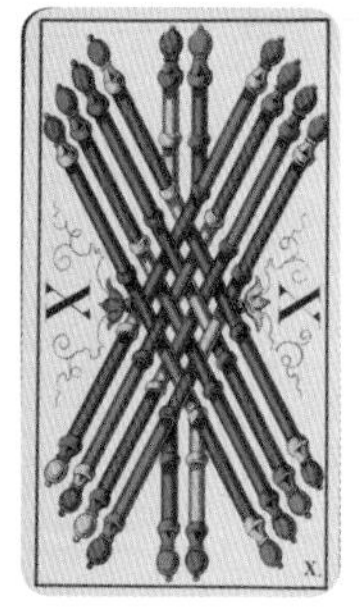

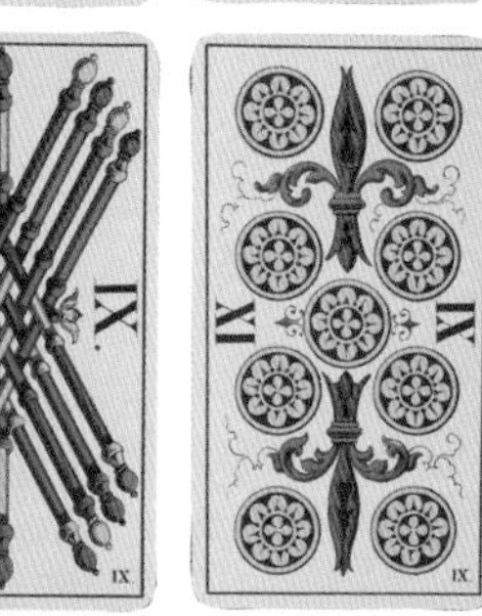

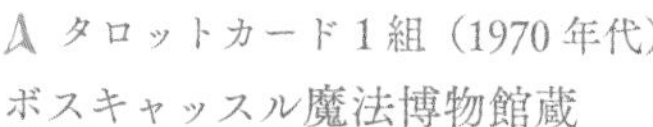

A タロットカード１組（1970年代）
ボスキャッスル魔法博物館蔵

VIIII
L'ERMITE
XVII.
L'ÉTOILE
III
L'IMPERATRICE
VIII
LA JUSTICE
XVIII
LA LUNE
XVI
LA MAISON DE DIEU
XIII
LA MORT
X
LAROUE DE FORTUNE
LE MAT.
I
LE BATELEUR
REINE DE BÂTON
REINE DES COUPES
REINE DE DENIER
REINE DES ÉPÉES
ROI DE BÂTON.
ROI DE COUPE
ROI DE DENIER
VALET DE BÂTON
VALET DE COUPE
VALET DE DENIER
VALET DES ÉPÉES

恋愛運を占う

19世紀のシャムでは、恋愛や人間関係について、占いの専門家に相談する習慣がありました。この占い手引書（プロンマチャット）には十二支に基づく占いが書かれ、十二支のそれぞれの動物の絵と、それが持つとされる性質（木、火、土、金、水の五行）も記載されています。十二支のそれぞれのページの後には、特定の状況にある人の運命を象徴する絵が多数描かれています。絵の質は非常に高いものです。画家の名前は明かされていませんが、細部の一つひとつに念入りな注意を払い、顔の表情、手の仕草、身ぶりや、凝ったデザインの服、装身具も美しく描いています。

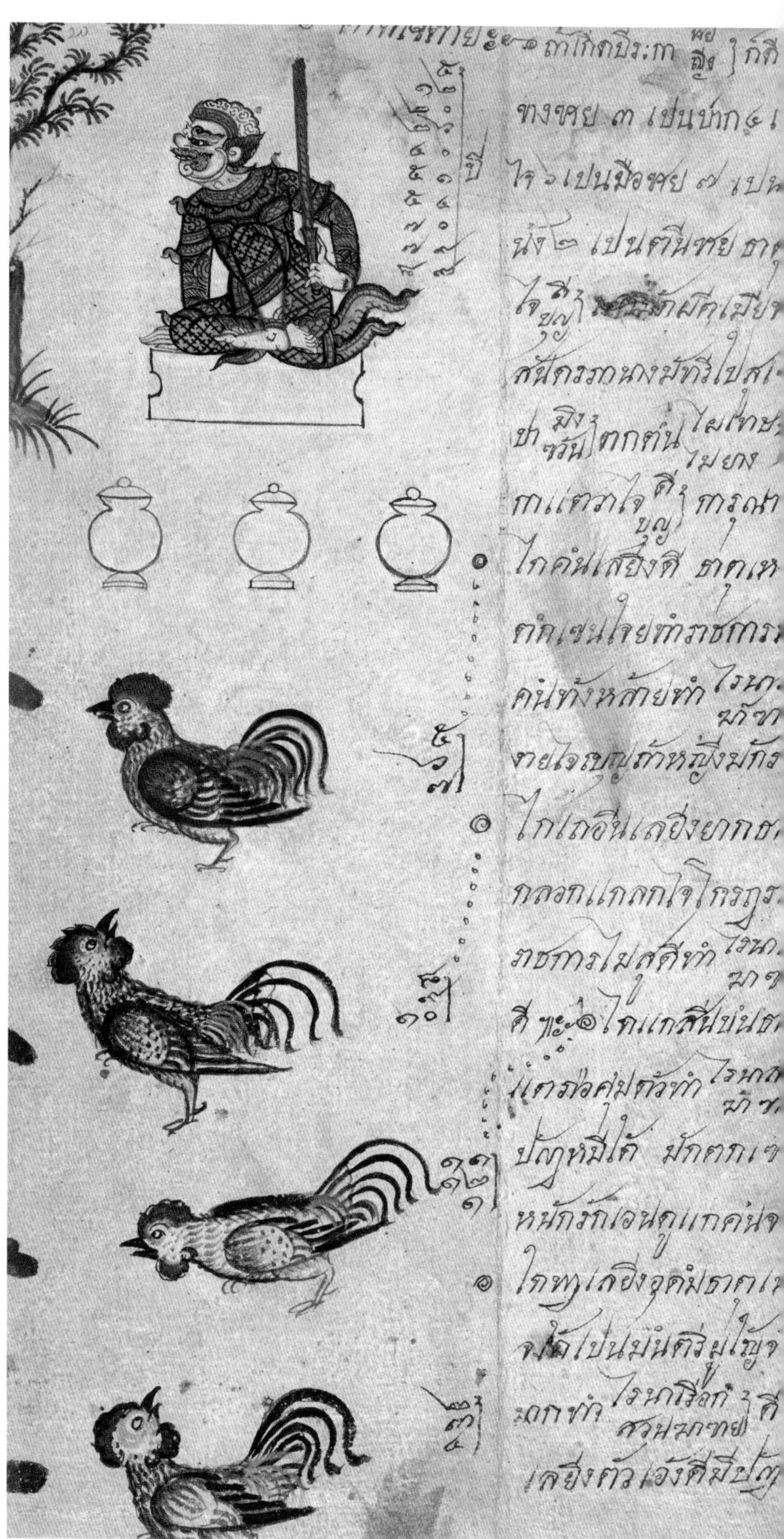

➢ タイの占い手引書（プロンマチャット）（シャム　19世紀）
大英図書館蔵

「この写本には、カップルの性格と誕生時の星の位置を考慮した、運の良い星座と運の悪い星座が説明してあります。例えば、短気なカップルは、悪魔のような男性と天使のような女性のカップルより、幸せな生活を送れる可能性が高いようです」

ヤーナ・イグンマ
キュレーター

未来を見通す

ホグワーツの生徒は、占い学の課程の早いうちから、水晶を使った占いの方法を教わりました。トレローニー教授が言うように、「水晶占いはとても高度な技術」です。生徒の多くは、水晶占いがなかなかできるようにならなくて苦労していました。ハリーは「水晶玉をじっと見つめていることがとてもアホらしく感じられ」、ロンは手っ取り早く「でっち上げた」と書いてあります。水晶占いの起源は中世ですが、ここに挙げた大きな水晶玉は、19～20世紀に占いに使われた典型的なものです。水晶玉が載っている台は手の込んだもので、エジプト風の柱の根元に3頭のグリフィンがいます。

水晶玉と台
ボスキャッスル魔法博物館蔵

スメリー・ネリーの水晶玉

ロン、ハーマイオニー、ハリーは、3年生のとき、占い学の授業を取ることにしました。占い学の教室は濃厚な香料の匂いが漂い、「気分が悪くなるほどの香り」にあふれていました。この黒い水晶玉を所有していたのは、20世紀にペイントンに住んでいた「スメリー・ネリー」(「スメリー」は「臭い」という意味)と呼ばれる魔女で、強い香りを好んでいました。彼女がこの水晶玉を使っているのを見たある人は、「風下では1マイル離れた場所にいても匂った」と語っています。スメリー・ネリーは、占いを助けてくれる霊が、香りに引き付けられると信じていました。この黒い水晶玉はムーン・クリスタルと言い、月の反射が読めるように、夜に使うものでした。

黒い水晶玉（ムーン・クリスタル）
ボスキャッスル魔法博物館蔵

「球の無限の深奥を初めてのぞき込んだとき、皆さまが初めから何かを『見る』ことは期待しておりませんわ。まず意識と、外なる眼とをリラックスさせることから練習を始めましょう。……幸運に恵まれれば、皆さまの中の何人かは、この授業が終わるまでには『見える』かもしれませんわ」

『ハリー・ポッターとアズカバンの囚人』

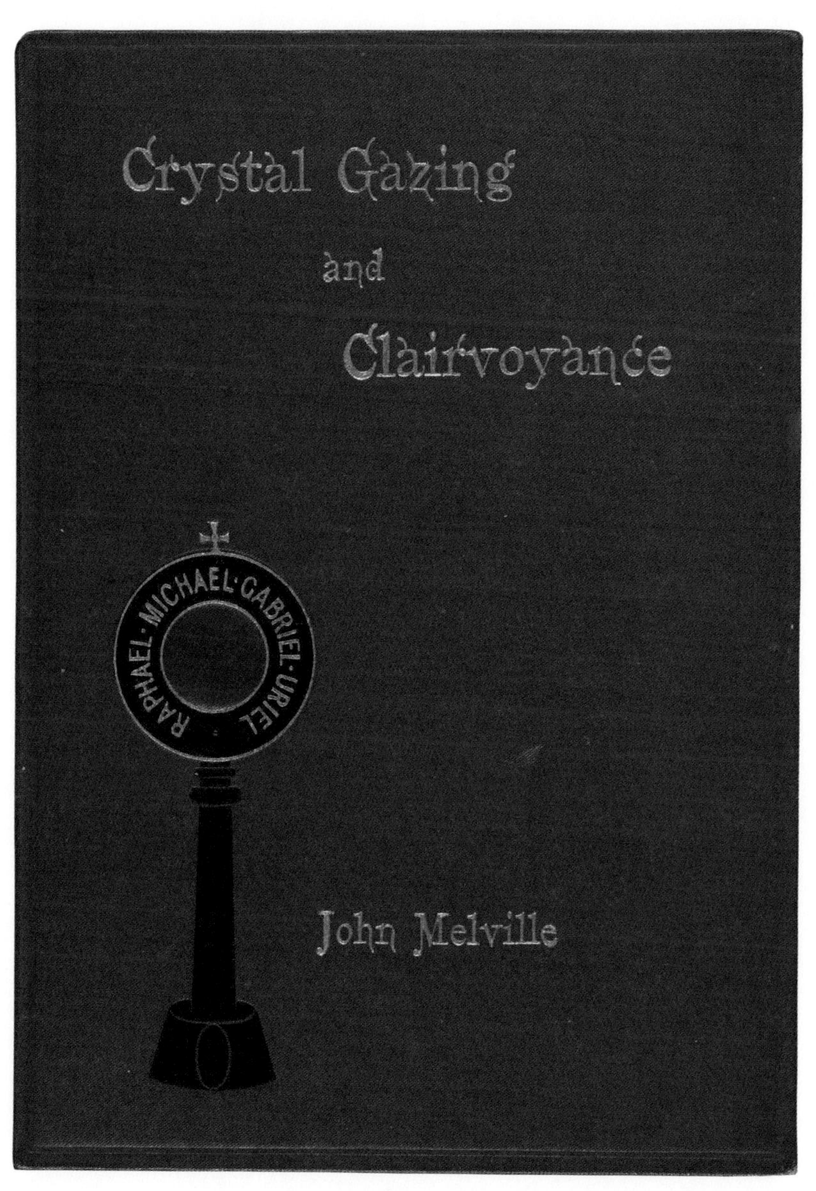

水晶占いの実用手引書

水晶占いへの関心が高まった19世紀末、ジョン・メルビルという透視能力者が、古来から行われている水晶占い術がなかなかうまくできない人々のために、この一般向け手引書を執筆しました。メルビルは、「薬草のオウシュウヨモギ、または薬草のチコリの煎じ汁」を飲むことを勧め、「これを満月時にときどき飲めば、最も望ましい身体状態にするのに効く」と書いています。メルビルの指示が、「第2の視覚」に恵まれていない人々にとってどの程度役に立ったのかは、不明です。

◁ ジョン・メルビル著『CRYSTAL-GAZING AND THE WONDERS OF CLAIRVOYANCE, EMBRACING PRACTICAL INSTRUCTIONS IN THE ART, HISTORY, AND PHILOSOPHY OF THIS ANCIENT SCIENCE（水晶占いと透視の不思議　この古代の術の技法、歴史、原理における実践的知識の受容）』第2版（ロンドン　1910年）
大英図書館蔵

hec linea signum est mori in patria

signum desiderii complendi

hec linea [illegible]

A mensuram sinistram designatam

[illegible]

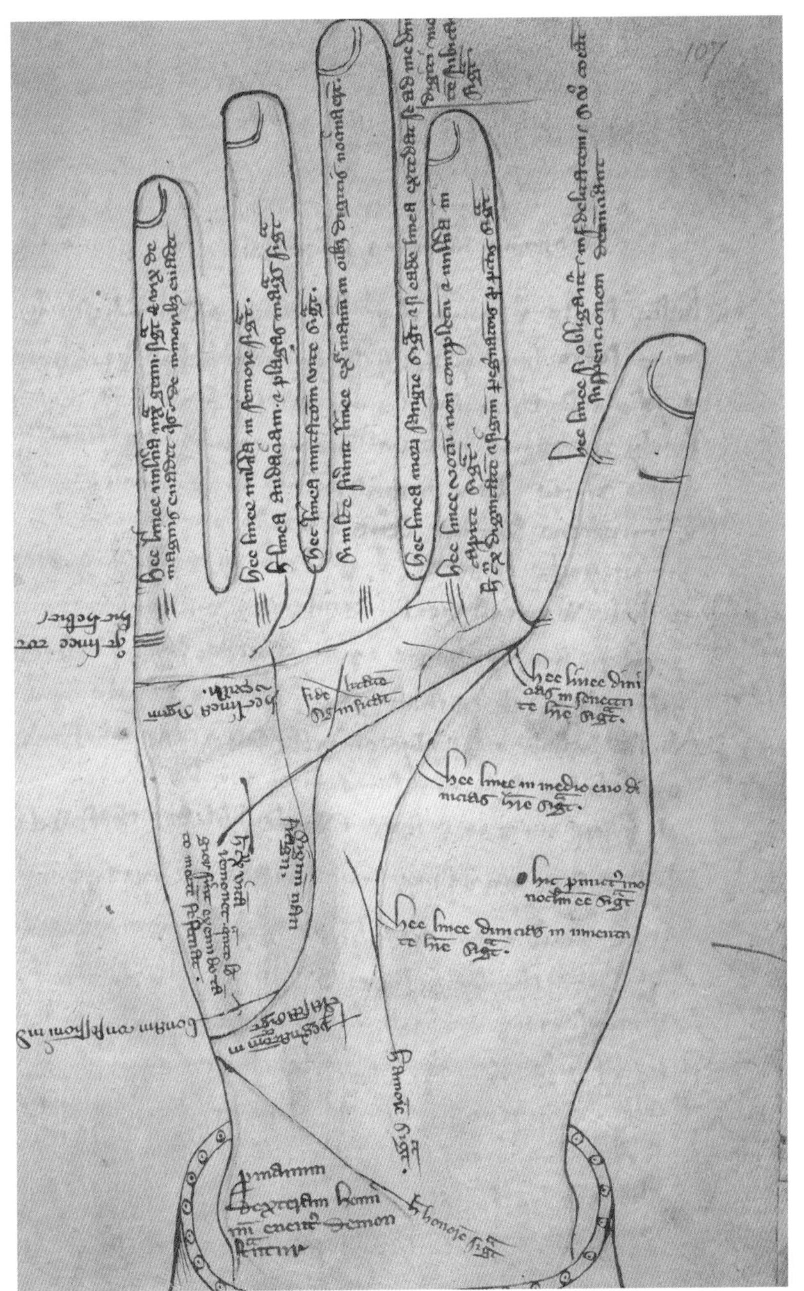

手相

手の形や手のひらの線を基にする占いは、手相または手相占いと呼ばれています。この中世の写本には、さまざまな予言や、占いに関する論文が掲載されています。手には3本の主要な線があり、「三角形」になっています。ここに示した図は右手と左手で、それぞれ3大線とその他の副次的な線が描かれています。右手の絵では、手のひらを縦に走る線に、「この線は恋愛を表す」と書かれています。中指と人差し指の間の縦線はあまりいい意味ではなく、「この線はむごい死を意味し、指の半ばまで線が及んでいれば突然死を意味する」とあります。

◁ 手相の読み方　占いに関する写本より（イングランド　14世紀）
大英図書館蔵

それに引き替え、「占い学」の新学期第1日目は楽しくはなかった。
トレローニー先生は今度は手相を教えはじめたが、いちはやく、
これまで見た手相の中で生命線が一番短いとハリーに告げた。

『ハリー・ポッターとアズカバンの囚人』

手相模型

この陶器の手相模型は、教材として使われたと思われます。この模型には、手のひらや手首のさまざまな線や丘、そしてそれが持つ重要な意味が書かれています。このような手の模型は、イギリスでは1880年代に初めて製造されました。この背景には、著名な占星術師ウィリアム・ジョン・ウォーナー（別名カイロ、またはルイス・ハモン伯爵）に触発されて、手相の人気が高まってきたことがあります。ハリー・ポッターは手相学が苦手でした。試験では、試験官のマーチバンクス教授の「生命線と知能線」を取り違えて、「マーチバンクス教授は先週の火曜日に死んでいたはずだ」と答えてしまいました。

「この手相模型は実用的で素晴らしいものです。西欧では、アラビアから影響を受けて、12世紀に初めて手相術に関心が持たれるようになりました」

アレクサンダー・ロック
キュレーター

▽手相模型
ボスキャッスル魔法博物館蔵

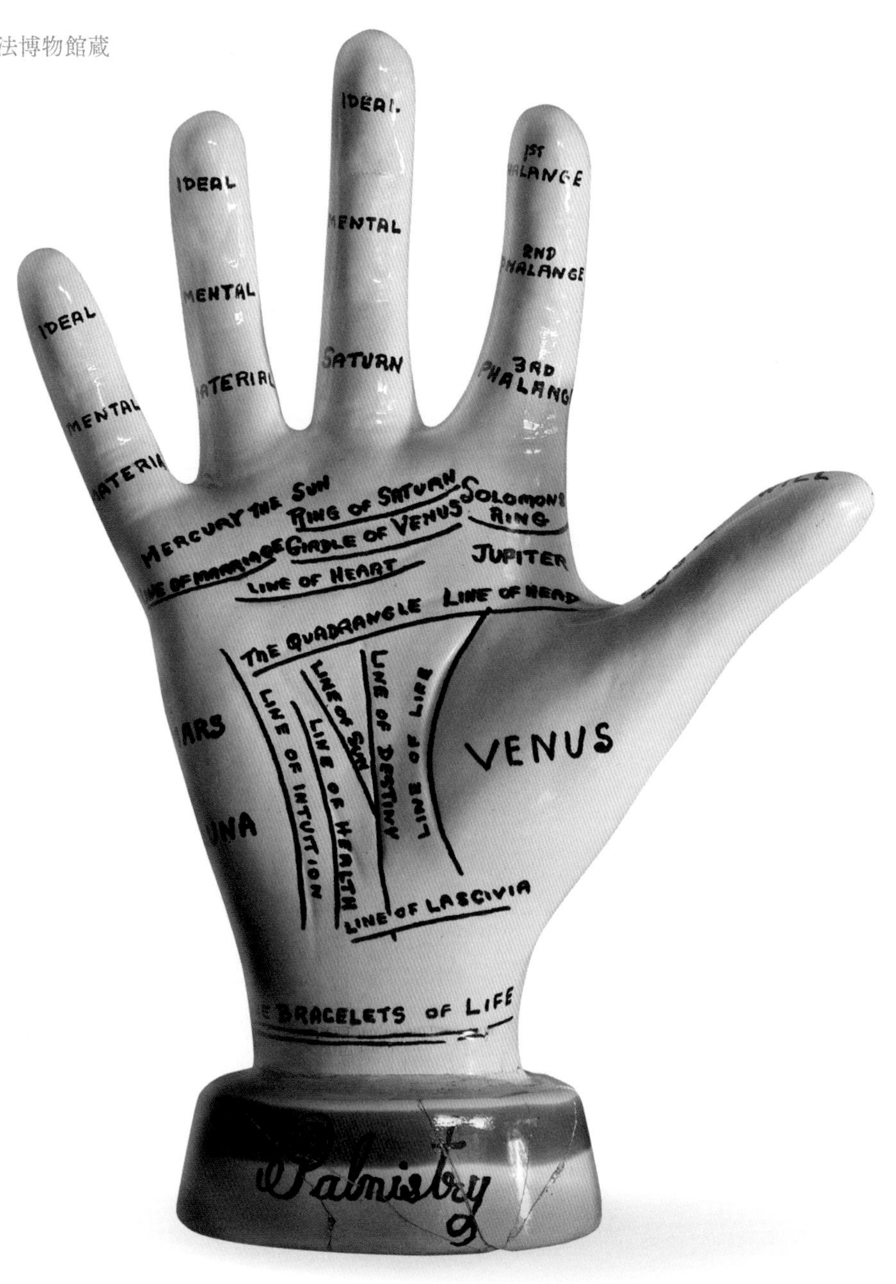

古代エジプト占い師最後の遺産

18世紀に作られたこの興味深い小冊子はエジプトの神秘を紹介していますが、同時にそのイメージを利用しているのかもしれません。エジプトの占い術を集めたというこの冊子は、匿名のイギリス人著述家によって編纂されています。題は『The Old Egyptian Fortune-Teller's Last Legacy（古代エジプト占い師最後の遺産）』といい、安価に印刷され、下位の中産階級向けに販売されました。冊子に書かれているアドバイスは怪しげですが、ハリー・ポッターが知っていれば役に立ったかもしれない夢占いがひとつあります。その夢占いによると、ヘビと闘う夢は、敵を倒すことを意味します。この冊子は、手相占いや夢占いのほかに、顔や体のほくろを解釈して未来を占う方法も説明しています。また、しわの場所や数も未来の秘密を握っているとしています。

▼『The Old Egyptian Fortune-Teller's Last Legacy（古代エジプト占い師最後の遺産）』（ロンドン　1775年）大英図書館蔵

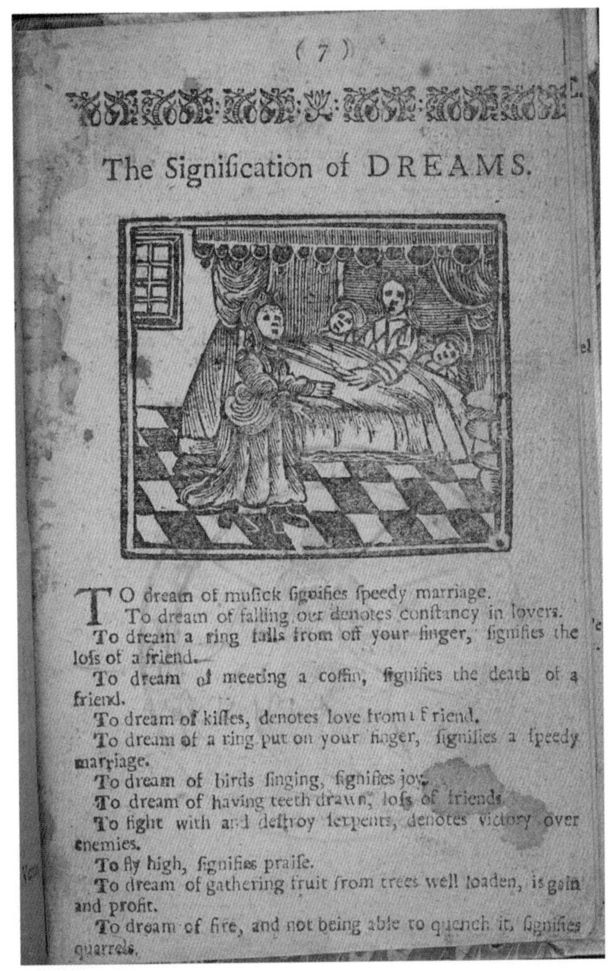
(7)

The Signification of DREAMS.

TO dream of muſick ſignifies ſpeedy marriage.
To dream of falling out denotes conſtancy in lovers.
To dream a ring falls from off your finger, ſignifies the loſs of a friend.
To dream of meeting a coffin, ſignifies the death of a friend.
To dream of kiſſes, denotes love from a Friend.
To dream of a ring put on your finger, ſignifies a ſpeedy marriage.
To dream of birds ſinging, ſignifies joy.
To dream of having teeth drawn, loſs of friends.
To fight with and deſtroy ſerpents, denotes victory over enemies.
To fly high, ſignifies praiſe.
To dream of gathering fruit from trees well loaden, is gain and profit.
To dream of fire, and not being able to quench it, ſignifies quarrels.

「これですね」店長が梯子を上り、黒い背表紙の厚い本を取り出した。「『未来の霧を晴らす』。これは基礎的な占い術のガイドブックとしていい本です。――手相術、水晶玉、鳥の腸（はらわた）……」

『ハリー・ポッターとアズカバンの囚人』

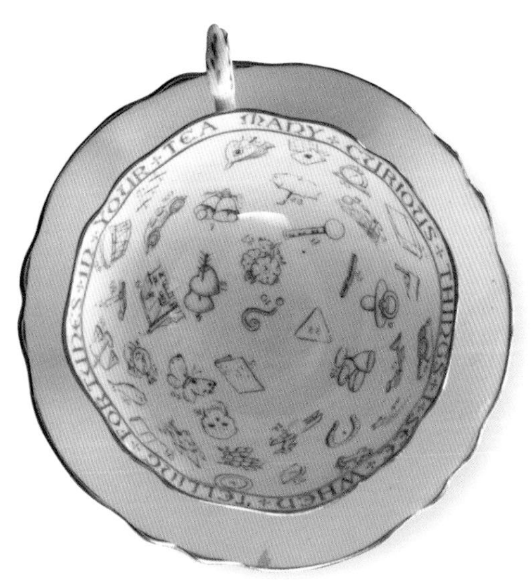

運勢を告げるティーカップ

「茶の葉占い」を意味する英語は「Tasseography」で、これはフランス語の「tasse（カップ）」とギリシャ語の「graph（書かれたもの）」から来ています。茶の葉占いは、カップに残ったおり（通常は茶葉による）を見て占うものです。この占い方法に関するヨーロッパ最古の記述は、中国から茶が入って来たあとの17世紀に登場しました。カップの中に残った茶葉は、その場所や形によって、象徴する意味が違います。この繊細なピンク色の占い用カップは、1930年代に、スタッフォードシャーのボーンチャイナ製造会社であるパラゴン社によって作られました。カップの内側には、茶葉でできた模様を読むときの参考用に記号が付いています。縁には、「お茶の中の運勢を占う私には、不思議なことがいろいろ見える」という意味の文がぐるりと書かれています。

◁ 運勢を告げるティーカップとソーサー　パラゴン社製（ストーク＝オン＝トレント　1932～39年ごろ）▽
ボスキャッスル魔法博物館蔵

丸い壁面いっぱいに棚があり、埃をかぶった羽根、蝋燭の燃えさし、何組ものボロボロのトランプ、数えきれないほどの銀色の水晶玉、ずらりと並んだ紅茶カップなどが、雑然と詰め込まれていた。

『ハリー・ポッターとアズカバンの囚人』

スコットランドの占い手引書

この詳細な手引書は、表紙に「スコットランド高地の予見者」と書かれている匿名の著者が、茶の葉占いについて書いたものです。茶葉によってできたさまざまな形の解釈方法だけでなく、最適なカップの大きさや形、使う茶の種類も書かれています。

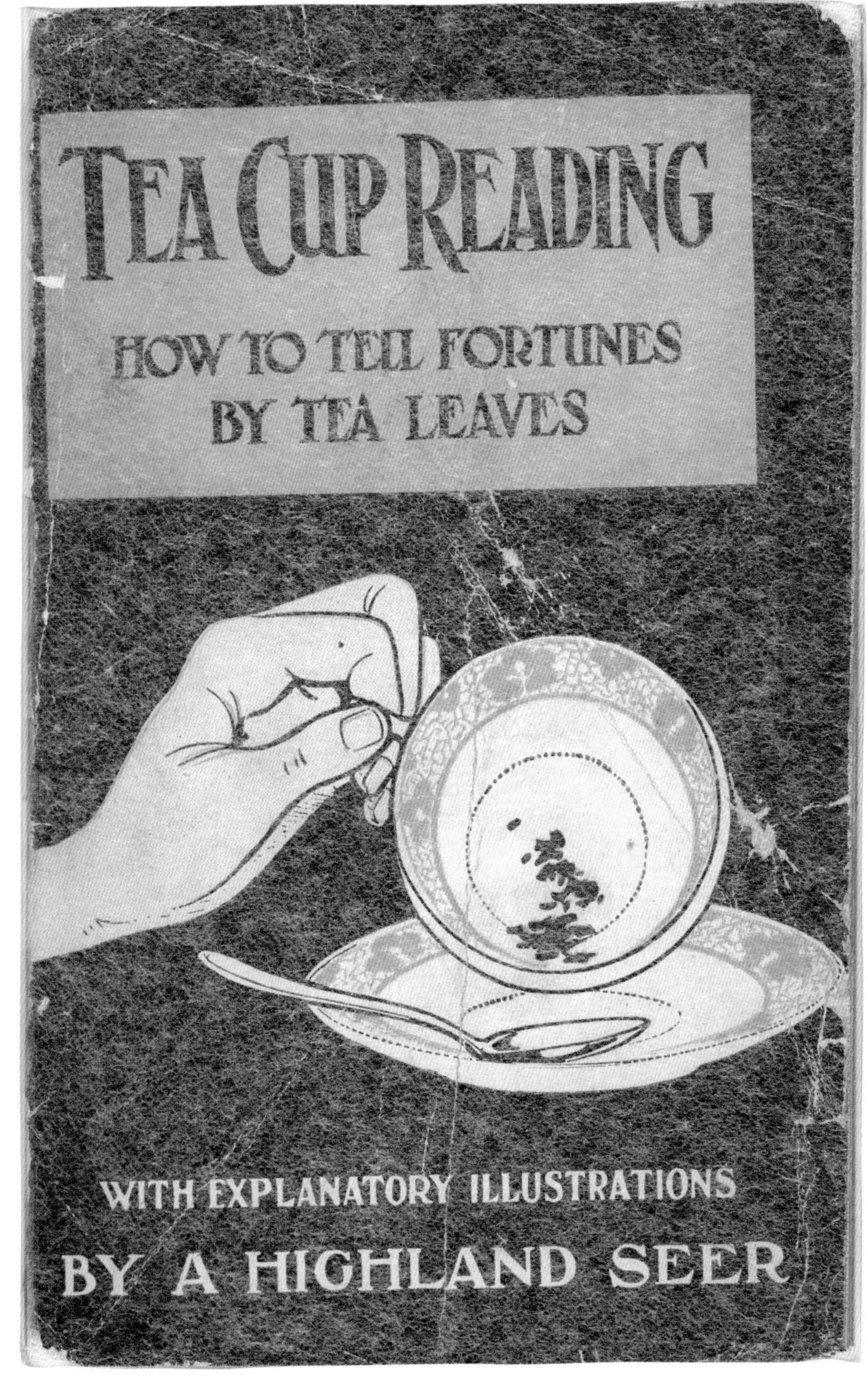

➢ スコットランド高地の予見者著『TEA CUP READING: HOW TO TELL FORTUNES BY TEA LEAVES（ティーカップ占い：茶葉で運勢を見る方法）』（トロント　1920年ごろ）
大英図書館蔵

「この本では、茶葉が描くシンボルの位置も重要だとされ、現れる位置がカップの取っ手に近ければ近いほど、予言された出来事が早く起こる、と書かれています」

ターニャ・カーク
キュレーター

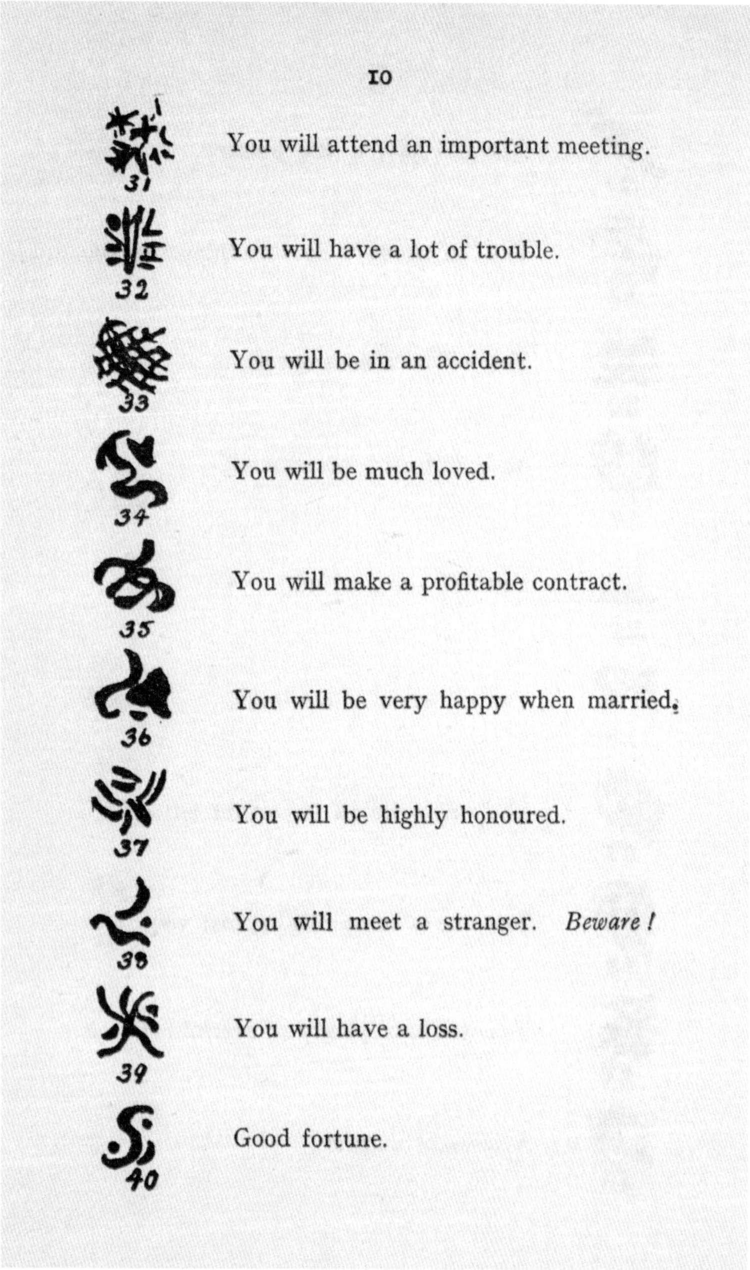

10

31 You will attend an important meeting.

32 You will have a lot of trouble.

33 You will be in an accident.

34 You will be much loved.

35 You will make a profitable contract.

36 You will be very happy when married.

37 You will be highly honoured.

38 You will meet a stranger. *Beware!*

39 You will have a loss.

40 Good fortune.

茶葉の読み方

この薄い本は茶の葉占いについて書かれたもので、茶の葉占いが初めて行われた例として、紀元前229年というはるか昔にまでさかのぼって解説しています。この年、中国の王女が占星術を見限り、研究者から提案された新しい占い術を採用することにしました。それは、なじみの飲み物である茶を使うものでした。茶葉を使って得られた予言は大変よく当たったため、王女は「幸運をもたらすこの茶葉占い師を、上級官吏の地位に昇進させた」とされています。この小冊子の大部分は、カップの底に残った葉が描くさまざまな形を解読するための、便利な手引となっています。予言の多くは非常に漠然としていますが、変に具体的なものもあります。例えば、44番には、「海軍に関心を持つようになる」と書いてあります。この本を真剣に理解しようと四苦八苦する読者は、「ふやけた茶色いものがいっぱい」としか見えないハリー・ポッターに同情するかもしれません。

『HOW TO READ THE FUTURE WITH TEA LEAVES（茶葉で未来を判断する方法）』
中国語翻訳：マンドラ（スタムフォード 1925年ごろ）
大英図書館蔵

「この本に記載された茶葉の形の中には、違いがとても分かりにくいものもあります。38番と42番は面白いほどよく似ていますが、前者は『知らない人に会う』という意味なのに対し、後者は『敵を作る』という警告の意味です」

ターニャ・カーク
キュレーター

「……最後におりが残るところまでお飲みなさい。左手でカップを持ち、おりをカップの内側に沿って3度回しましょう。それからカップを受け皿の上に伏せてください。最後の一滴が切れるのを待ってご自分のカップを相手に渡し、読んでもらいます」

『ハリー・ポッターとアズカバンの囚人』

You will have a large family.

You will make an enemy.

If you ask a favour now it will be granted.

You will be interested in the Navy.

You will be prosperous and happy.

You have found a new love.

You will have bad news.

You will attend a wedding.

You will make a good bargain.

You will meet your beloved soon.

茶の葉占い

19世紀のイギリスでは、女性が午後の茶会を開くことが一般的になりました。この時代には、茶の葉占いなどの占いをはじめとするオカルトへの関心も高まりました。19世紀後半に描かれたこの絵では、女性がカップを傾けて持っているので、カップの底に残ったおりの一部が見えます。このような茶会では、女主人が本を参考にしながら、茶葉の形やその意味を解読して来客の運勢を占っていた、という話が伝えられています。また、ジプシーの女性が茶会に来て、集まった女性たちの運勢を占っていたという話もあります。ロンドンのヘザリー美術学校で学んだこの絵の作者、アルマ・ブロードブリッジは、2人の女性が気軽に占いをたしなむ打ち解けた家庭的な情景を描いています。

▲アルマ・ブロードブリッジ作「Tea Leaves（茶葉占い）」（1887年）
ヨーク・アート・ギャラリー蔵
York Museums Trust (York Art Gallery)

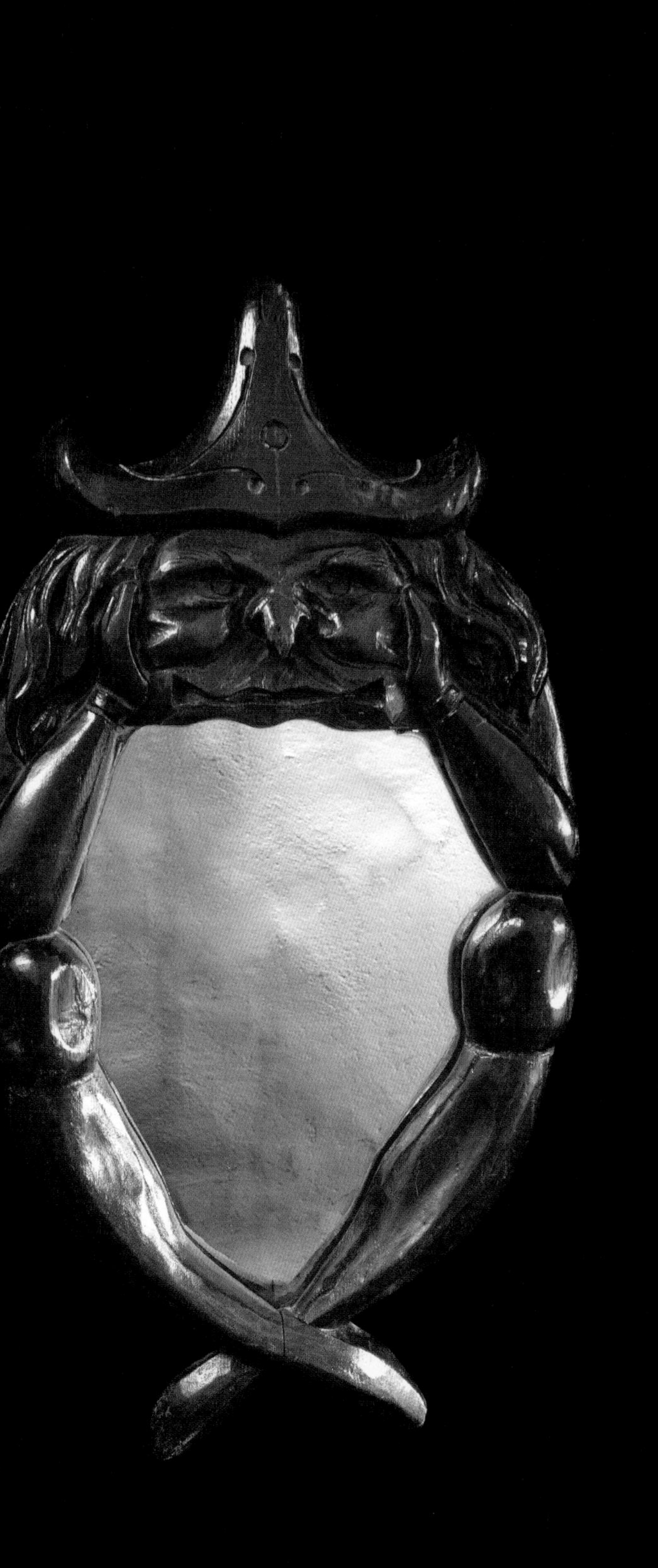

魔法の鏡

鏡などの反射面を使う占いは古代から行われ、スクライングと呼ばれています。この言葉は、「見つける」という意味の「descry」という語に由来しています。この鏡は醜い老婆の形に彫刻されていますが、このデザインは20世紀初期のイングランドの魔女に非常に人気があり、占いに使われていたと思われます。この鏡は魔法使いのセシル・ウィリアムソンが所有していたものです。彼は、「(この鏡をのぞき込んでいて) 突然、誰かが自分の後ろに立っているのが見えたら、絶対に振り向いてはいけない」と警告していたとされています。「みぞの鏡」は、スクライング用の鏡と同じような働きをするようです。また、ダンブルドアが、「鏡が見せてくれるのは、心の一番奥底にある一番強い『のぞみ』じゃ。それ以上でもそれ以下でもない」と言っているように、スクライング用の鏡と同様の危険を伴います。

◁ 木製の魔術鏡
ボスキャッスル魔法博物館蔵

急いで振り返って、あたりを見回した。本が叫んだ時よりもずっと激しく動悸がした……鏡に映ったのは自分だけではない。ハリーのすぐ後ろにたくさんの人が映っていたのだ。

『ハリー・ポッターと賢者の石』

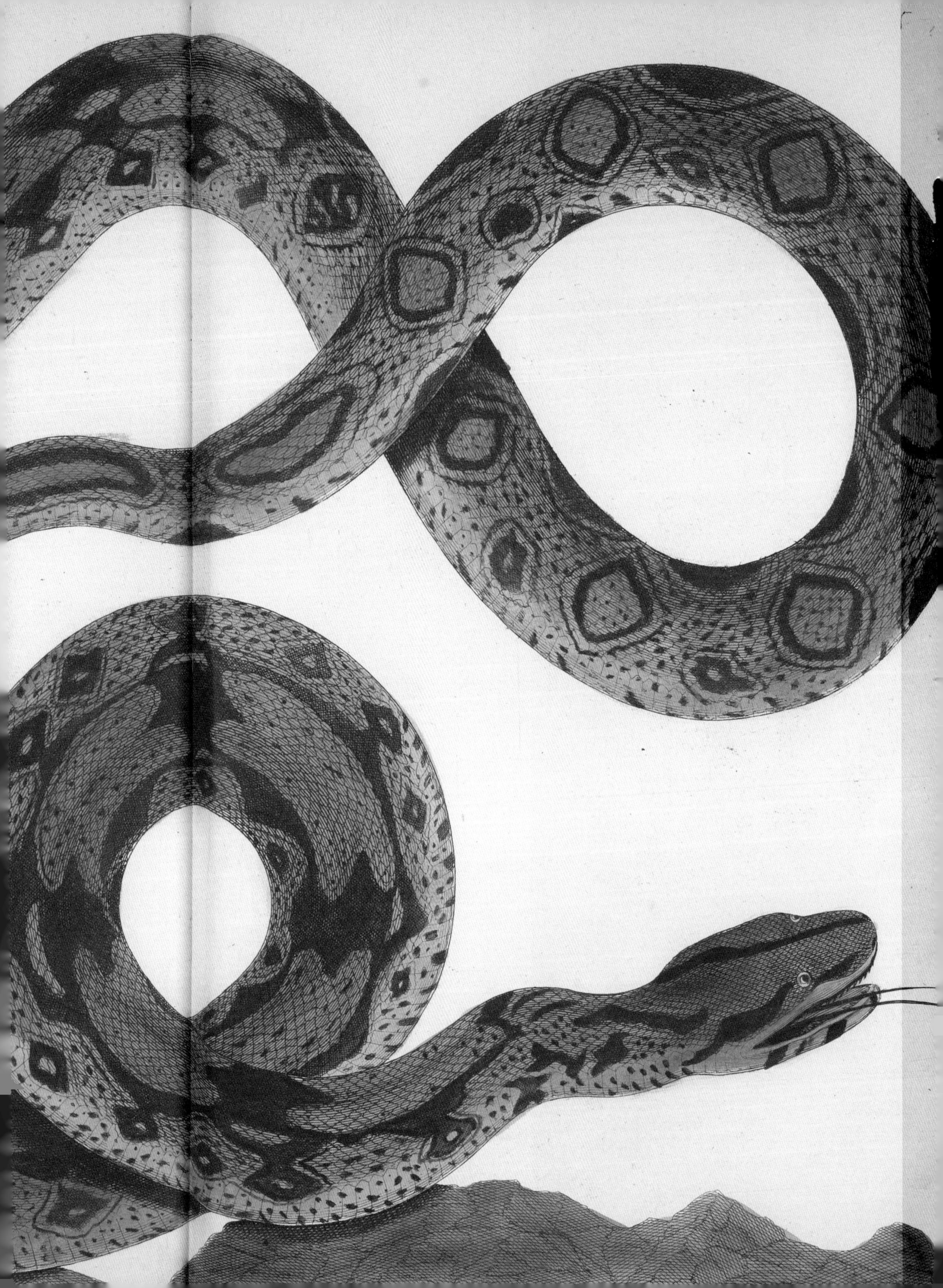

闇の魔術に対する防衛術

闇の魔術に対する防衛術

リチャード・コールズ

リチャード・コールズは、イングランド国教会の司祭で、ノーサンプトンシャー州ファインドン村の教区司祭です。17世紀には、2人の祖先が同じ村で教区司祭を務めています（うち2人目は反逆者として解任されました）。コールズは二足のわらじを履いて放送界でも活躍し、現在、ラジオ局BBCラジオ4で「サタデー・ライブ」の共同司会者を務めています。テレビにも定期的に出演し、著書には『Lives of the Improbable Saints（トンデモ聖人の生涯）』、『Legends of the Improbable Saints（トンデモ聖人の伝説）』などがあります。また、1980年代に、ジミー・ソマービルと組んでコミュナーズというバンドで活動していたことでも有名です。

私が子供のころ、祖父母はノーフォークに別荘を持っていた。2つの小さな家をひとつにしたもので、古代のローマ街道であるペダーズ街道に200年前に建てられた建物だ。祖父は、子供たちを怖がらせようと、よくこんなことを言っていた。「満月の日の真夜中には、イケニ族の女王ボアディケアとの戦いを終えた兵隊たちが幽霊になって行進する足音が聞こえる。女王の戦車の車輪には刃が取り付けてあって、それがぐるぐる回るようになっていた。よく耳を澄ませば、その刃で脚を失った兵隊が行進する、不揃いな足音も聞こえる」

のちに分かったことだが、この別荘で超自然的存在を強く感じた住人は、祖父だけではなかった。別荘の改修をしていたときには、壁にしっくいで塗り込められていたウィッチボトル（「魔女の壺」の意）が見つかった。粗雑な吹きガラスの壺を振ると、カラカラ鳴る。中に入っているのはコウモリの骨とドラゴンの歯だというのが、祖父の説だった。その中身が本物かどうかはちょっと分からないが、一本足の兵隊たちの不揃いな足音は、私には一度も聞こえなかったので、ローマ人の幽霊を追い払う効果はあったのだろう。その後、このような壺は、イースト・アングリア地方の家ではどこでもよく見られるということが分かった。壺は、魔除けとして壁の中や戸口の下に置かれた。これは大昔の慣習で、現代の建築基準では違反になるだろうが、幸運のお守りとして蹄鉄を戸口の上に釘で留める光景は、今でも見かける。

さまざまな人々や場所を闇魔術から守ることは、現代でも多くの教会区主任司祭が日常的に行っていることだ。私は、リンカンシャーの田舎の教会で副牧師をしていたことがある。この教会は中世に建てられたもので、旅行者が多く訪れる有名な教会だった。この町の人々はよく、教会の聖水盤の水を瓶に詰めて、家でお守りとして

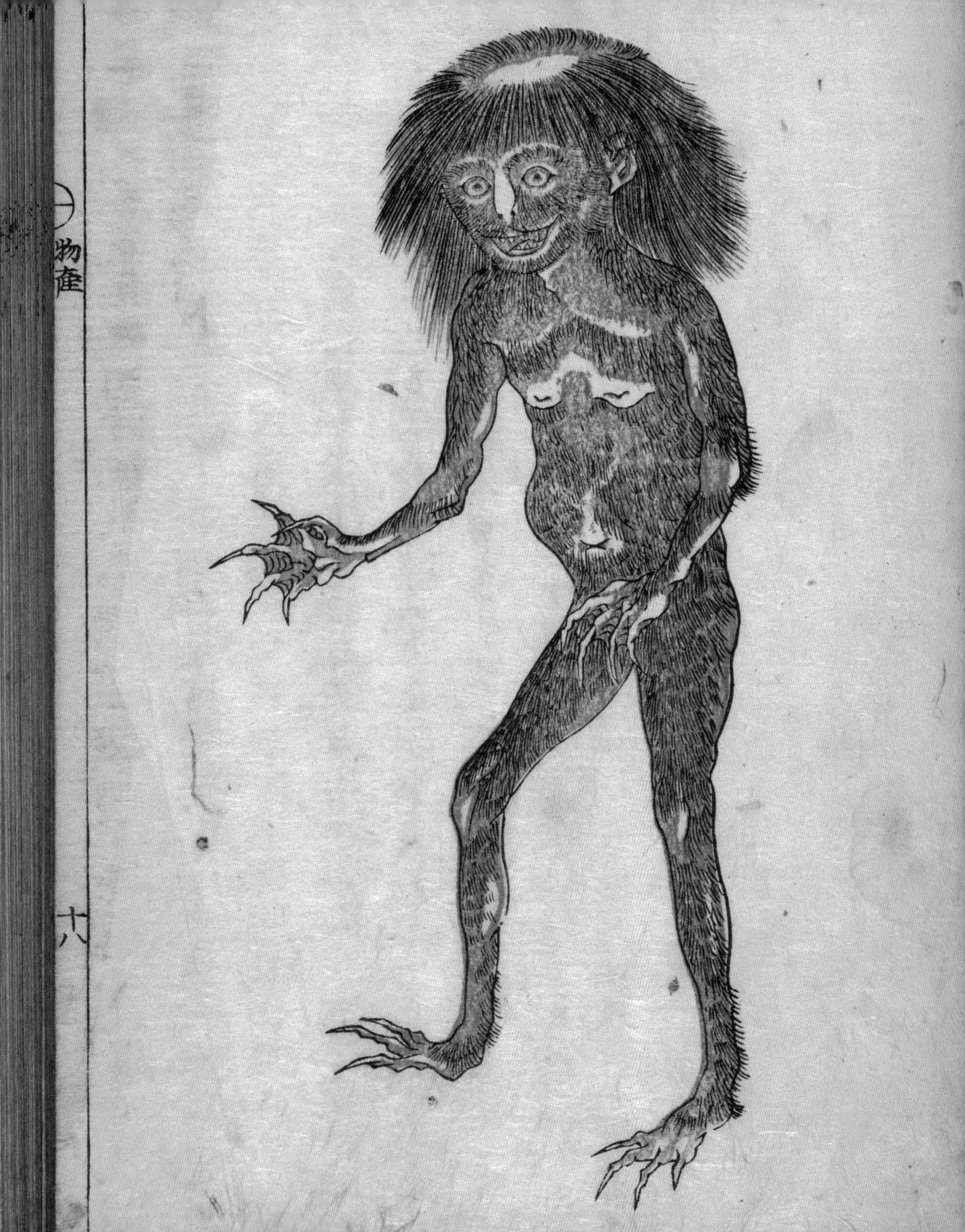

使っていた。また、聖母マリアの絵が描かれた冷蔵庫用の磁石を教会の売店で買って、牧師に清めてもらう人もよくいた。キャンピングトレーラーで旅行しているときも、このお守りで、聖母の強いご加護を受けたのだろうと思うが、牧師たちとしては、そういうことをしているつもりはそれほどなかった。

家やアパートに悪霊が出没するとか、悪霊にたたられているという住人に、来てほしいと頼まれることも珍しくなかった。既視感を覚えることもあるが、住人の説明を聞いた結果、映画やテレビに出ていたものと同じだと気付いて、既視感の理由が分かることが多い。バジリスクや河童に遭遇したという人は聞いたことがないが、ある人が話してくれた体験は、まるで吸魂鬼（ディメンター）が大群で襲ってきたようだった。不可解な体験をして不安になると、人は手近にあるものに当てはめて理解しようとするのである。手近なものを使うのは私も同じだ。聖水や十字架、印刷した聖書の詩篇（展示物のひとつであるエチオピアのケタブによく似ている）などを使って、相手の不安を鎮めようとする。幸いにもうまくいくことがほとんどだが、ひとつだけ例外があった。そのとき、私は10代の少年が住むアパートに来てほしいと頼まれていた。私が道具一式を持って到着すると、少年と両親は、部屋の中にいる得体のしれないものにひどくおびえて、敷居をまたごうともしなかった。私1人で中に入ると、そこは雑然として、ややむさ苦しく、吸い殻でいっぱいの灰皿や、空になったピザの箱が散らかっていた。思ったとおりである。ところが、台所のドアを開けると、驚きの光景が目に飛び込んできた。その衝撃は今でも覚えている。台所はきれいでぴかぴか、そして、床や調理台の上に、引き出しや食器棚の中身が全部、複雑な模様を描いて並んでいたのだ。私はその瞬間、激しい恐怖と氷のような寒気に襲われた。典型的な前触れだ。だが、超自然的な点は何もなかった。私が当惑したわけは、この模様が何か差し迫った重要なことを知らせようとしていると感じたのにもかかわらず、模様の意味が理解できなかったからだろう。

神秘的な符号、未解決の謎、はっきり分からない呪文……ホグワーツの教員に頼めばよかったのかもしれないが、実は教会の各教区には、専属のエクソシストがいる。エクソシストはイングランド国教会の闇祓い（やみばらい）のようなものだが、一般には「ミニスター・オブ・デリバランス」（「払魔師（ふつまし）」の意）と呼ばれることの方が多い（ただ、私はこの言葉を聞くと、原付に乗ったデリバリーの兄さんというイメージが浮かんでしまう）。エクソシストは、闇の者たちのしわざに悩まされている人々への対応に熟練した、現実世界のルーピン教授だ。私はエクソシストを1人、2人知っているが、現実離れしているとか芝居がかっているとかいうことはない。困難な事例は、適切な医療専門家に委託する場合も多い。ただし、すべての事例でそうなるわけではない。灰皿がひとりでに部屋の中を飛ぶとか、見えない手がつねったりなぐったりするとか、ずっと前に亡くなったはずの親類を子供が見たというような話を聞いたことがある。暖炉の明かりで語られるような話ではなく、事情を聞き取るときに出てきた話だ。

このような出来事では、何が起こっているのだろうか？ 私には分からないが、人々が恐怖や不安を感じている場所でも、平気で十字架を置いたり、祈りの文句を印刷したものを置いたり、聖水を振りかけたりできる。どうしてか。思うに、このようなものは幸運を呼ぶ縁起物や、闇の帝王に対抗する魔法のお守りなどではなく、勝ち戦の印なのだ。善がすでに決定的な勝利を収めたからには、ときには世界が闇や恐怖に襲われることがあっても、私たちは皆、「光の子」として生きることができるのだ。

Richard Coles

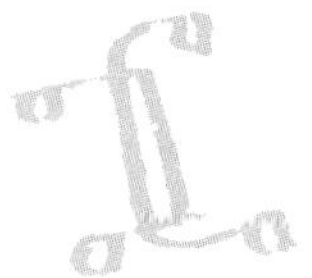

A リーマス・ルーピン教授の肖像画
ジム・ケイ 作
ブルームズベリー社蔵

謎の人物

この肖像画は、ハリー・ポッターに闇の魔術に対する防衛術を教えたリーマス・ルーピン教授を描いたものです。ルーピン教授がハリーを教えたのは、ホグワーツ3年生のときだけです。スネイプがルーピンの「ある問題」について生徒の親たちに知らせたことがきっかけで、ルーピンは辞職しました。言うまでもなく、ルーピンは狼人間です。授業では、変身するまね妖怪（ボガート）や、凶暴な水魔（グリンデロー）について教えました。また、ハリーに守護霊（パトローナス）の呪文のかけ方を初めて教えてくれました。この肖像画に描かれたルーピンは、両手をポケットに入れて立ち、読者から目をそらしています。目の下のくまと白髪のせいか、実際の年よりは老けて見えます。ここはルーピン教授の研究室で、背後の本棚には、ルーピンが最も恐れる満月のポスターが貼ってあります。

G「この魅惑的な絵は、白と黒の濃淡だけで、厳粛な雰囲気が表現されています。ルーピンは魔法界で迫害されましたが、ハリーにとっては、亡くなった父親に密接なつながりを持っている大切な人物のひとりでした」

ジョアナ・ノーレッジ
キュレーター

ルーピンは目にかかる白髪の混じりはじめた髪をかき上げ、一瞬思いにふけり、それから話し出した。「話はすべてそこから始まる。——私が人狼になったことから。私がかまれたりしなければ、こんなことはいっさい起こらなかっただろう……そして、私があんなにも向こう見ずでなかったなら……」

『ハリー・ポッターとアズカバンの囚人』

３人は、まるまる１分間そこにたたずんで、小さな毛布の包みを見つめていた。ハグリッドは肩を震わせ、マクゴナガル先生は目をしばたかせ、ダンブルドアの目からはいつものキラキラした輝きが消えていた。

『ハリー・ポッターと賢者の石』

ハリーがプリベット通りに

J.K. ローリングはこの原画で、闇夜にハリー・ポッターがダーズリー家に送り届けられる場面を描いています。ダンブルドアが灯消しライターで街灯を消したため、明かりは月と星だけで、プリベット通りは見えません。オートバイ用のゴーグルを着けたままの巨大なハグリッドは、赤ん坊のハリー・ポッターをダンブルドアとミネルバ・マクゴナガルに見せるためにかがんでいます。この絵の中心となっているハリーは、白い毛布に包まれ、月と同じくらい明るく輝いています。３人が赤ん坊を見つめている中で、ダンブルドアは額にしわを寄せて心配そうです。髪を引っ詰めて地味に束ねているマクゴナガル教授は両手を握りしめています。ハリーの物語は、ヴォルデモート卿と初めて遭遇したばかりの、静かで暗いこのひとときから始まりました。

➤ ハリー・ポッター、ダンブルドア、マクゴナガル、ハグリッドのスケッチ
J.K. ローリング 作
J.K. ローリング蔵

「ナギニ、夕餉だ」
ヴォルデモートの優しい声を合図に、大蛇はゆらりと鎌首をもたげ、ヴォルデモートの肩から磨き上げられたテーブルへと滑り降りた。

『ハリー・ポッターと死の秘宝』

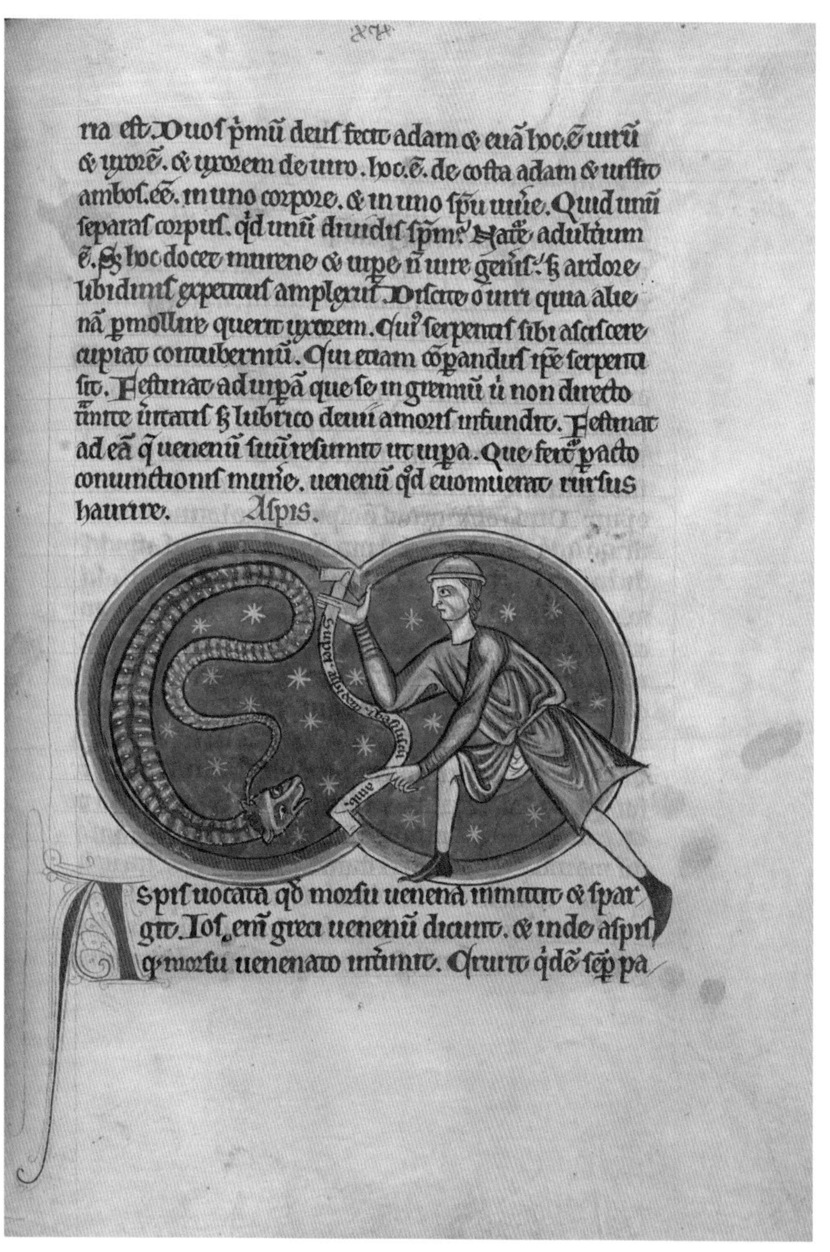

ヘビ使い

ヘビを操る「魔法使い」を描いたこの絵は、色彩豊かな挿絵入りの動物寓話集に収められているものです。添えられた文章では、神話上の数種類のヘビについて説明してあります。アンフィスバエナ（尾の先にもうひとつ頭が付いているヘビ）やスキタリス（背に素晴らしい模様があるヘビ）の説明の後には、ギリシャ語で毒を意味する言葉から名前が付いたとされるアスピス（アスプとも）の説明があります。中世の動物寓話集には、数種類のアスプが描写されていますが、どれもかまれると命取りになります。アスプに向かって特定の言葉を言うか歌を歌うと、眠らせることができます。この絵では、男性が巻物に書かれた呪文を読んでアスプを操ろうとしています。しかし、アスプは片方の耳を尾でふさぎ、もう片方の耳を地面に押し付けて、呪文にかからないようにしています。

◁ ヘビ使いの絵　動物寓話集より
（イングランド　13世紀）
大英図書館蔵

> 「この写本には、不死鳥、一角獣、マンティコアなど、実在する動物や想像上の動物が他にも多数描かれています」
>
> ジュリアン・ハリソン
> 主任キュレーター

ヘビのような魔法の杖

ヘビは古来から、象徴的な強い力を持つ魔法の生き物だと考えられてきました。ヘビは脱皮して新しい皮を作ることができることから、再生や復活、癒しと結び付けられています。また、ヘビが善と悪を象徴する文化もたくさんあり、人々が魔法と関わるうえで、その二重性が重要視されています。ダンブルドア教授も、ヘビと関わりがある人々について、「闇の魔術につながるものと考えられている。しかし、知ってのとおり、偉大にして善良な魔法使いの中にも蛇語使いはおる」と語っています。ここに挙げた魔法の杖は、ヘビのようなほっそりした形で、魔力の流れを導く道具として使われていました。色が暗く、ヘビのような形をしているこの杖を見ると、これが善のために使われたのか、悪のために使われたのか、疑問に思わずにはいられません。

◁ ヘビ形の魔法の杖
ボスキャッスル魔法博物館蔵

ヘビのステッキ

この魔法のステッキは、何世紀もの間、泥炭に埋もれていた「埋もれ木」と呼ばれるオーク材を彫って作ったものです。泥炭は酸素が少なく、酸性でタンニンに富むため、木がうまく保存され、硬く黒くなります。このステッキは、復興異教主義者のスティーブン・ホッブズが彫ったもので、20世紀末期に、ウィッカ（魔術を崇拝する宗教）の聖職者であるスチュアート・ファラーの手に渡りました。ステッキには、魔力を強めるためにヘビの飾りが施してあります。ヘビは、変化、再生、変容を表すだけでなく、とぐろを巻いた姿が、光と闇、生と死、理性と情念、癒しと毒、保護と破壊といった２つの相対するものの繰り返しを象徴しています。

▷ ヘビのステッキ
ボスキャッスル魔法博物館蔵

驚異のヘビコレクション

アルベルトゥス・セバは、オランダ人の薬剤師であり、収集家でした。海運の中心地であるアムステルダムに住んでいたセバは、ロシアのツァーリ（皇帝）であるピョートル大帝に薬を供給していました。また、港に来た船に薬を提供し、珍しい動物の標本と交換することがよくありました。ヘビ、鳥、トカゲを集めた最初のコレクションを 1717 年にピョートル大帝に売却した後、セバは、それより大きい 2 度目の収集を開始し、自宅に置きました。1731 年には画家を雇い、すべての所蔵品を精密に描かせました。この事業は壮大なもので、セバの死後 30 年たってやっと完成しました。セバが収集した標本の多くは、医学研究に使われました。セバは、ヘビが命を救う薬としての可能性を秘めているのではないかという強い関心を持っており、コレクションには、このラッセルクサリヘビなど、ヘビが多く含まれていました。

▽ アルベルトゥス・セバ著『Locupletissimi rerum naturalium thesauri accurata descripto, et inconibus artificiosissimis expressio, per universam physices historiam（自然物の最も豊かな宝庫の正確な記述）』全 4 巻（アムステルダム　1734 ～ 65 年）
大英図書館蔵

狼人間に注意

ヨハン・ガイラー・フォン・カイザースベルクは、フランスのストラスブール大聖堂で説教師を務めていた神学者でした。1508年の四旬節に行った一連の説教は、書き起こされ、木版画の挿絵を添えて説教集が作られました。これは、ガイラーの死後に『Die Emeis（アリ）』という題で出版されました。四旬節の第３日曜日（「オクリ」）に、ガイラーは狼人間に関して説教しています。スネイプ教授は、「人狼がどんな考え方をするか推し量ること」はしたくなかったようですが、ガイラーは狼人間が攻撃する理由を７つ挙げています。また、かまれる可能性は、狼人間の年齢と、人間の肉を食べた狼人間の経験の度合いによって異なると述べています。

Von dem wüteden Heer XLI

vnd von den selbigen eyer schalelē vñ vō den federn machen sie inen hüsser vnd becleibens mit kot vnd mit ertreich vñ sprechen etlich das sie nit geware menschē seien: aber thier/sie seint aber die aller nechsten thier bei der vernunfft vnd glidmoß des menschen vnd neher den kein aff aber es seint thier. Es seint manscherlei leutt in dē insulē fundē wordē da selbesten vm̄ her zů vnseren zeiten. Sie v wildenmā seint böse geist.

Du fragst künnen die zaubrer geware vnd rechte thier machen/das ist der teuffel an irer stat vnd sie wenen sie haben es gethon wie man den daruon redt. Ich gib antwurt wie Augustinus vnd Rabanus vnd sprich ia/daz sie mögen machen vnd wol künnen dir als da sein frösch schlangen vnd soliches wan sagen die lerer/das der böß geist kan wol in kurtzer zeit dē somen bringen/wen der somen da ist vnd den die zaubrer ir in cantaciones vnnd beschwerung vnd wort die darzů ghören vñ bruchen/so kan er es wol machē durch krütter oder wie e r im thůt dz vnd dem somē die thier werdē vñ er macht die thier wie du das feur machest du machest das feur dz feur nit/du blost es wol vff du leist holtz daran ꝛc. Vnd dise ding kan der teuffel thůn in kurtzer zeit aber nit in eim augēblick aber bald. Aber es ist kein gewarwunder vnd ein recht zeichen wan es beschicht zů betriegen den menschen darum̄ so ist ein falsch zeichen.

Am dritten sontag in der fasten Occuli prediget Doctor Keiserspergk von den werwölffen.

WAs wiltu vns von den werwöffen sagē seint also werwölff die in die dörffen lauffen vnnd kind vnnd menschen essen. Als man etwan daruon sagt das sie also mit verhengtem zorn die menschen schedigen vnd heissen berwölff oder werwölff. Du weist mee daruon den ich. Ich sprich ia. Es

ヨハン・ガイラー・フォン・カイザースベルク著『Die Emeis（アリ）』
（ストラスブール　1516年）
大英図書館蔵

「もしガイラーがホグワーツ校の責任者だったら、ルーピン教授のような狼人間を絶対に学校に近寄らせなかったでしょう。ガイラーの説教によれば、狼人間は危険な獣であり、子供を食べることを特に好むからです」

アレクサンダー・ロック
キュレーター

恐ろしい唸り声がした。ルーピンの頭が長く伸びた。体も伸びた。背中が盛り上がった。顔といわず手といわず、見る見る毛が生え出した。手は丸まってかぎ爪が生えた。

『ハリー・ポッターとアズカバンの囚人』

「赤目の小人」

これは、『ハリー・ポッターと賢者の石』の初期のタイプ原稿です。この場面では、ハグリッドがマグルの大臣であるファッジの執務室に来て、「例のあの人」について警告します（この初期の原稿でも、ハグリッドは名前を口に出すことを拒んでいます）。それを聞いたファッジは、その「赤目の小人」について国民に警告します。赤い目は、完全な体を取り戻したヴォルデモートにも残っていますが、物語に登場するヴォルデモートの恐ろしい姿が完全にでき上がるまでには時間がかかりました。この場面は、『謎のプリンス』の第1章でコーネリウス・ファッジがマグルの首相を訪ねる場面を思わせます。「アイディアを切り取って、後の本で使うことがよくある。いい場面を無駄にしたくないから」と、J.K.ローリングは語っています。

"Your kind?"

"Yeah... our kind. We're the ones who've bin disappearin'. We're all in hidin' now./ But I can't tell yeh much abou' us. Can't 'ave Muggles knowin' our business. But this is gettin' outta hand, an' all you Muggles are gettin' involved - them on the train, fer instance - they shouldn'ta bin hurt like that. That's why Dumbledore sent me. Says it's your business too, now."

"You've come to tell me why all these houses are disappearing?" Fudge said, "And why all these people are being killed?"

"Ah, well now, we're not sure they 'ave bin killed," said the giant. "He's jus' taken them. Needs 'em, see. 'E's picked on the best. Dedalus Diggle, Elsie Bones, Angus an' Elspeth McKinnon ... yeah, 'e wants 'em on 'is side."

"You're talking about this little red-eyed -?"

"Shh!" hissed the giant. "Not so loud! 'E could be 'ere now, fer all we know!"

Fudge ~~shivered~~ shuddered and looked wildly aroudn them. "C - could he?"

"S'alright, I don' reckon I was followed," said the giant in a gravelly whisper.

"But who is this person? What is he? One of - um - your kind?"

The giant snorted.

"Was once, I s'pose," he said. "But I don' think 'e's anything yeh could put a name to any more. 'E's not a 'uman. ~~'E's not an animal. 'E's not properly~~ Wish 'e was. 'E could be killed if 'e was still 'uman enough."

"He can't be killed?" whispered Fudge in terror.

"Well, we don' think so. But Dumbledore's workin' on it. 'E's gotta be stopped, see?"

"Well, yes of course," said Fudge. "We can't have this sort of thing going on..."

"This is nothin'," said the giant, "'E's just gettin' started. Once 'e's got the power, once 'e's got the followers, no-one'll be safe. Not even Muggles. I 'eard 'e'll keep yeh alive, though. Fer slaves."

Fudge's eyes bulged with terror.

"~~But who is this---this person?~~

"This Bumblebore - Dunderbore -"

"Albus Dumbledore," said the the giant severely.

"Yes, yes, him - you say he has a plan?"

"Oh, yeah. So it's not hopeless yet. Reckon Dumbledore's the only one He's still afraid of. But 'e needs your 'elp. I'm 'ere teh ask yeh."

""Oh dear," said Fudge breathlessly, "The thing is, I~~'d be~~ was planning to retire early. Tomorrow, as a matter of fact. Mrs. Fudge and I were thinking of moving to Portugal. We have a villa-"

The giant lent forward, his beetle brows low over his glinting eyes.

"Yeh won' be safe in Portugal if 'e ain' stopped, Fudge."

"Won't I?" said Fudge weakly, "Oh, very well then... what is it Mr. Dumblething wants?"

"Dumbledore," said the giant. "Three things. First, yeh gotta put out a message. On television, an' radio, an' in the newspapers. Warn people not teh give 'im directions. 'Cause that's 'ow 'e's gettin' us, see? 'E 'as ter be told. Feeds on betrayal. I don' blame the Muggles, mind, they didn' know what they were doin'.

"Second, ~~yeh gotta make sure~~ ye're not teh tell anyone abou' us. If Dumbledore manages ter get rid of 'im, yeh gotta swear not ter go spreadin' it about what yeh know, abou' us. We keeps ourselves quiet, see? Let it stay that way.

An' third, yeh gotta give me a drink before I go. I gotta long journey back."

The giant's face creased into a grin behind his wild beard.

"Oh - yes, of course," said Fudge shakily, "Help yourself - there's brandy up there - and - not that I suppose it will happen - I mean, I'm a Muddle - a Muffle - no, a Muggle - but if this person - this thing - comes looking for me -?"

"Yeh'll be dead," said the giant flatly over the top of a large glass of brandy. "No-one can survive if 'e attacks them, Ain' never been a survivor. But like yeh say, yer a Muggle. 'E's not interested in you."

The giant drained his glass and stood up. He pulled out an umbrealla. It was pink and had flowers on it.

"I'll be off, then," he said.

"Just one thing," said Fudge, watching curiously as the giant opened the umbrella, "What is this - person's - name."

The giant looked suddenly scared.

"Can' tell yeh that," he said, "We never say it. Never."

He raised the pink umbrella over his head, Fudge blinked - and the giant was gone.

* * * * *

◀『ハリー・ポッターと賢者の石』の初期の原稿 ▼
J.K. ローリング蔵

Fudge wondered, of course, if he was going mad. He seriously considerd the possibility that the giant had been a hallucination. But the brandy glass the giant had drunk from was real enough, left standing on his desk.

Fudge wouldn't let his secretary remove the glass next day. It reassured him he wasn't a lunatic to do what he knew he had to do. He telephoned all the journalists he knew, and all the television stations, chose his favourite tie and gave a press conference. He told the world there was a ~~maniac madman about~~ a strange little man going about. A little man with red eyes. he told the public to be very careful not to tell this little man where anyone lived. Once he had given out this strange message, he said "Any questions?" But the room was completely silent. Clearly, they all thought he was off his rocker. Fudge went back to his office and sat staring at the giant's empty brandy glass. ~~This was the end of his career.~~

The very last person he wanted to see was Vernone Dursley. Dursley woudl be delighted. Dursley would be happily counting the days until he was made Minister, now that Fudge was so clearly nuttier than a bag of salted peanuts.

But Fudge had another surprise in store. Dursley knocked quietly, came into his office, sat opposite him and said flatly,

You've had a visit from One of Them, haven't you?"

"~~One of~~ Fudge looked at Dursley in amazement.

"You - know?"

"Yes," said Dursley bitterly, "I've known from the start. I - happened to know there were people like that. Of course, I never told anyone.

* * * * *

~~Most peop~~
Perhaps ~~people did~~ most people did think Fudge

Whether or not nearly everyone thought Fudge had gone very strange, the fact was that he seemed to have stopped the odd accidents. Three whole weeks passed, and still the empty brandy glass stood on Fudge's desk to give him courage, and not one bus flew, the houses of Britain stayed where they were, the trains stopped going swimming. Fudge, who hadn't even told Mrs. Fudge about the giant with the pink umbrella, waited and prayed and slept with his fingers crossed. Surely this Dumbledore would send a message if they'd managed to get rid of the red eyed dwarf? Or did this horrible silence mean that the dwarf had in fact got everyone he wanted, that he was even now planning to appear in Fudge's office and vanish him for trying to help the other side - whoever they were?

And then - one Tuesday -

Later that evening, when everyone else had gone home, Dursley sneaked up to Fudge's office carrying a crib., which he laid on Fudge's desk.

The child was asleep. Fudge peered nervously into the crib. The boy had a cut on his forehead. It was a very strangely shaped cut. It looked like a bolt of lightening.

"Going to leave a scar, I expect," said Fudge.

"Never mind the ruddy scar, what are we going to do with him?" said Dursley.

"Do with him? Why, you 'll have to take him home, of course," said Fudge in surprise. "He's your nephew. His parents have vanished. What else can we do? I thought you didn't want anyone to know you had relatives involved in all these odd doings?"

"Take him home!" said Dursley in horror. "My son Didsbury is just this age, I don't want him coming in contact with one of these."

"Very well, then, Dursley, we shall just have to try and fin someone who does want to take him. Of course, it will be difficult to keep the story out of the press. Noone else has lived after one of these vanishments. There'll be a lot of interest -"

"Oh, very well," snapped Dursley. "I'll take him."

He picked up the crib and stumped angrily from the room.

Fudge closed his briefcase. It was time he was getting home too. He had just put his hand on the doorhandle when a ~~low~~ cough behind him made him clap his hand to his heart.

"Don't hurt me! I'm a Muggle! I'm a Muggle!"

"I know yeh are," said a ~~low,~~ growling voice.

It was the giant.

"You!" said Fudge. "What is it? Oh, Good Lord, don't tell me-" For the giant, he saw, was crying. Sniffing into a large spotted handkerchief.

"It's all over," said the giant.

"Over?" said Fudge faintly, "It didn't work? Has he killed Dunderbore? Are we all going to be turned into slaves?"

"No, no," sobbed the giant. "He's gone. Everyone's come back. Diggle, the Bones, the McKinnons... they're all back. Safe. Everyone 'e took is back on our side an' He's disappeared 'imself."

"Good Heavens! This is wonderful news! You mean Mr. Dunderbumble's plan worked?"

"Never 'ad a chance to try it," said the giant, mopping his eyes.

「この章は物語の冒頭部分です。ここに描かれている世界の細かい部分、例えばマグルの概念などは本にも出ていて、なじみのあるものが多くありますが、物語の始まり方としては大きく違います」

ジョアナ・ノーレッジ
キュレーター

ハリーとバジリスク

この『秘密の部屋』の絵は、サラザール・スリザリンが所有していた巨大な怪物、バジリスクがハリーのそばを通って、その先で体をくねらせている、とても印象的なものです。バジリスクは巨大で、体がどこから始まってどこで終わっているのかよく分かりません。うろこの色は黒っぽいため、重苦しく威圧感があります。ハリーは、ルビーの飾りが付いたゴドリック・グリフィンドールの剣を手にしっかり握り、振る途中で空中に静止させています。白く光る剣先には、バジリスクの鋭い歯が映っています。バジリスクの恐ろしい黄色い目は、不死鳥のフォークスにかぎ爪で引っかかれたため、血が流れ出しています。躍動感と危険にあふれた、強烈な印象を与える絵です。

▽ ハリー・ポッターとバジリスク
ジム・ケイ 作
ブルームズベリー社蔵

バジリスクは胴体をハリーのほうにねじりながら柱を叩きつけ、とぐろを巻きながら鎌首をもたげた。バジリスクの頭がハリーめがけて落ちてくる。巨大な両眼から血を流しているのが見える。丸ごとハリーを飲み込むほど大きく口をカッと開けているのが見える。ずらりと並んだ、ハリーの剣ほど長い鋭い牙が、ヌメヌメと毒々しく光って……。

ハリー・ポッターと『秘密の部屋』

ヘビの王者

このイタリアの写本には、イドニウスとして知られる人物が描いたさまざまな動物の絵が245点収録されています。ヤクルス（空飛ぶヘビ）、オノケンタウルス（半分人間で半分ロバ）、ここに挙げたバジリスクなど、描かれた動物の多くは神話上の生き物です。添えられた説明は、クラウディウス・アエリアヌスと大プリニウスの作品を基にしています。アエリアヌスによれば、バジリスクは手のひらの幅しかありませんが、相手を見ただけで瞬時に殺す力を持っています。アフリカでは、バジリスクはヒューッという音を立てて、ラバの死体を食べている他のヘビを退散させると言われていました。

A バジリスク 『HISTORIA ANIMALIUM（動物誌）』より（イタリア 1595年）
大英図書館蔵

G 「プリニウスは、『バジリスクは体長30センチしかないが、触れられるだけでも、息がかかっただけでも死ぬ』と書いています。興味深いことに、バジリスクはイタチの臭いで退治できます。バジリスクの巣にイタチを放つと、イタチの臭いでバジリスクを殺すことができます」

ジュリアン・ハリソン
主任キュレーター

A brief
DESCRIPTION of the NATURE
OF THE
Basilisk, or Cockatrice.

Quos viuens vidi, necui, nunc mortuus, Vni
Do Vitam; dum me gens numerosa videt.

All men I kill'd that I did see,
But now I am Dead one lives by mee.

バジリスクの簡潔な記述

ヤコブス・サルガドが書いた『Brief Description（簡潔な記述）』は、まさに簡潔で、扉と2ページ分の本文しかありません。サルガドはスペインから来た難民で、プロテスタントに改宗し、イングランドに住むようになりました。1680年ごろ、金に困ったサルガドは、エチオピアから帰国したばかりのオランダ人医師からもらったバジリスクを見世物にしました。このバジリスクは、剥製か、何らかの保存処理を施したものだったようです。サルガドは、見世物に合わせてこの小冊子を書きました。小冊子の説明によると、バジリスクは黄色で、王冠のようなトサカがあり、若い雄鶏の体とヘビの尾を持っています。小冊子には、バジリスクの「にらみ」の危険性に関する詳細な説明もあります。「アレクサンダー大王の時代に、壁の中に隠れて、有毒なにらみで大王の大軍を殺したバジリスクがいた」と、サルガドは断言しています。

◁ ヤコブス・サルガド著『A BRIEF DESCRIPTION OF THE NATURE OF THE BASILISK, OR COCKATRICE（バジリスクまたはコカトリスの性質の簡潔な記述）』（ロンドン　1680年ごろ）
大英図書館蔵

「サルガドは、バジリスクを恐ろしいものとして説明していますが、小冊子の扉に描かれているバジリスクは、手前の人間を殺したばかりなのにもかかわらず、かなり性質が穏やかそうに見えます」

ターニャ・カーク
キュレーター

OF THE SPHINGA

Or SPHINX.

THE *Sphinx* or *Sphinga* is of the kinde of Apes, hauing his body rough like Apes, but his breast vp to his necke, pilde and smooth without hayre: the face is very round yet sharp and piked, hauing the breasts of women, and their fauor or visage much like them: In that part of their body which is bare without haire, there is a certaine red thing rising in a round circle like Millet seed, which giueth great grace & comelinesse to their coulour, which in the middle parte is humaine: Their voice is very like a mans but not articulat, sounding as if one did speake hastily with indignation or sorow. Their haire browne or swarthy coulour. They are bred in *India* and *Ethyopia*. In the promontory of the farthest *Arabia* neere *Dira*, are *Sphinges* and certaine Lyons called *Formicæ*, so likewise they are to be found amongest the *Trogladitæ*. As the *Babouns* & *Cynocephals* are more wilde than other Apes, so the Satyres and *Sphynges* are more meeke and gentle, for they are not so wilde that they will not bee tamed, nor yet so tame but they will reuenge their own harmes: as appeared by that which was slayne in a publike spectacle among the *Thebanes*. They carrye their meat in the storehouses of their own chaps or cheeks, taking it forth when they are hungry, and so eat it: not being like the *Formicæ*, for that which is annuall in them, is daily and hourely amongest these.

The name of this *Sphynx* is taken from *binding, as appeareth by the Greek notation, or else of delicacie and dainty nice * loosnesse, (wherefore there were certain common strumpets called *Sphinctæ*, and the *Megarian Sphingas*, was a very popular phrase for notorious harlots) hath giuen occasion to the Poets, to faigne a certaine monster called *Sphynx*, which they say was thus deriued. *Hydra* brought foorth the *Chimæra*, *Chimæra* by *Orthus* the *Sphinx*, and the *Nemæan* Lyon: now this *Orthus* was one of *Geryons* Dogges. This *Sphinx* they make a treble-formed monster, a Maydens face, a Lyons legs, and the wings of a fowle, or as *Ansonius* and *Varinus* say, the face and hand of a mayde, the body of a Dogge, the winges of a byrd, the voice of a man, the clawes of a Lyon, and the tayle of a Dragon: and that she kept continually in the *Sphincian* mountaine; propounding to all trauailers that came that way an *Ænigma* or Riddle, which was this: *What was the creature that first of all goeth on foure legges; afterwards on two, and lastly on three*: and all of them that could

Pliny. *calsithius.* The description.
Ælianus. Countrey of breed.
Lions formicæ.
Pliny.
Their nature.
Albertus.
Manner of cariengtheir meate.
Of the name and notation thereof *Hermolaus.*
Varrinus.
Hesiod.
Ausonius. The description of the Poets Sphinx.
The Riddle of the Sphinx.

スフィンクス

『The Historie of Foure-Footed Beastes（四足獣誌）』は、英語で出版された、動物に関する初の本格的な書です。取り上げられている動物は、一般的なもの（ウサギ、羊、山羊）から、珍しいもの（ライオン、象、サイ）、伝説の動物まで、さまざまです。ここに挙げた章は、スフィンクスについて書いてあります。木版画の挿絵には、頭部が女性で体がライオンのスフィンクスが描かれています。著者のエドワード・トプセルは、スフィンクスについて、「性質はどう猛だが手なずけることが可能」と記述しています。あまり知られていないこととして、「スフィンクスはまるでモルモットのように、食べ物を頬の内側にためて、食べるときまで取っておくことができる」という記述もあります。スフィンクスは、不思議な力を持っていることで有名です。『炎のゴブレット』で、三大魔法学校対抗試合の課題の迷路を歩いていたハリーは、スフィンクスに遭遇し、なぞなぞに答えなければ通れないと言われました。

◁ エドワード・トプセル著『THE HISTORIE OF FOURE-FOOTED BEASTES（四足獣誌）』（ロンドン　1607年）
大英図書館蔵

巨大なライオンの胴体、見事な爪を持つ四肢、長い黄色味を帯びた尾の先は茶色の房になっている。しかし、頭部は女性だった。ハリーが近づくと、スフィンクスは切れ長のアーモンド形の目を向けた。

『ハリー・ポッターと炎のゴブレット』

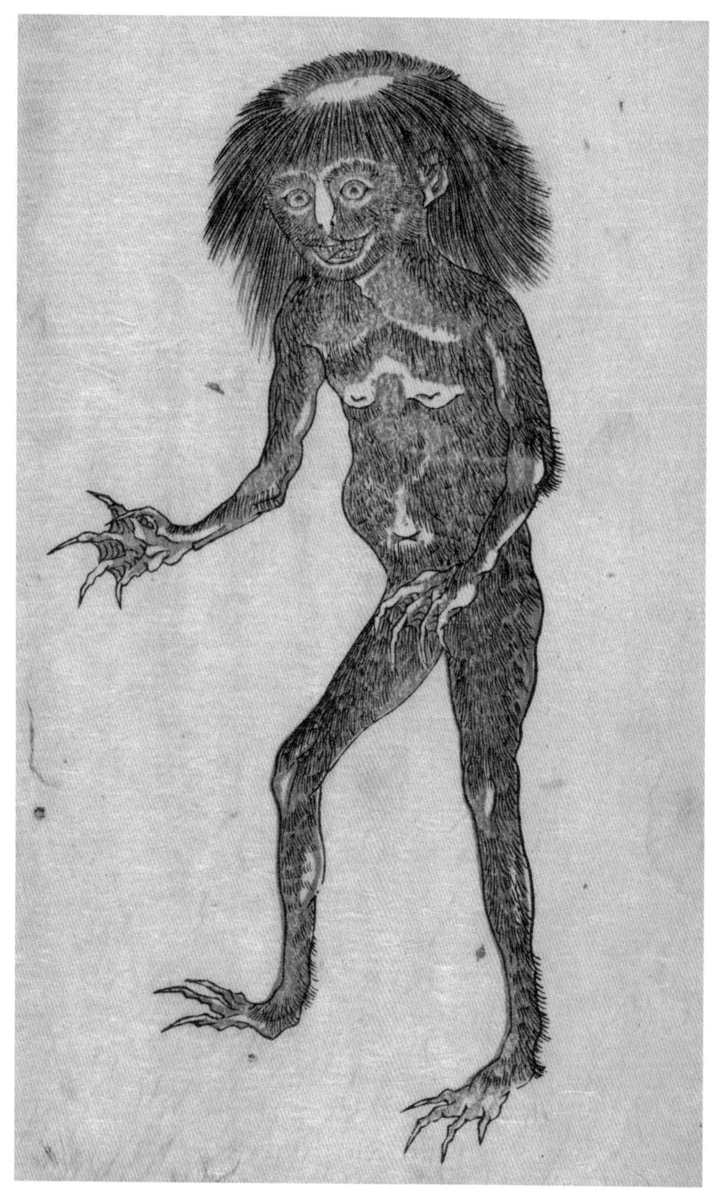

赤松宗旦『利根川図志』(1855年)
大英図書館蔵

河童(かっぱ)

「河童」の名は、「川」と「子供」を意味する言葉からできています。河童はいたずら好きな生き物で、湖や川に住み、人を水に引きずり込むと言われています。魔法界の著名な魔法動物学者、ニュート・スキャマンダーも河童の危険性を認め、「河童はヒトの生き血を吸うが、名前を刻み込んだキュウリを放り投げてやると、その名前のヒトには悪さをしない」と書いています。この絵に描かれた禰々子(ねねこ)河童は年ごとに居場所を変え、住み着いた先々で被害をもたらしたと言われています。

「河童の頭には特徴的なくぼみがあり、生きるのに必要な水がたまっています。スキャマンダーは『幻の動物とその生息地』で、『魔法使いは河童をだましてお辞儀をさせること。お辞儀をすると、頭の皿から水がこぼれ、河童は力を失う』と助言しています」

ジュリアン・ハリソン
主任キュレーター

河童は日本の水魔で、浅い池や川に生息する。体毛の代わりに魚の鱗に覆われた猿のようだといわれる。頭のてっぺんが凹み、そこに水が溜まっている。

『幻の動物とその生息地』

悪さをする河童

神道の民間伝承では、河童は２本足の亀のような姿をしています。しかし、この河童は背中に甲羅がなく、頭に皿もありません。手足には指が５本ずつあり、髪は銅色で顔は魚のようです。江戸時代（1603～1867年）、日本ではフクロウからアカエイまでさまざまな動物の一部を組み合わせて河童のミイラが作られました。この時代は河童の研究が進み、日本と中国に伝わる情報をすべて集めた本も出版されました。民話では、河童を負かすには河童にお辞儀するとよいとされています。深くお辞儀をすると河童もお辞儀を返し、頭の皿の水がこぼれて力が出せなくなるのです。そして、頭の皿にまた水を入れてやれば、河童はいつまでもその人に仕えるとされています。鉄やショウガを使うと、河童を追い払うことができます。河童の死体は多数発見されていますが、不思議なことに、その存在が科学者によって確認されたことはありません。

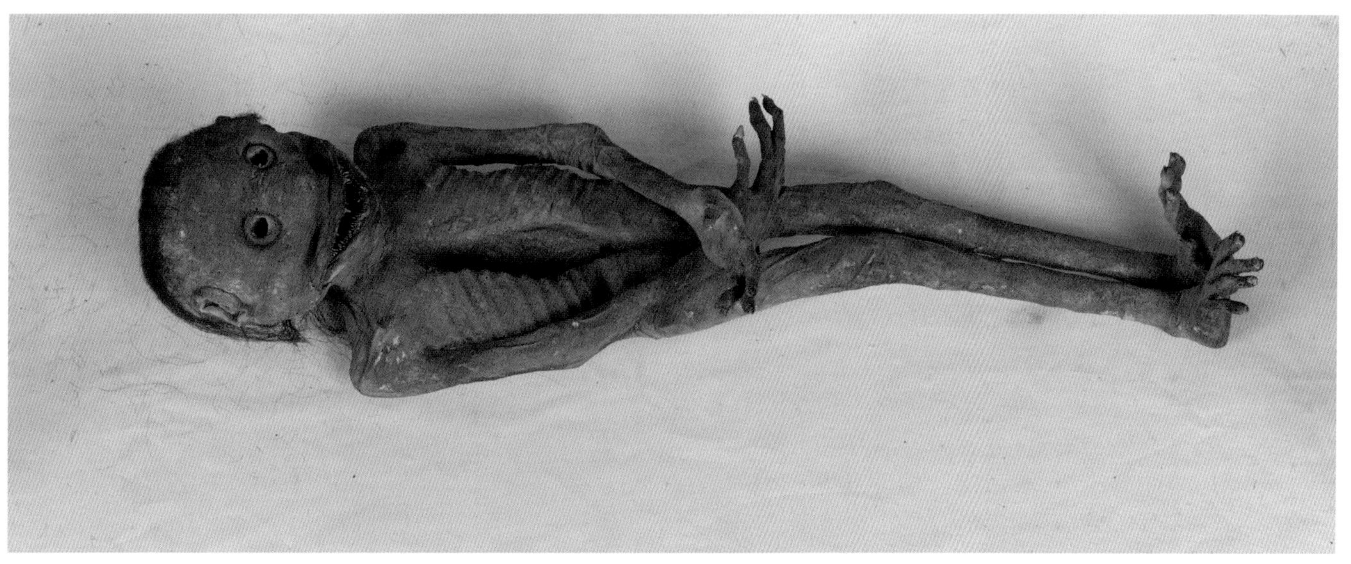

A 河童ミイラ（日本　1682年寄贈？）
瑞龍寺（通称・鉄眼寺）蔵

ለገብረ፡እግዚአብሔር፡
ወለአመተ፡እግዚአብሔር፡
ለገብረ፡እግዚአብሔር፡
ወለአመተ፡እግዚአብሔር፡

エチオピアの魔除け

誰かが書き込みをしたこの魔術書は、エチオピアで作られたものです。ゲエズ語（古代エチオピア語とも呼ばれる）で書かれ、お守り、魔除け、護符、まじないが豊富に収録されています。この写本の持ち主は、悪魔払いの祈祷師か、「デブテラ（ደብተራ）」だったと思われます。デブテラは、高度な教育を受けて聖職に任命された一般信者です。デブテラは通常、数年間、勉学に励むか、聖職者の一族の出身であることが必要です。ここに挙げたページに描かれているのは、お守りの巻物を作るのに使う魔除けや幾何学模様で、呪文を打ち消す祈りが添えられています。魔除けの絵では目が重点的に描かれていますが、これは邪視や闇の魔術から身を守るとされています。

「デブテラは、中世以来、宮廷に仕えるか、小規模な教区学校で教えています。また、お守りの巻物を作ったり、伝統医学による治療を行ったりして、収入の足しにしています。この魔術書の欄外に見られる書き込みから、この本の所有者は魔術家だったのではないかと考えられます」

イヨブ・デリロ
キュレーター

◁ エチオピアの魔術書（1750年）A
大英図書館蔵

残念ながら、閲覧禁止の本を見るには先生のサイン入りの特別許可書が必要だったし、絶対に許可はもらえないとわかっていた。ここにはホグワーツでは決して教えない「強力な闇の魔法」に関する本があり、上級生が「闇の魔術に対する上級防衛法」を勉強するときだけ読むことを許された。

『ハリー・ポッターと賢者の石』

お守りの巻物

エチオピアなど、「アフリカの角」と呼ばれる地域では、何千年も前から続く、革や金属に文字や絵を書いたお守りを身に着ける習慣があります。この習慣が最も色濃く残っているのはエチオピア高地北部で、お守りが健康をもたらし、赤ん坊を守り、邪視を防ぐという信仰が生きています。羊皮紙の巻物に書かれたお守りは「ケタブ」と言い、長さは物によって大きく違います。これを、革のケースや、ここに挙げたような円筒状の銀の入れ物に入れておきます。ケースに入れたケタブは、大きさによって、家につるすか、首にかけて使います。ここに挙げた巻物は厄除けとして作られたもので、呪文を取り消す祈り（マフテヘ・セレイ）が書いてあります。呪文の後には、魔除けの絵が描いてあり、お守りの魔力の効果を強めています。

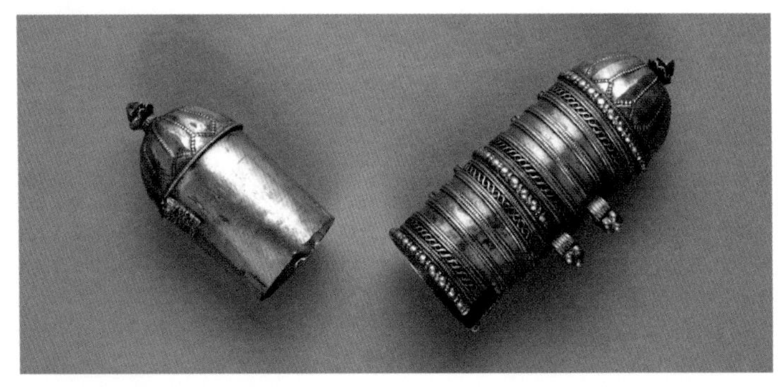

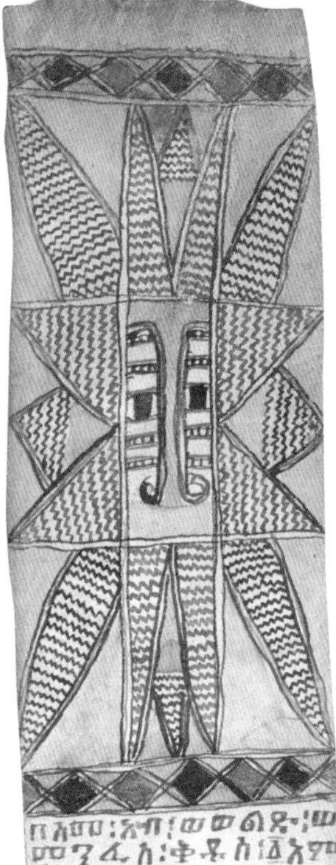

◁ お守りの巻物２点（ひとつは円筒状の保護ケース付き）
（エチオピア　18世紀）▲
大英図書館蔵

「この巻物に描かれた絵には、病を治し、悪魔を追い払い、困難な長旅をする人を守るという、特別な目的があります」

イヨブ・デリロ
キュレーター

魔法円

高名なラファエル前派の画家、ジョン・ウィリアム・ウォーターハウスは、魔法や魔女をテーマとした作品を多く描きました。ギリシャ神話に登場する魔女キルケを描いた絵は数点あり、ほかにもセイレン、水の精、水晶玉をのぞき込む魔女などの絵があります。歴史を通じて、魔女は醜く邪悪な女性として描かれることが一般的でしたが、ウォーターハウスが描いた魔女のイメージは、それとは異なるものでした。この絵の魔女は、身を守るために自分の周りに杖で円を描いています。背景には奇妙な不毛の地が広がり、魔法円の外には、ワタリガラスやヒキガエルなどの不吉そうな動物や、地面に半分埋まった頭蓋骨が見えます。それとはまったく対照的に、魔法円の中には暖かい火が燃え、花が咲き、魔女自身も美しく色鮮やかな長いドレスを着ています。防衛魔術のこのような肯定的な描写は、『ハリー・ポッターと死の秘宝』でハーマイオニー・グレンジャーが保護呪文を使って安全なキャンプ地を作ったのと似ています。

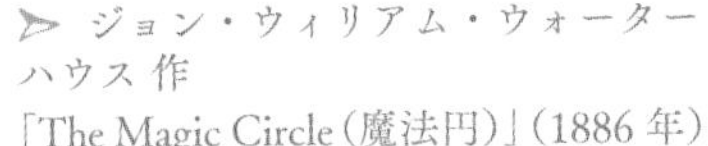

ジョン・ウィリアム・ウォーターハウス作
「The Magic Circle（魔法円）」（1886年）
テート蔵
Tate: Presented by the Trustees of the Chantrey Bequest 1886

「ここにいるなら、周りに保護呪文をかけないといけないわ」
ハーマイオニーは杖を上げて、ブツブツ呪文を唱えながら、
ハリーとロンの周りに大きく円を描くように歩きはじめた。

『ハリー・ポッターと死の秘宝』

De la Licorne.

魔法生物飼育学

魔法生物飼育学

スティーブ・バックスホール

スティーブ・バックスホールは、テレビで引っ張りだこの野生動物専門家です。風変わりで興味深い捕食動物に遭遇する様子は怖いながらも面白く、若い視聴者に特に人気があります。多数の著書があるほか、ライブイベントを主催すればいつも完売、BBCの番組では過激な冒険もしています。また、カブスカウトの親善大使や、英国陸地測量部の「ゲット・アウトサイド」運動の推進者も務めています。

ニューギニアでは、死火山の噴火口にうっそうと茂る密林の中で、樹上生活をするカンガルーが枝から枝へとよじ登り、ペーパーバックの小説ほどの大きさがある蛍光色のチョウが、茂みの中をひらひらと飛ぶ。この緑豊かな「失われた楽園」で、私は柔らかな毛に覆われたクスクスを腕に抱いた。クスクスは、濃い色の毛並みを持つ有袋類で、地球上でここにしか生息していない。私のチームは、人類史上、この動物を初めて目にした。自然愛好家として仕事をする中で、私は、さまざまな生き物に何度となく遭遇して、素晴らしい体験をしてきた。威厳があるもの、ユニークなもの、ときには恐ろしい生き物もいた。だが、クスクスとの遭遇は本当に神秘的だった。このような体験をしているときに味わう感情は、何とも言えない。首の後ろを電気が駆け上るようなぞくぞくする気持ち……興奮と畏怖と、信じがたい気持ちが交ざったこの高揚感を、ハリー・ポッターも、ヒッポグリフのバックビークを初めて見たときに感じたに違いない。

熟練した動物訓練士が、もしバックビークに対するハリーの態度を見たら、ほめられることだろう。野生動物を扱うときに一番大切なのは、相手を尊重することだ。動物の心理的な縄張り、そして安全と幸福を侵害しないように注意しなければならない。相手が賢い動物であれば、主導権を与えることがとても大事だ。バックビークの扱い方についてアドバイスされたとおり、ハリーも、ヒッポグリフがお辞儀を返すまで近付かなかった。例えば、海に潜って大人の雄のアシカと泳ぐとしよう。アシカが自分を八つ裂きにする力を持っていることは分かっているから、仲良くなるには、アシカの出す条件に従わなければならない。だから、私は一定の距離を置いて泳ぎ回り、自分を面白い遊び道具のように見せようとする。そして、アシカが好奇心に負けてくれるのを狙うのだ。

私は、未開の地で初めての場所を回るとき、専門知識を持っている地元のガイドや動物追跡人に頼ることが多い。ハリーのガイド的存在は、動物が大好きな森番のルビ

E. Lear

ウス・ハグリッドだった。ハグリッドは、スコットランドのギリー（狩猟案内人）のようだと思う。ギリーは狩猟と切っても切れない関係にあり、自然界に対する人間離れした感覚も持っている。動物を追跡する驚異的な能力を持ち、ただ足跡を見ただけで、その動物の年齢や性別から健康状態、行動まで、すべて分かってしまう。ハグリッドも同じように、野生動物に対して生まれながらに親近感を持っている。トランプで賭けに勝ってドラゴンの卵を手に入れたハグリッドは、卵からかえったドラゴンをハリーに見せてやり、おかげでハリーは、本物のドラゴンを初めて見ることができた。私は修士論文の一部として、イモリとサンショウウオの卵の研究をしたので、現実世界の動物の卵とハリー・ポッターの世界のドラゴンの卵との関係に、必然的に引き付けられた。ドラゴンの卵は鳥の卵と同じように殻が硬く、親が卵を抱いて温かく保つことが必要だ。しかしドラゴンは、ワニ、カメ、コモドオオトカゲなどの爬虫類に近いのではないかと思う。このような動物の卵は、殻が革のように軟らかい。また、母親は孵化に関与せず、植物を集めて、そこに卵を埋めることが多い。植物が腐敗すると熱が発生し、その熱で卵が温まる。そして何週間もたった後に卵がかえる。ハリーたちとは違い、私は、ドラゴンの卵がかえるところを見る機会に恵まれたことはない。だが、ワニの卵を日光にかざしてみて、半透明の殻を通して、中で赤ん坊のワニがもぞもぞ動いているのが見えたことがある。また、その場限りの歯である卵歯の助けを借りて、殻を破って出てくるのに感嘆したこともある。孵化したての小さな子ワニはかわいく、これがそのうち危険な猛獣になるということが信じられないくらいだ。子ワニが卵からかえる光景を見ていると、何千万年も前の昔に引き戻される。

過酷な環境に慣れているハグリッドは、ハリーが禁じられた森に初めて入ったとき、ハリーに同行した。禁じられた森は、私が行ったことのある、はるか北の北方林に似ている。北方林には、オオカミやクマ、クズリなどが生息している。何もかもがコケに覆われて音が消え、空気に独特の静けさが漂っている。日が暮れると外界より光がはるかに速く消え、あっという間に、見えない無数の目に見つめられながら暗闇の中をうろうろするはめになる。禁じられた森には、アラゴグが率いるアクロマンチュラの集団が生息している。巨大な肉食グモに出くわしたハリーとロンは、驚いて口もきけなかったが、もっともなことだ。歴史を通じて、自然愛好家の先駆者たちも、驚くべき発見に目を疑った。マリア・メーリアンが、スリナムのジャングルで鳥を食べるクモをスケッチして、その絵を初めて持ち帰ったとき、ヨーロッパの人々は、そんなクモが本当にいるとは信じられなかった。私は、鳥を食べるタランチュラをペットとして飼ってきたので、巨大で毛深く実に恐ろしいこの生き物に、とても興味をそそられる。野生のタランチュラが狩りをする様子に、じっと見とれていたこともある。タランチュラは、巣穴の入り口でじっと獲物を待つ。獲物らしきものが通ったら、仕掛けてある糸が教えてくれる。昆虫やカエル、トカゲ、小型の哺乳類などが運悪く糸に絡まると、タランチュラは飛び出してきて、ヒョウの爪ほどにも達する長さの強大な牙で獲物を引き裂き、むさぼり食う。だが、タランチュラは一般に、食べられない物に対しては、おとなしく温和である。

ペットを飼うことで、動物を世話して大事にすることを子供たちに教えることができる。ホグワーツでは、生徒が、猫、フクロウ、またはヒキガエルを持ってきてよいことになっていた。ヒキガエル（例えば、厄介者扱いされていた、ネビル・ロングボトムのトレバー）は、魔法使いの間では人気が最低なのかもしれないが、私の経験では、ヒキガエルは興味深い動物であり、馬鹿にしてはいけないと思う。ヒキガエルには強い毒を持つものが多く、小動物を殺せるほどの猛毒を持つものもいる。最も大きなものはバスケットボールほどもあり、その巨大な口に入る生き物なら何でも食べ

る。ハリーには、シロフクロウのヘドウィグという素晴らしい仲間がいる。シロフクロウは極寒の北極圏に生息していて、斑点のある白い羽毛が優れたカムフラージュとなる。何の変哲もない風景の上空を飛びながら、驚異的な聴覚を使って、地下をちょこまか走り回るネズミ類を探し当て、地面にかぎ爪をたたき込んで捕まえる。唯一の弱点は、木のない北極地方に生息しているため、凍土の上に立つことに適応していて、枝に止まるのは大の苦手だということだ。だから、ヘドウィグが鳥かごに入れられるのを好まなかったのは、さほど不思議ではない。

ハリーの世界でもとりわけ不思議で神々しい生き物が、一角獣だ。角から尾まで、すべての部位が貴重な特性を持っている。現実世界でも、一角獣は伝説的な動物だ。このユニークな動物の伝説が広まったのは、らせん状にねじれた長い角が北極海の浜辺に打ち上げられているのを、探検家が発見してからだ。これは実は、クジラの仲間のイッカクの上あごから長く突き出て生える犬歯だ。この牙は、まれに雌にも生えることがあり、ごくまれに２本生えることもある。イッカクの牙は最初、争いに使われると考えられていた。しかし現在では、牙に神経がたくさん集まっていることが分かり、温度計として使ったり、そっと体に触れるのに使うなど、感覚情報を伝える役割を持っている可能性が考えられている。最近、イッカクが小魚を気絶させるために、牙を使って水中で慎重に魚をたたく様子が撮影された。野生動物にかけては、「事実は小説よりも奇なり」がたいてい当てはまるようだ。

「ハグリッドは素朴で温かい。頭より体という人物で、森の主だ。ダンブルドアは精神的な理論家だ。才気にあふれ、理想家で、やや醒めている。初めての魔法界で父親像を求めるハリーにとって、この２人は好対照を成している」

J.K. ローリング　ポッターモアで

ハグリッド

半巨人のルビウス・ハグリッドは、魔法界の地を歩き、走り、空高く飛び回る素晴らしい生き物たちを、ハリーにたくさん紹介してくれました。ジム・ケイによるこの絵は、ハグリッドのたてがみのような黒髪と「もじゃもじゃの荒々しいひげ」を生き生きと描いています。「ハグリッドを描くときはほっとする。子供を描くときは、線１本でも間違うわけにはいかない。正しくない所に線を入れてしまったら、10歳も年上に見えてしまう。ハグリッドのときは、そういう問題はない。どんどんなぐり描きしたところに目を足せばいい」とジム・ケイは語っています。ハリー・ポッターの物語で、森番のハグリッドには、危険動物に目がないというウイークポイントはあるものの、頼もしく信用の置ける存在として描かれています。ハグリッドは、ハリーが３年生のときに魔法生物飼育学の教授となり、『不死鳥の騎士団』では、ヴォルデモート卿に対抗するために巨人の協力を得る任務を果たしました。その後ハグリッドは、異父弟のグロウプを教育するため、禁じられた森に連れて来ました。

◁ ルビウス・ハグリッドの肖像画
ジム・ケイ 作
ブルームズベリー社蔵

56 LIBER OCTAVUS, Sect. II.

ſolito altius agellum foderet, lapideum tumulum inſcriptione ornatum, & in ſepulchro viri mortui corpus proceræ adeò ſtaturæ, ut muros urbis excederet; cadaver integrum erat, ac ſi paulo ante ſepulturæ datum fuiſſet, in pectore vulnus latiſſimum geſtabat; ſupra caput autem corporis defuncti reperta eſt lucerna perpetuo igne ardens, quæ nec flatu, nec aquæ alteriuſve liquoris ullius ſuperinjectione extingui potuit: ſed in fundo perforata & rupta ſtatim evanuit; iſtud autem fuiſſe corpus magni *Pallantis* Arcadis, qui filius *Euandri* Regis, comes *Æneæ* bello ſingularique certamine dudum interfectus fuit à *Turno* Rutilorum rege, multo prius antequam Roma conderetur. Quæ omnia à *Volaterrano* confirmantur.

Pallantis corpus.

Atque hæc ſunt, quæ de Gigantibus eorumque immenſa vaſtitate adducenda duximus; reſtat tandem hoc loco, num verè tam prodigioſæ ſtaturæ homines unquam in Mundo fuerint, hoc loco demonſtrare.

DISQUISITIO PRIMA.

Num verè Natura tam monſtruoſæ magnitudinis homines, quam Authores allegati referunt, unquam protulerit.

IN ſepulchris lociſque ſubterraneis ſubinde oſſa reperiri, quæ oſſa gigantum eſſe dicuntur, non abnuo; nam ut ſuprà annotavimus, Gigantes vaſti corporis homines fuiſſe, vel ipſa Sacra Scriptura teſtatur, *Gen:* 7. & *lib.* 1. *Reg. c.* 17. *Maximiliano* Cæſari anno 1511. teſte *Surio*, giganteæ magnitudinis vir ex Polonia oriundus, oblatus fuit, qui &

pro magnitudine corporis, proportionato cibo ſingulis prandiis vitulum & ovem abſumebat. Similis noſtris temporibus *Ferdinando* II. in comitijs Ratiſponenſibus, *anno* 1623. exhibitus fuit, ut proinde de inuſitatæ magnitudinis hominibus utriuſque ſexus minimè dubitem, cum tales nullum non ſeculum protulerit.

Ho-

A 巨人の骨格　アタナシウス・キルヒャー著『MUNDUS SUBTERRANEUS（地下世界）』より（アムステルダム　1665年）

大英図書館蔵

地下の巨人

イタリア・シチリアのエーリチェ山で、身長90メートルの巨人の骸骨が発見されたというのは本当なのでしょうか？　この絵は、その巨人の姿を想像して再現したもので、ドイツの著述家アタナシウス・キルヒャーの著書『Mundus Subterraneus（地下世界）』に描かれています。キルヒャーはイタリアを旅していたときに、地下がどうなっているのかに興味をそそられるようになり、7年前に最後の噴火をしたベスビオ火山に登って、噴火口にまで入って調査をしました。キルヒャーは、「14世紀にシチリアの洞窟で巨大な骸骨が発見された」と主張しました。この絵では、大きさを比較するため、この巨人と並べて、通常の人間、聖書に登場する巨人ゴリアテ、スイスの巨人、そしてモーリタニアの巨人を描いています。

「歴史を通じて、文献には凶暴な巨人も優しい巨人も登場しています。優しい巨人の例は、コーンウォール地方のホリバーンです。ホリバーンは、ふざけて子供の頭を軽くたたいて、うっかり子供を殺してしまい、悲しみのあまり死んだと言われています。この逸話から分かるのは、人を簡単に殺してしまうほど体が大きく、目を見張るような強い力を持っていても、巨人は大きな心の持ち主であることが多いということです」

ジョアナ・ノーレッジ
キュレーター

グリンゴッツ銀行での
ハグリッドとハリー

J.K. ローリングによるこの原画は、グリンゴッツ魔法銀行の地下深くの洞窟にある金庫に、ハグリッドがハリーを初めて連れて行く場面を描いています。２人はトロッコに乗っていますが、ハグリッドが手で目を覆っているのに対し、ハリーは初めから終わりまで大きく目を見開いたままです。この絵からは、ハグリッドがグリンゴッツのトロッコに押し込められて窮屈に感じていることが見て取れます。J.K. ローリングは、ハグリッドの髪を風になびかせ、たいまつの火を横に流すことで、ガタガタと走るトロッコのスピード感を表現しています。

➢ グリンゴッツ銀行でのハグリッドとハリーのスケッチ　J.K. ローリング 作
J.K. ローリング蔵

くねくね曲がる迷路をトロッコはビュンビュン走った。ハリーは道を覚えようとした。左、右、右、左、三差路を直進、右、左、いや、とても無理だ。グリップフックが舵取りをしていないのに、トロッコは行き先を知っているかのように勝手にガタガタと走っていく。

『ハリー・ポッターと賢者の石』

『賢者の石』の原稿

これは『ハリー・ポッターと賢者の石』のタイプ原稿で、未編集のものです。原稿は、編集の過程で、テンポをよくするために修正されることがあります。アクションと波乱でいっぱいのこのような場面では、物語の展開を速くするために、文章の一部が後から短縮されました。場面によっては、完全に削除されることもあります。例えば、考え事で頭がいっぱいの「ほとんど首無しニック」に遭遇する場面と、ハーマイオニーがトロールについて教科書的な定義で答える場面は、ここに挙げた原稿の167ページに載っていますが、どちらも削除されました。

➢『ハリー・ポッターと賢者の石』のタイプ原稿 J.K. ローリング 作
J.K. ローリング蔵

"Hello, hello," he said absently, "Just pondering a little problem, don't take any notice of me..."

"What's Peeves done this time?" asked Harry.

"No, no, it's not Peeves I'm worried about," said Nearly Headless Nick, looking thoughtfully at Harry. "Tell me, Mr. Potter, if you were

167

worried that someone was up to something they shouldn't be, would you tell someone else, who might be able to stop it, even if you didn't think much of the person who might be able to help?"

"Er - you mean - would I go to Snape about Malfoy, for instance?"

"Something like that, something like that...."

"I don't think Snape would help me, but it'd be worth a try, I suppose," said Harry curiously.

"Yes... yes... thank you, Mr. Potter..."

Nearly Headless Nick glided away. Harry and Ron watched him go, puzzled looks on their faces.

"I suppose you're bound not to make much sense if you've been beheaded," said Ron.

Quirrell was late for class. He rushed in looking pale and anxious and told them to turn to "p-page fifty four" at once, to look at "t-t-trolls."

"N-now, who c-c-can tell me the three types of t-troll? Yes, Miss G-

167

Granger?"

"Mountain-dwelling, river-dwelling and sea-dwelling," said Hermione promptly. "Mountain-dwelling trolls are the biggest, they're pale grey, bald, have skin tougher than a rhinoceros and are stronger than ten men. However, their brains are only the size of a pea, so they're easy to confuse -"

"Very g-good, thank you, Miss Gr -"

"River trolls are light green and have stringy hair -"

"Y-y-yes, thank you, that's excell -"

" - and sea trolls are purplish grey and -"

"Oh, someone shut her up," said Seamus loudly. A few people laughed.

There was a loud clatter as Hermione jumped to her feet, knocking her chair over, and ran out of the room with her face in her hands. A very awkward silence followed.

"Oh d-d-dear," said Professor Quirrell.

*

When Harry woke up next day, the first thing he noticed was a delicious smell in the air.

"It's pumpkin, of course!" said Ron, "Today's Hallowe'en!"

Harry soon realised that Hallowe'en at Hogwarts was a sort of mini-Christmas. When they got down to the Great Hall for breakfast, they found that it had been decorated with thousands of real bats, which were hanging off the ceiling and window-sills, fast asleep. Hagrid was putting hollow pumpkins on all the tables.

"Big feast tonight," he grinned at them, "See yeh there!"

There was a holiday feeling in the air because lessons would be finishing early. No-one was in much of a mood for work, which annoyed Professor McGonagall.

168

"Unless you settle down, you won't be going to the feast at all," she said, a few minutes into Transfiguration. She stared at them until they had all fallen silent. Then she raised her eyebrows.

"And where is Hermione Granger?"

They all looked at each other.

"Miss Patil, have you seen Miss Granger?"

Parvati shook her head.

◀『ハリー・ポッターと賢者の石』の
タイプ原稿 J.K. ローリング作 ▶
J.K. ローリング蔵

cupboard doors, but not a hint of a troll did they find.

They'd just decided to try the dungeons when they heard footsteps.

"If it's Snape, he'll send us back - quick, behind here!"

They squeezed into an alcove behind a statue of Godfrey the Gormless.

Sure enough, a moment later they caught a glimpse of Snape's hook nose rushing past. Then they heard him whisper "Alohomora!" and a click.

"Where's he gone?" Ron whispered.

"No idea - quick, before he gets back -"

They dashed down the stairs, three at a time, and rushed headlong into the cold darkness of the dungeons. They passed the room where they usually had Potions and were soon walking through passages they'd never seen before. They slowed down, looking around. The walls were wet and slimey and the air was dank.

"I never realised they were so big," Harry whispered as they turned yet another corner and saw three more passageways to choose from. "It's like Gringotts down here..."

173

Ron sniffed the damp air.

"Can you smell something?"

Harry sniffed too. Ron was right. Above the generally musty smell of the dungeons was another smell, which was rapidly becoming a foul stench, a mixture of old socks and public toilets, the concrete kind that no-one seems to clean.

And then they heard it. A low grunting - heavy breathing - and the shuffling footfalls of gigantic feet.

They froze - they couldn't tell where the sound was coming from amid all the echoes -

Ron suddenly pointed; at the end of one of the passageways,

something huge was moving. It hadn't seen them... it ambled out of sight...

"Merlin's beard," said Ron softly, "It's enormous..."

They looked at each other. Now that they had seen the troll, their ideas of fighting it seemed a bit - stupid. But neither of them wanted to be the one to say this. Harry tried to look brave and unconcerned.

"Did you see if it had a club?" Trolls, he knew, often carried clubs.

Ron shook his head, also trying to look as though he wasn't bothered.

"You know what we should do?" said Harry, "Follow it. Try and lock it in one of the dungeons - trap it, you know..."

If Ron had been hoping Harry was going to say, "Let's go back to the feast", he didn't show it. Locking up the troll was better than trying to fight it.

"Good idea," he said.

They crept down the passageway. The stench grew stronger as they reached the end. Very slowly, they peered around the corner.

174

There it was. It was shuffling away from them. Even from the back, it was a horrible sight. Twelve feet tall, its skin was a dull, granite grey, its great lumpy body like a boulder with its small bald head perched on top like a coconut. It had short legs thick as tree trunks with flat, horny feet. The smell coming from it was incredible. It was holding a huge wooden club, which dragged along the floor because its arms were so long.

They pulled their heads back out of sight.

"Did you see the size of that club?" Ron whispered. Neither of them could have lifted it.

"We'll wait for it to go into one of the chambers and then barricade the door," said Harry. He looked back around the corner.

The troll had stopped next to a doorway and was peering inside. Harry could see its face now; it had tiny red eyes, a great squashed nose and a gaping mouth. It also had long, dangling ears which waggled as it shook its head, making up its tiny mind where to go next. Then it slouched slowly into the chamber.

Harry looked around, searching -

"There!" he whispered to Ron, "See? On the wall there!"

A long, rusty chain was suspended about half way down the passageway. Harry and Ron darted forward and pulled it off its nail. Trying to stop it clinking, they tiptoed towards the open door, praying the troll wasn't about to come out of it -

Harry seized the door handle and pulled it shut: with trembling hands, they looped the chain around the handle, hooked it onto a bolt sticking out of the wall and pulled it tight.

"It'll take it a while to get out of that," Harry panted, as they pulled the chain back across the door and tied it firmly to a torch bracket, "Come

175

on, let's go and tell them we've caught it!"

Flushed with their victory they started to run back up the passage, but as they reached the corner they heard something that made their hearts stop - a high, petrified scream - and it was coming from the chamber they'd just chained up -

"Oh, no," said Ron, pale as the Bloody Baron.

"There's someone in there!" Harry gasped.

"*Hermione!*" they said together.

It was the last thing they wanted to do, but what choice did they have? Wheeling around they sprinted back to the door and ripped the chain off, fumbling in their panic - Harry pulled the door open - they ran inside.

「ロンとハリーが女子トイレでトロールに出くわす場面の描写は、この原稿では少し違っています。例えば、175ページの一番上の段落は、本では短縮され、文が2つになっています。また、この原稿では、ドアを固定するのに鎖を使うというアイディアが残っていますが、本では鍵をかけています」

ジョアナ・ノーレッジ

山トロール

これは、山トロール（学名は Troglodytarum alpinum）の予備スケッチです。J.K.ローリングの魔法界に生息するトロールは身長が４メートルにも達し、非常に力が強く、鈍感です。脳はとても小さいため、頭が混乱しやすく、すぐにかっとなります。性質は乱暴で、しかも人間の肉を好むため、魔法動物学者のニュート・スキャマンダーは「危険」と分類しています。ここに挙げたのは典型的なトロールで、体中がイボのようなもので覆われ、困惑したような目をしています。

山トロールのスケッチ
ジム・ケイ 作
ブルームズベリー社蔵

恐ろしい光景だった。背は４メートルもあり、花崗岩のような鈍い灰色の肌、岩石のようにゴツゴツのずんぐりした巨体、ハゲた頭は小さく、ココナッツがちょこんと載っているようだ。短い脚は木の幹ほど太く、コブだらけの平たい足がついている。

『ハリー・ポッターと賢者の石』

ポルターガイストのピーブズ

ピーブズは、ここでは目に見える形で描かれていますが、意のままに透明になることができます。ポルターガイスト（ドイツ語で「騒々しい幽霊」の意）は、一般的に邪悪な霊だとされています。この絵のピーブズは、先がくるりと丸まった靴を履き、蝶ネクタイを締め、水玉模様の帽子をかぶっていて、宮廷道化師のように見えます。この絵を描いたJ.K. ローリングは、きらりと輝くいたずらっぽい目を表現し、つり上がった眉で目を強調しています。ポルターガイストのいたずらは下品ですが、大成功することも多くあります。アンブリッジ教授を付け回して、教授が何か言うたびに、舌を出しておならのような音を出したのは、ピーブズらしい典型的ないたずらの一例です。

➤ ピーブズのスケッチ　J.K. ローリング 作（1991 年）
J.K. ローリング蔵

ほとんど首無しニック

これは、グリフィンドールのゴースト、ほとんど首無しニックをJ.K. ローリングが描いたもので、どうしたら「ほとんど首無し」になるのかを、ニック自身が見せています。ニックはゴーストなので、物を食べるといったささやかな楽しみがなく、ハリーが初めて参加したホグワーツの祝宴で、そのことを嘆きます。また、首を切り損ねられたために「首無し狩り」に参加できないことを恨みに思っています。J.K. ローリングは、本とは別の場で、ハリー・ポッターの世界のゴーストを、「魔女または魔法使いが死んだ後に、透明で3次元の痕跡が現世に存在し続けるもの」と定義しています。

◅ ほとんど首無しニックのスケッチ
J.K. ローリング 作（1991 年）
J.K. ローリング蔵

it was free: Harry's foot found the crook of its hind leg and he clambered up onto its back: its scales felt hard and rough as steel: it did not seem even to feel him. He stretched out an arm, Hermione grabbed it and he pulled her up onto the back, too; Ron climbed up behind them but Griphook was nowhere to be seen: he seemed to have vanished into crowd of the goblins but before Harry could locate him: the dragon realised it was free.

With a roar it reared: Harry dug in his knees, clutched with all his strength at the adamantine scales, and then the wings opened, knocking goblins aside as though they were ninepins, and it rose into the air, soaring towards the passage opening, and the goblins below could do nothing but throw daggers, which glanced off its flanks.

'We'll never get out, it's too big, much too big!' Hermione screamed, but the dragon opened its mouth again and a burst of flame such as Harry had never seen blasted the tunnels, whose floors and ceiling cracked and crumbled: and by sheer force the dragon clawed and fought its way forwards: Harry's eyes were tight shut against the heat and dust: deafened by the crashing of rock and the dragon's roars he could only cling to its back and pray: and then

Still the dragon was belching flame, whilst the goblins began clanking again, maddening its [illegible] it cornered into the wall.

↑ [this way]

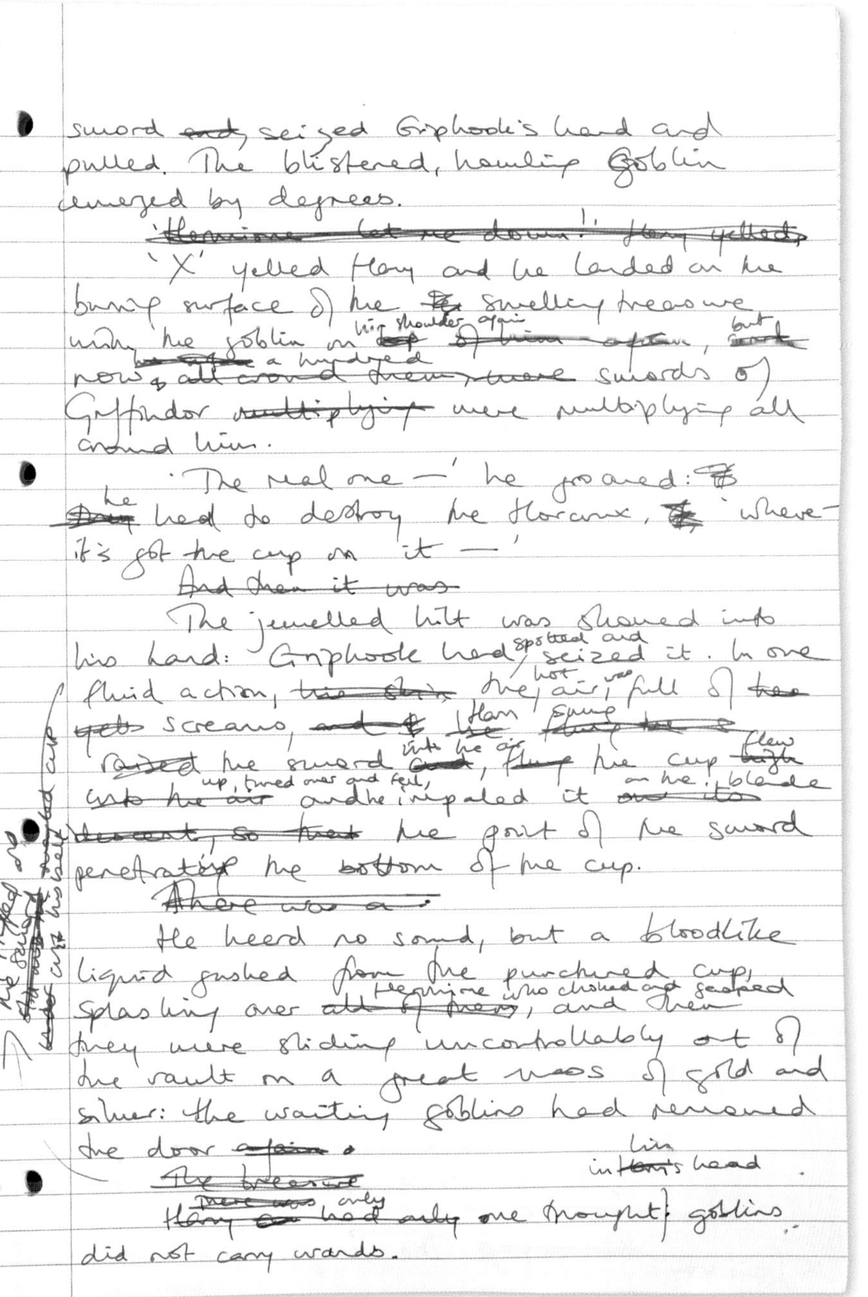

sword, seized Griphook's hand and pulled. The blistered, howling goblin emerged by degrees.

'X' yelled Harry and he landed on the bumpy surface of the swelling treasure with the goblin on his shoulder again, but now a hundred swords of Gryffindor were multiplying all around him.

'The real one —' he groaned: he had to destroy the Horcrux, 'where — it's got the cup on it —'

The jewelled hilt was shoved into his hand: Griphook had spotted and seized it. In one fluid action, the hot air was full of screams, Harry flung the sword into the air, the cup flew up, turned over and fell, and he impaled it on the blade the point of the sword penetrating the cup.

He heard no sound, but a bloodlike liquid gushed from the punctured cup, splashing over Hermione who choked and gasped, and then they were sliding uncontrollably out of the vault on a great mass of gold and silver: the waiting goblins had removed the door.

Harry had only one thought in his head: goblins did not carry wands.

グリンゴッツからの脱出

この手書き原稿は、『ハリー・ポッターと死の秘宝』でハリー、ロン、ハーマイオニーがドラゴンの背に乗ってグリンゴッツ銀行から脱出する場面を、初めて書いたものです。最初のページには、ドラマチックな脱出が描かれています。隅の小さな矢印は、この場面が前のページに続くことを示しています。線を引いて削除したり、左右の余白に文を追加したりした跡もたくさんあります。右側のページに書いてあるのは、分霊箱であるハッフルパフのカップをハリーが破壊する場面です。これは、ハリーたちがまだレストレンジ家の金庫にいるときに起こります。出版された本にはこの場面は登場せず、代わりにハーマイオニーがカップを破壊します。

「この原稿を見ると、本に出てくる場面が必ずしも順番に書かれていないことと、後で書き直された場面があることが分かります。」

ジョアナ・ノーレッジ
キュレーター

◁『ハリー・ポッターと死の秘宝』の初期の原稿
J.K. ローリング 作
J.K. ローリング蔵

「計画を練っているときは、いろいろなアイディアが同時に湧いてくることが多い。だから、アイディアが飛んできてそばを通り過ぎるときに、一番いいものを捕まえて、紙の上に残しておくようにしている。私のノートには、矢印と３つ並べた星印がたくさんある。これは、20分前に大急ぎで書き留めたアイディアを抜かして、４ページ先に行き、そこから話の筋を続けるという印だ」

J.K. ローリング

エチオピアのドラゴン

1572年5月13日、ローマ教皇グレゴリウス13世が任命されたのと同じ日に、ボローニャ近郊の田舎で、「奇怪なドラゴン」が発見されました。不吉な前兆とされたドラゴンの死体は、分析のため、教皇のいとこで著名な博物学者・収集家であるウリッセ・アルドロバンディに託されました。アルドロバンディは調査結果をすぐに書き上げましたが、それが発表されたのは60年近く後になってからであり、アルドロバンディの死後の1640年に『蛇竜誌』という題で出版されました。ハグリッドがノーバートを卵からかえすためにドラゴンのことについて調べていたときや、ハリーが三大魔法学校対抗試合に向けて、図書室でドラゴンに関するありとあらゆる本を引っ張り出していたときに必要だったのは、このような本だったのかもしれません。

ウリッセ・アルドロバンディ著『SERPENTUM ET DRACONUM HISTORIAE（蛇竜誌）』（ボローニャ　1640年）
大英図書館蔵

「アルドロバンディの研究論文には、ヘビ、ドラゴン、その他の怪物の詳しい記述があり、気質や生息地が説明してあります。ここに描かれているのはエチオピアのドラゴン2種で、背の盛り上がり方で区別することができます」

アレクサンダー・ロック
キュレーター

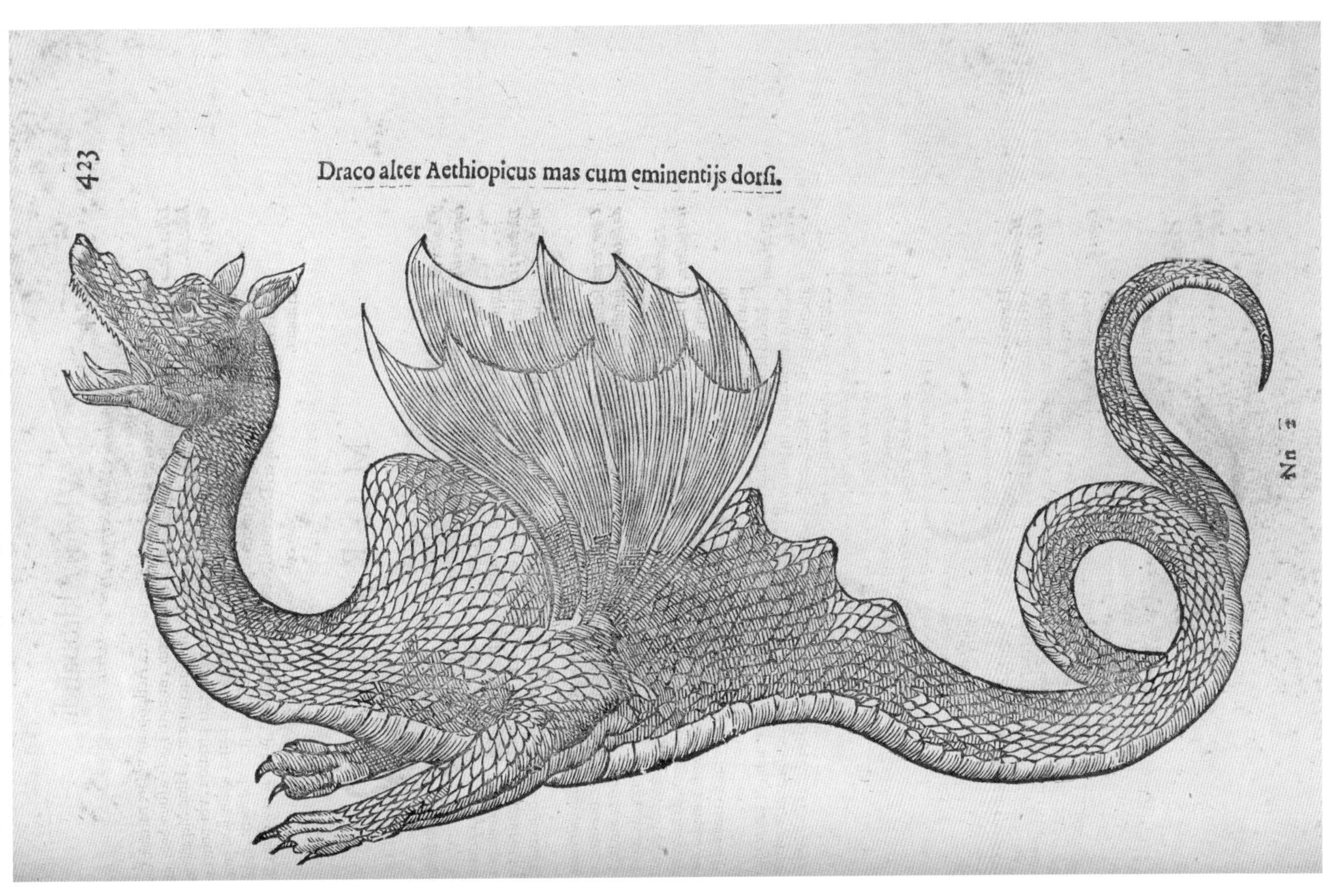

ドラゴンはおそらく最も有名な魔法動物であり、隠すのがまた1番難しい動物のひとつ。一般的に雌の方が雄より大きく、より攻撃的であるが、どちらにしても訓練を受けた熟達の魔法使い以外は、近づいてはならない。

『幻の動物とその生息地』

日本の竜

竜は、さまざまな日本の神話や民間伝承に登場します。竜は大型でヘビのような形をし、翼はなく、足にかぎ爪があるものが一般的です。竜と水には密接な関係があり、日本には竜に関わる言い伝えを持つ川や湖が多くあります。竜の中でも最も重要で海の支配者である竜神は、海の中の宮殿に住むと信じられ、多くの伝説に登場します。この日本の百科事典『訓蒙図彙』（1666年出版）では、竜などの神話上の生き物と実在する生き物が並べて説明してあり、神話上の生き物も自然界の一部だと見なされていたことが分かります。

『訓蒙図彙』に描かれた竜（日本 1666年）
大英図書館蔵

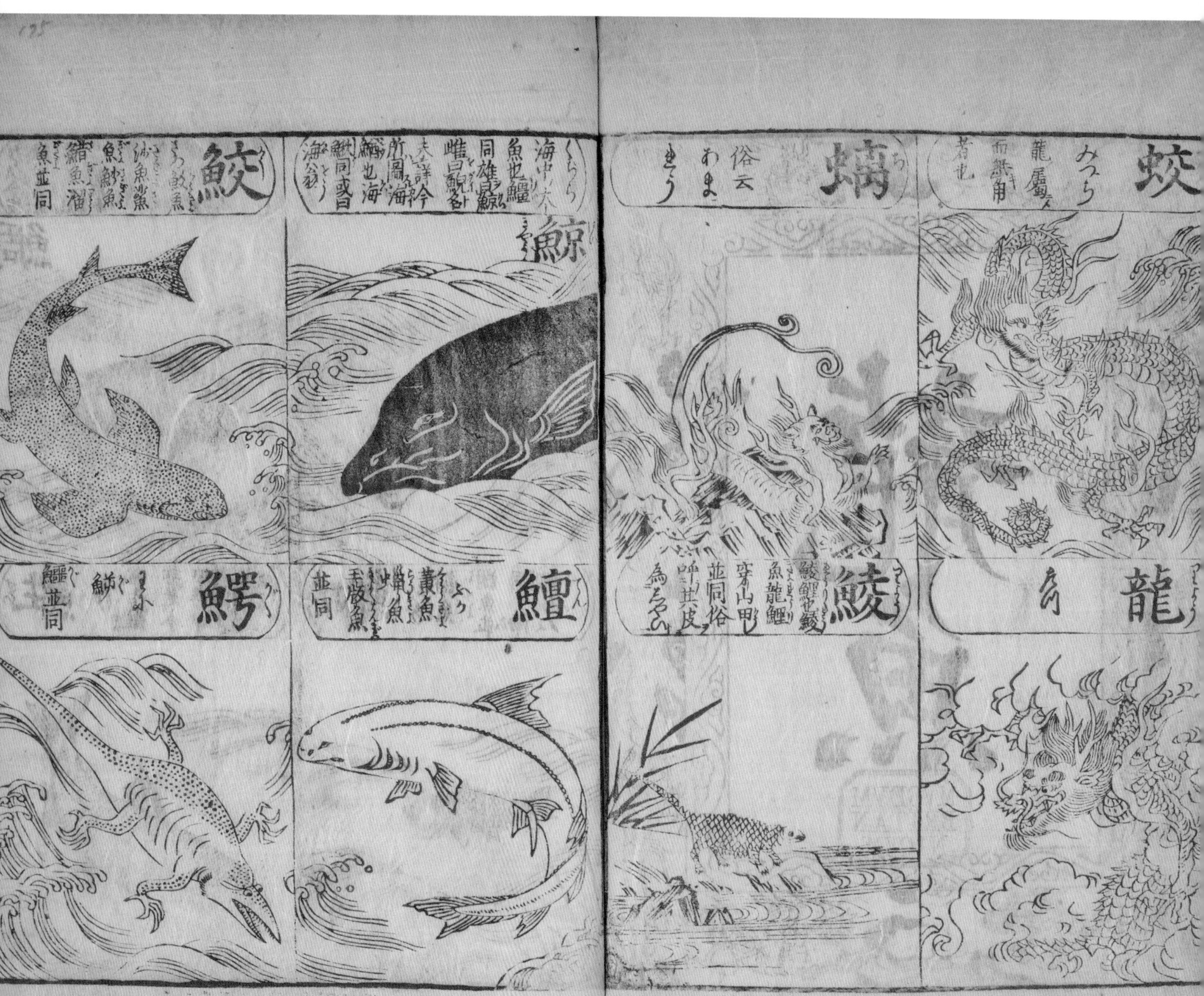

疑惑に包まれた竜

この竜のミイラは、1682年に大阪の瑞龍寺が、裕福な商人から河童と人魚のミイラとともに奉納を受けたものです。これらのミイラについては、浜辺で発見されたとか、竜のミイラは中国の百姓から購入したものだとか、さまざまな話や噂がありますす。この百姓は、竜が死にかけているのを見て棒でたたいて殺し、死体を袋に入れて日本にこっそり持ち込んだと語っていたとされています。残念ながら、ミイラの出どころを記録した文書は、1945年の大阪大空襲による火事で焼失したため、これらのミイラの謎は永遠に解けることはないでしょう。この竜には、かぎ爪の付いた４本の足とヘビのような胴体があるのが見えます。中国の竜と同じように、日本の竜には翼はありませんが空を飛ぶことができます。

竜ミイラ（日本 1682年寄贈？）
瑞龍寺（通称・鉄眼寺）蔵

突然キーッと引っかくような音がして卵がパックリ割れ、赤ちゃんドラゴンがテーブルにポイと出てきた。かわいいとはとても言えない。シワくちゃの黒いこうもり傘のようだ、とハリーは思った。

『ハリー・ポッターと賢者の石』

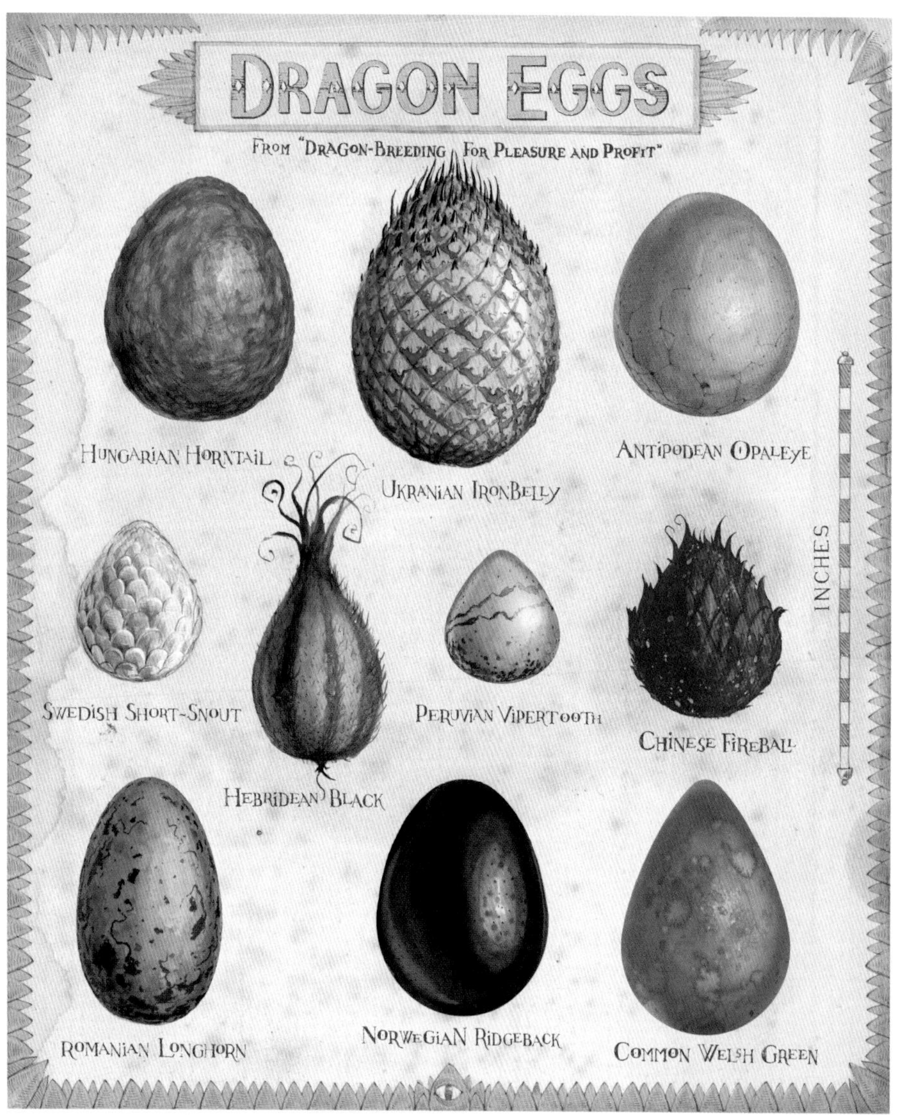

ドラゴンの卵

ハリー・ポッターの世界に生息するドラゴンの種類はとても豊富で、ジム・ケイによるドラゴンの卵のスケッチにもそれが表れています。このスケッチでは、まず卵の形を描いて下地の色を塗ってから、細かい部分を足し、斑点模様を重ねて仕上げてあります。卵の大きさを示すスケールを見ると、最小の卵は長さ約15センチメートル（ダチョウの卵とほぼ同じ大きさ）、最大の卵は38センチメートルにもなります。卵の外見は、単純でありふれたようなものもありますが、紛れもなく魔法界の卵だと分かるものもあります。ニュート・スキャマンダーはもちろん、このさまざまな種類の卵をよく知っていたことでしょう。

◁ ドラゴンの卵
ジム・ケイ 作
ブルームズベリー社蔵

見事なフクロウ

ホグワーツの１年生は、猫、フクロウ、またはヒキガエルを学校に持ってきてよいことになっていました。これはどれも強力な使い魔であり、魔法の歴史の上で重要な動物です。『ハリー・ポッターと賢者の石』で、ハグリッドはハリーに美しい雌のシロフクロウを買ってやり、ハリーはそれをヘドウィグと名付けました。シロフクロウは北極地方原産で、羽が白いため、白い風景によく溶け込みます。雌のシロフクロウ（この絵では奥）の羽には、雄より斑点が多くあります。１組のつがいのシロフクロウを描いたこの絵は、ジョン・グールド著『The Birds of Europe（ヨーロッパ鳥類図譜）』に収録されています。この堂々としたシロフクロウの絵を描いたのは、若きエドワード・リアです。リアは後に、「ふくろうと猫」などのナンセンス詩を書いたことで有名になりました。ジョン・グールドはリアを雇い、数巻から成る著書の挿絵のデッサンを描かせました。挿絵の仕上げは、グールドの妻エリザベスが行いました。

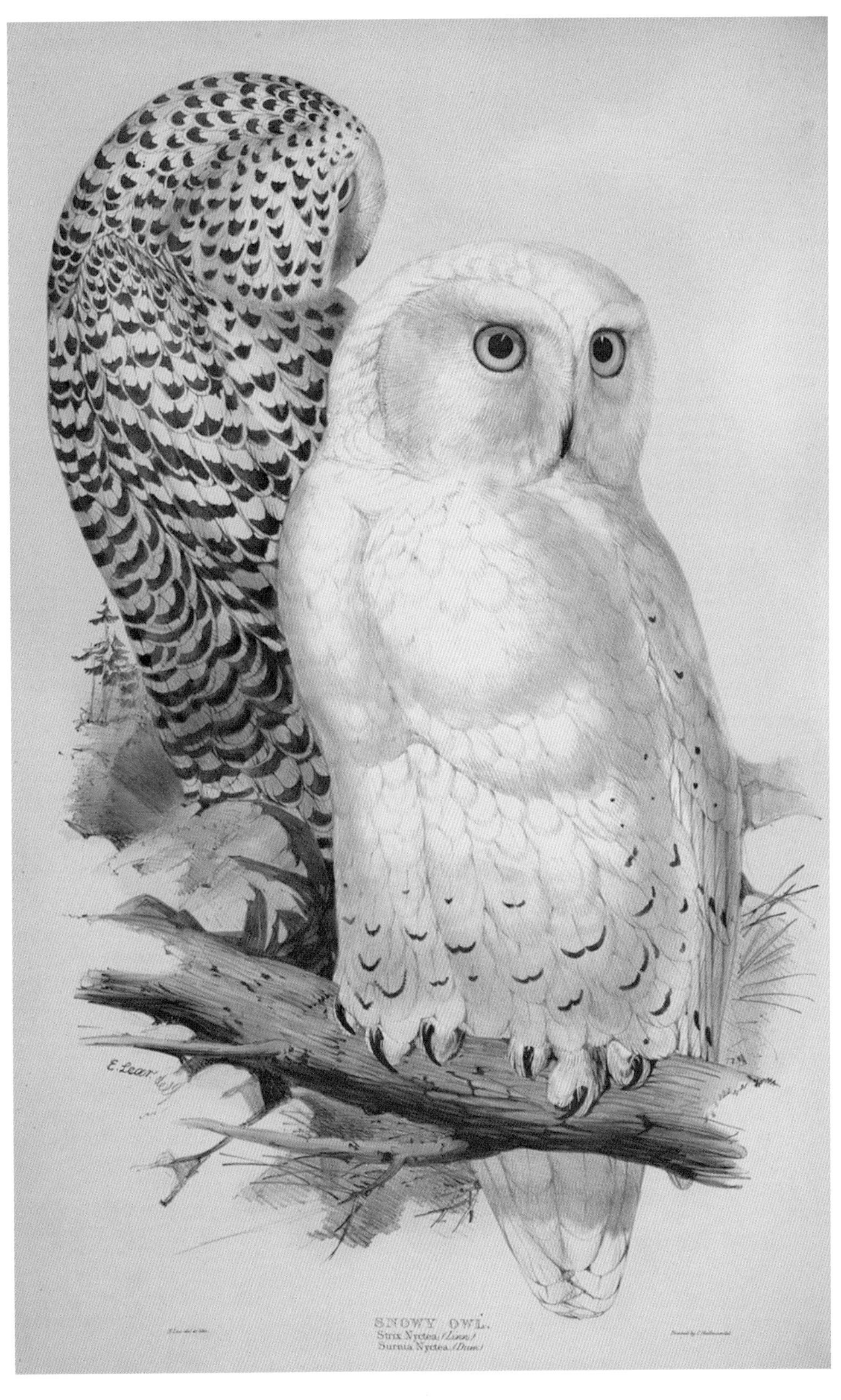

➢ シロフクロウ　エドワード・リア 作
ジョン・グールド著『The Birds of Europe（ヨーロッパ鳥類図譜）』より（ロンドン 1837 年）
大英図書館蔵

「シロフクロウは、北米とユーラシアの北極地方原産で、羽が白いため、白い風景によく溶け込みます。この絵で奥に止まっている雌のシロフクロウの羽には、雄より斑点が多くあります」

ターニャ・カーク
キュレーター

ずる賢い猫

コンラート・ゲスナーはスイスの博物学者で、著書『Historiae Animalium（動物誌）』は、動物学について書かれたごく初期の印刷物のひとつに数えられています。ゲスナーは写実的な木版画を使って、記述する動物の挿絵を描き、識別を助けるため細部まで詳細に描写しました。ここが、それ以前の動物寓話集とは違うところです。猫は当時から悪者扱いされていました。この本では、猫は「ingenium calliditas（狡猾な性質）」を持っているとされています。ゲスナーの作品を初めて英語に翻訳したエドワード・トプセルは、「魔女の使い魔は、たいていの場合、猫の形をしている。したがって、猫は心身にとって危険である」と書いています。また、ゲスナーは別の本で、「人間は、猫を見ると力を失い、ひどく汗をかき、失神まですることが分かっている」と主張しています。

➢ コンラート・ゲスナー著『HISTORIAE ANIMALIUM（動物誌）』（チューリヒ 1551 ～ 87 年）
大英図書館蔵

何かがハリーの足のくるぶしをかすめた。見下ろすと、管理人フィルチの飼っている、骸骨のように痩せた灰色の猫、ミセス・ノリスが、こっそり通り過ぎるところだった。一瞬、ランプのような黄色い目をハリーに向け、「憂いのウィルフレッド」の像の裏へと姿をくらました。

『ハリー・ポッターと不死鳥の騎士団』

De Cato. A. Lib. I. 345

uulgò hodie apud Græ-
ta, gatto. Hispanicè gá-
t. Germanicè katz. An-
czka. Furioz apud Al-
cato legitur, quod no-
sumptum puto, & Ara-
n esse: Albertus signifi-
rauit, & alicubi pro ca-
ice, ut supra dixi, ine-
d catũ esse constat, quo-
bi Aristoteles de ęluro;
iusdem forsan originis
n furo, quod uiuerram
generem feli. Aegyptij
cant, Stephanus: Hinc
to ciuitati in Aegypto:
bastin appellat: sacras
habebant, ut infra di-
lumellam (lib. 8. cap. 3.)
cap. 12.) feles accipi ui
enim uulgus appellat
cimè infestam noxiãq;
ta contrucidantẽ, Phi-
eles Varronis & Colu
marturellus uidetur,
ibi, felis est, inquit, quę
a: ictis, marturus uel
a uerò, donula. Sed de
stela dicam. Meles a-
um, puto esse id quod
marturellum appellat,
n litera M. in Enarra-
uocum: citat aũt Var-
st. lib. 3. cap. 12. ubi sic
n ignorat septa è mace-

in leporario, ut tectorio tecta sint, & sint alta. Alterum ne feles, aut meles, aliáue
ossit: alterum, ne lepus transilire. Ego Ge. Alexandrinum felem interpretari uo-
memoria melem (quem suo loco taxum uulgò dictum esse docebo) posuisse pu-
o siue domestico siue syluestri apud ueteres authores semper acceperim. Errant
nt martem dici, Perottus. ¶ Γαλῆ Græcis mustelam significat, diuersum à fele
robat Perottus in Cornucop. Recentiores tamen quidam Græci, ut Galeomyo-
b ijs decepti quidam Latini, γαλῆ pro cato accipiunt. Sunt sanè quędam horum
& cati, naturis communia, ut corporis ferè figura, & ingenium: calliditas, ui-
enatus: utrunq; fœtus suos ore de loco in locum transfert, ut & canes interdum:
non solum γαλῆ simpliciter, sed sæpe γαλῆ κατοικίδιον, id est domesticam, & in
uersantem uocitant: sunt autem ubiq; cati domestici, mustelæ nimirum nõ item:
occasio fuisse illis uidentur, qui galen pro cato interpretantur. Miror autẽ non
atus est apud ueteres Græcos, quo nomine mustelam ijdem appellarint. Michael
iræcis scholijs in lib. 3. de gener. animal. cap. 29. γαλῆ exponit catam, ut refert
za γαλῆ non semper mustelam transfert, sed aliquando catum: ut galen agrian,
larcellum Vergilium quoq; mustelam domesticam, felem existimasse, apparet
s in Dioscoridis caput de mustela domestica, & in caput de lychnide. Feles ge
abet: mustela, ictis, lupus & uulpes habent, Sipontinus. Mustelæ hyeme cubant,
ur, Aristot. Hoc mustelis accidere (inquit Sipontinus) compertum est: quod ipsi
unc usum utriusq; generis (paruis & magnis, siue domesticis & rusticis) muste-
ti sumus: hoc cati non faciunt, sed neq; in cauernis uersantur, nec ingredi eas fa-
rent aues: quorum utrunq; mustelis tribuitur. Plinius certe pro æluro ex Aristo-
ddit, pro gale mustelam. Hæc si cui non satisfaciunt, collatis cati quam hic tradi-
M. litera, historijs, ipse iudicet. Carolus Figulus uir eruditus utraq; lingua, dialo-
idit, in quo similiter ęluron pro fele, galen pro mustela semper exponi debere con
t. in prouerbijs Γαλῆ ταρτησσία, & γαλῆ κροκωτόν, pro gale felẽ posuit, dubitando ra
, his uerbis: Porrò uox hæc gale, felémne significet an mustelam, an quem uulgò

やっと、汽車はホグズミード駅で停車し、みんなが下車するのでひと騒動だった。ふくろうがホーホー、猫はニャンニャン、ネビルのペットのヒキガエルは帽子の下でゲロゲロ鳴いた。

『ハリー・ポッターとアズカバンの囚人』

A J. B. フォン・スピックス著『Animalia nova, sive species novæ testudinum et ranarum, quas in itinere per Brasiliam annis 1817-1820 … collegit, et descripsit（新しい動物または新種のカメおよびカエル）』（ミュンヘン　1824年）
大英図書館蔵

毒ガエル

ヒキガエルは昔から不思議な民話に登場し、天気を予知する、幸運をもたらすなど、さまざまな能力を持っているとされてきました。また、ヒキガエルは民間療法でよく使われ、イボにヒキガエルをすりつけると治ると言われていましたが、その前にヒキガエルを串刺しにし、死ぬまで放置しなければ、効かないとされていました。ドイツの生物学者、ヨハン・バプティスト・フォン・スピックスは、1817年から1820年にかけてブラジルを訪れ、ここに挙げたヒキガエルについて記述しました。このヒキガエルは「Bufo lazarus」（オオヒキガエル）という種で、英語では「cane toad」、「giant marine toad」とも呼ばれています。オオヒキガエルは世界最大のヒキガエルで、手足に水かきがなく、虹彩が茶色く、皮膚の表面に毒腺が点在するのが特徴です。毒腺からは、乳白色の毒が分泌されます。オオヒキガエルには、犬など多くの動物にとって危険だという問題があります。ホグワーツでネビル・ロングボトムが飼っていたヒキガエルのトレバーは、これよりずっと害が少ないようです。

「ヒキガエルは、一般的な病気を治す薬として、昔の民間療法でよく使われました。イボにヒキガエルをすりつけると治ると言われていましたが、その前にヒキガエルを串刺しにし、死ぬまで放置しなければ、効かないとされていました」

ジョアナ・ノーレッジ
キュレーター

アラゴグに遭遇するロンとハリー

クモが一番怖いという人が、恐ろしいクモ、アクロマンチュラに出合ったら、どんな気持ちになるでしょうか？ ジム・ケイが描いた恐ろしいアクロマンチュラの絵は、禁じられた森でハリーとロンが出くわした肉食グモの気味の悪い体を、細部まで徹底的に描写しています。背景には何百というクモの脚があり、周りにいくつも突き出ている木と見分けがつかなくなっています。ハリーの杖の明かりには、クモの糸が白く光っています。このクモの集団を作った始祖はアラゴグで、目がたくさんあり、毛むくじゃらの脚もたくさんあります。この絵は、水彩画の色合いを重ね、加工して仕上げています。

◁ アラゴグ　ジム・ケイ作
ブルームズベリー社蔵

小型の象ほどもある蜘蛛がゆらりと現れた。胴体と脚を覆う黒い毛に白いものが混じり、ハサミのついた醜い頭部にある目はどれも白濁していた。

『ハリー・ポッターと秘密の部屋』

鳥を食べるクモ

マリア・ジビラ・メーリアンは、先駆的な博物学者・動物挿絵画家で、南米の昆虫の画期的な研究が高く評価されています。メーリアンは、1699年から1701年まで、オランダの植民地だったスリナムで研究活動を行いました。ここに挙げたクモ綱の絵は、この本のためにスリナムで描いたものです。スリナムに行く人は非常に珍しく、ヨーロッパ人女性が研究旅行を率いたのは、メーリアンが初めてだったとされています。「まだ少年だった」ときにアラゴグの面倒を見たハグリッドのように、メーリアンが昆虫に魅せられるようになったのは子供のころです。メーリアンがスリナムで初めて出合った種の多くは、西洋科学界ではまだ知られていませんでした。

➢ マリア・ジビラ・メーリアン著『METAMORPHOSIS INSECTORUM SURINAMENSIUM（スリナム産昆虫変態図譜）』（アムステルダム 1705年）
大英図書館蔵

「鳥を食べるこの巨大なクモの絵をメーリアンが発表したとき、男性の研究者たちは、メーリアンを夢想家だと非難しました。それでも、手彩色のメーリアンの本はよく売れました。しかし、鳥を食べるこのクモが本当に存在するということがやっと受け入れられたのは、1863年になってからでした」

アレクサンダー・ロック
キュレーター

ヒッポグリフのバックビーク

ジム・ケイがこの挿絵で描いたヒッポグリフのバックビークは、大好きな飼い主のベッドを乗っ取っています。かぎ爪の下には、おやつ用のケナガイタチの死体があります。ハグリッドは、バックビークをつないでおくように魔法省から命令を受けましたが、「ビーキー」をつないで雪の中に独りきりにしておくことに耐えられませんでした。ハグリッドの小屋の中は、コーク・アビーという田園邸宅の敷地内に実在する庭師の小屋を基に描かれています。「ヒッポグリフ」という言葉は、古代ギリシャ語の「馬」とイタリア語の「グリフィン」という言葉から来ています。ワシの頭とライオンの下半身を持つグリフィンは、ヒッポグリフの祖先だと言われています。

A ヒッポグリフのバックビーク　ジム・ケイ 作
ブルームズベリー社蔵

狂えるオルランド

ルドビコ・アリオストは1516年に、叙事詩『Orlando Furioso（狂えるオルランド）』で、ヒッポグリフについて史上で初めて記述しました。この詩は、ローマの著述家ウェルギリウスに触発されたものです。ウェルギリウスは、馬とグリフィンの交配を、不運な恋の不合理さを表す比喩に使い、これが『狂えるオルランド』の主題となっています。この18世紀の挿絵では、騎士のルッジェーロが、乗っていたヒッポグリフを木につないだところが描かれています。ルッジェーロは知らなかったのですが、実はこの木は、別の騎士が邪悪な魔女によって姿を変えられていたものでした。背景には、魔女の奇怪な子分たちが近付いてくるのが見えます。

◁ ルドビコ・アリオスト著『ORLANDO FURIOSO（狂えるオルランド）』（ベネチア　1772～3年）
大英図書館蔵

「この豪華版の『狂えるオルランド』は、ベラム（子牛の皮）に印刷されています。かつてはジョージ3世が所有していました」

アレクサンダー・ロック
キュレーター

一角獣狩り

紀元前400年ごろに、ギリシャの医師、クテシアスが一角獣（ユニコーン）の薬効について初めて記述して以来、謎の動物、一角獣は人間の猟師を魅了してきました。2本の角を持つ一角獣「ピラスーピ」を殺して皮をはぐところを描いたこの絵は、フランスの王室医、アンブロワーズ・パレの研究論文に出ています。当然のことながら、猟師たちは残酷そうに描かれています。『賢者の石』でフィレンツェがハリーに言ったように、「ユニコーンを殺すなんて非情きわまりないこと」なのです。

➢ アンブロワーズ・パレ著『DISCOURS D'AMBROISE PARÉ, CONSEILLER, ET PREMIER CHIRURGIEN DU ROY. ASÇAVOIR, DE LA MUMIE, DE LA LICORNE, DES VENINS, ET DE LA PESTE（ミイラ、一角獣、毒、ペストに関する説）』（パリ 1582年）
大英図書館蔵

ユニコーンは北ヨーロッパの森全体に生息する美しい動物である。完全に成長すると、純白で角が生えた馬になる。仔馬は初めのうちは黄金色であるが、成熟する前に銀色にかわる。

『幻の動物とその生息地』

ライオンのような一角獣

この変わった一角獣は、16 世紀のギリシャ語で書かれた写本に出てきます。添えられた文章は、東ローマ帝国の詩人マヌエル・フィレスが作った、自然界に関する詩です。この詩によると、一角獣は、かまれると危険な野獣であり、イノシシの尾とライオンの口を持っています。このような一角獣に出合ったら、捕まえるには女性にわなを仕掛けてもらうしかありません。これは、一角獣を捕まえるのは処女でなければならないとする中世の民間伝承と一致しています。一角獣は、処女のひざに頭を載せて眠ってしまい、狩人が忍び寄っても気付かないとされていました。

➢ マヌエル・フィレス著『ON THE PROPERTIES OF ANIMALS（動物の性質について）』（パリ　16 世紀）
大英図書館蔵

５種の一角獣

『Histoire Générale des Drogues（薬剤全史）』は、17 世紀によく使われていたさまざまな薬の材料について書かれた、実践的な手引書です。著者はパリの薬剤師で、フランスのルイ 14 世の筆頭薬剤師を務めたピエール・ポメーです。一角獣に関する章で、ポメーは一角獣が存在するかどうかについて断言せず、「そのことについての真相は分からない」と述べています。しかし、一般に一角獣の角として売られているものが「イッカクと呼ばれる魚の角」であるということは認めています。一角獣の角は、素性が何であっても、「主に毒に対して大きな効果があるとされているため、よく使われている」とポメーは述べています。

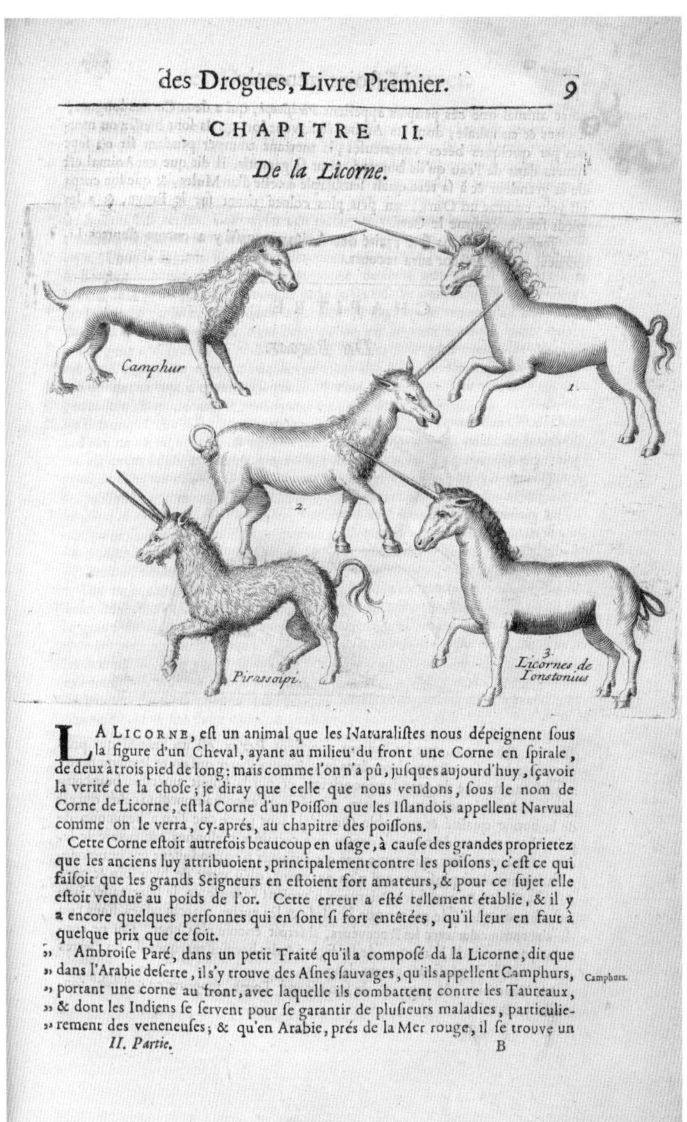

des Drogues, Livre Premier. 9

CHAPITRE II.

De la Licorne.

LA LICORNE, eſt un animal que les Naturaliſtes nous dépeignent ſous la figure d'un Cheval, ayant au milieu du front une Corne en ſpirale, de deux à trois pied de long: mais comme l'on n'a pû, juſques aujourd'huy, ſçavoir la verité de la choſe; je diray que celle que nous vendons, ſous le nom de Corne de Licorne, eſt la Corne d'un Poiſſon que les Iſlandois appellent Narvual comme on le verra, cy-aprés, au chapitre des poiſſons.

Cette Corne eſtoit autrefois beaucoup en uſage, à cauſe des grandes proprietez que les anciens luy attribuoient, principalement contre les poiſons, c'eſt ce qui faiſoit que les grands Seigneurs en eſtoient fort amateurs, & pour ce ſujet elle eſtoit venduë au poids de l'or. Cette erreur a eſté tellement établie, & il y a encore quelques perſonnes qui en ſont ſi fort entêtées, qu'il leur en faut à quelque prix que ce ſoit.

» Ambroiſe Paré, dans un petit Traité qu'il a compoſé da la Licorne, dit que
» dans l'Arabie deſerte, il s'y trouve des Aſnes ſauvages, qu'ils appellent Camphurs, Camphurs.
» portant une corne au front, avec laquelle ils combattent contre les Taureaux,
» & dont les Indiens ſe ſervent pour ſe garantir de pluſieurs maladies, particulie-
» rement des veneneuſes; & qu'en Arabie, prés de la Mer rouge, il ſe trouve un

II. Partie. B

◀ ピエール・ポメー著『HISTOIRE GÉNÉRALE DES DROGUES, TRAITANT DES PLANTES, DES ANIMAUX ET DES MINERAUX（薬剤、薬草、動物、鉱物全史）』（パリ　1694 年）
大英図書館蔵

「ポメーの文章には、５種の一角獣の絵が添えられています。このうち２種は、カンフュール（アラビア産の角のあるロバ）とピラスーピ（２本の角を持つ一角獣）で、あとの３種は、1632 年にジョン・ジョンストーンによって記載された名称不明の種です」

アレクサンダー・ロック
キュレーター

「ハリー・ポッター、ユニコーンの血が何に使われるか知っていますか？」
「ううん」ハリーは突然の質問に驚いた。「角とか尾の毛とかを魔法薬の時間に使ったきりだよ」

『ハリー・ポッターと賢者の石』

不死鳥のフォークス

ハリー・ポッターが初めて不死鳥のフォークスに出合ったのは2年生のとき、ダンブルドアの校長室でした。その日はちょうど「燃焼日」で、フォークスはまさにハリーの目の前で炎に包まれ、灰から生まれ変わりました。その後、完全に成長したフォークスは、秘密の部屋までハリーを助けに来ました。ジム・ケイによる見事なフォークスの絵は、羽の鮮やかな赤や金色をとらえ、ページの表面を舞って端から飛び立つかのようです。また、羽根、卵、目の細部も描かれていますが、これらは最終的な段階で、絵に合成されました。

➢ 不死鳥のスケッチ　ジム・ケイ 作
ブルームズベリー社蔵

「1本の不死鳥の羽根を描いたジム・ケイの繊細なスケッチは、さまざまな色の交じり合い方を示しています。これは、不死鳥ほど珍しくないマガモなどの鳥に似ています」

ジョアナ・ノーレッジ
キュレーター

炎からの復活

この13世紀の動物寓話集は、不死鳥について挿絵付きで細部まで見事に描写しています。不死鳥の最も不思議な特性は、老いたら生まれ変わることです。不死鳥は、自らを火葬するために枝などの植物を積み重ね、翼で炎をあおって焼死し、3日間が過ぎると灰の中からよみがえるとされていました。伝説的なこの能力は、キリストの自己犠牲と復活によく例えられてきました。一部の言い伝えでは、不死鳥は、敬虔なキリスト教徒の永遠の命を表します。

中世の動物寓話集に描写された不死鳥（イングランド　13世紀）
大英図書館蔵

「不死鳥は半神話的な鳥で、目撃されたことはほとんどなく、ニュート・スキャマンダーによると、不死鳥を飼い慣らした魔法使いはほとんどいません。この動物寓話集には、不死鳥がアラビアに生息すると書かれていますが、ニュート・スキャマンダーは、エジプト、インド、中国という広い地域に分布するとしています」

ジュリアン・ハリソン
主任キュレーター

その間に鳥は火の玉となり、一声鋭く鳴いたかと思うと、次の瞬間、跡形もなくなってしまった。一握りの灰が床の上でぶすぶすと煙を上げているだけだった。

『ハリー・ポッターと秘密の部屋』

22 De prodigiis

gustis, nigris, duritia cornea, cui pedes nulli. Perpetuo uolat, nec usq̃ quiescit, nisi in arbore aliqua (ab altera delongis illis setis ramo implicata pendens.) Nulla nauis tam uelox, aut tam procul à continente, quam nō circumuolare possit. Huius descriptionem elegantissimam leges apud Cardanum de subtilitate lib. 10. ac Gesnerum auium historiæ lib. 3.

Phœnix.

PHœnicē unū in toto orbe habet Arabia, aquilæ magnitudine, auri fulgore circa collū, cętera purpureū, cauda cærulea, roseis pennis distincta, facie cristis ornata, & plumeo apice caput honestante. Quorundam est opinio, neminē extitisse, qui uiderit uescentem. Sacer est soli. Viuit annos 660. Senescēs casia thurisq́; surculis cōstruit nidum, quem odoribus replet, & accensis iam ignis flammis emoritur. Ex ossibus deinde, medullis ac cinere nascitur uermiculus, inde fit pullus, quę priori funeri iusta reddens, totum nidum defert in urbem quandā Panchaiæ soli sacrā, ibiq́; in ara deponit. Plinius ait allatū fuisse Phœnicem in urbē Romā Claudij principis censura, anno urbis 800.

AEgyptus pelicanū auē, quę ubi pullos suos necatos uidet à serpētibus, latus sibi fodit rostro, & educto sanguine uitā restituit mortuis. Hieronymus, Pelicani, inquit, quum suos à serpēte filios occisos inueniunt, lugent, seq́; & sua latera percutiūt, & sanguine

驚くべき鳥

これは、珍しい自然現象や不思議な自然現象をまとめた「ワンダーブック」という種類の本です。年代を推定することが可能な珍しい出来事を記録することによって、その意味を解明し、世界の歴史を筋道立てて理解できるようにするのが、このような本の目的です。この本は、不思議な出来事や発見について記述し、彗星、地震、想像上の動物、珍しい動物などを、歴史上の大災害の予兆として描写しています。また、木版画を多数使用して、出来事や動物について説明しています。

◁ 不死鳥　コンラッド・リュコステネス著『Prodigiorum ac ostentorum chronicon, quae praeter naturae ordinem ... ab exordio mundi ... ad haec ... tempora, acciderunt ...（驚異と予兆の年代記）』より（バーゼル 1557年）

大英図書館蔵

「木版は別の本に再利用されることも多くあり、そうすることでこのような本の制作費を節約することができました。この不死鳥の項目では、ローマの著述家プリニウスなど、さまざまな古代の情報源をもとに不死鳥について説明し、木版画の挿絵で不死鳥が炎から復活する様子を示しています」

ジョアナ・ノーレッジ
キュレーター

イランのサンダーバード、シームルグ

不死鳥や、その仲間である北米のサンダーバードと同じように、イランのシームルグの正確な形態や性質は大きな論争の的になっています。イスラム前のイランで伝統的に描写されていたシームルグは、さまざまな動物を合わせた生き物で、歯をむいてうなる犬の頭部を持ち、耳は前を向き、翼とクジャクのような尾を持っていました。一方、ペルシャ文学では、シームルグは通常、渦を巻いた不思議な尾羽を持ち、空を飛ぶところが描写されました。文学に登場するシームルグの最も有名な話では、シームルグは、捨てられた赤ん坊のザール（後に偉大な英雄となる）を山の頂上で育てた後、この絵にあるように、人間界の父親のもとに返しました。シームルグは、ザールに３本の魔法の羽根を贈り、困ったときに助けを呼ぶのに使うよう言いました。その後、シームルグは鳥の王として、イスラム神秘主義において神を象徴する存在になりました。

➢ アブルカシム・フィルドウスィー著『シャーナーメ（王書)』(イラン 1640 年）
大英図書館蔵

「この絵には署名がありませんが、ムハンマド・ユスフの作品だと思われます。ユスフは、サファヴィー朝時代の有名な画家で、この写本の６点の絵に署名があります」

アースラ・シムズ＝ウィリアムズ
キュレーター

本物の人魚

人魚が実在するという証拠がもし必要となった場合には、これが証拠となります。これは日本の人魚で、このようなものは何百年も前から神社に飾られていましたが、19 世紀になるまでその存在は日本国外には知られていませんでした。そのころ、ヨーロッパ人は「珍品」としてこれらの収集を始め、伝説的な生き物が存在する証拠として飾るようになりました。人魚のミイラは、魚の一部と猿の一部を木と張り子でつなげて作ったものが一般的でした。残念ながら、この人魚もおそらく本物ではなく、出どころははっきりしていません。八百比丘尼（はっぴゃくびくに）に関する言い伝えでは、人魚が漁師につかまえられ、その肉が集まりで食事として出されました。人々は人間の顔が付いていることに気付き、食べようとしませんでしたが、酔っ払ったひとりの男が肉を家に持って帰り、娘に食べさせると、娘は年を取らなくなりました。

▽ 人魚ミイラ（日本　1682年寄贈？）
瑞龍寺（通称・鉄眼寺）蔵

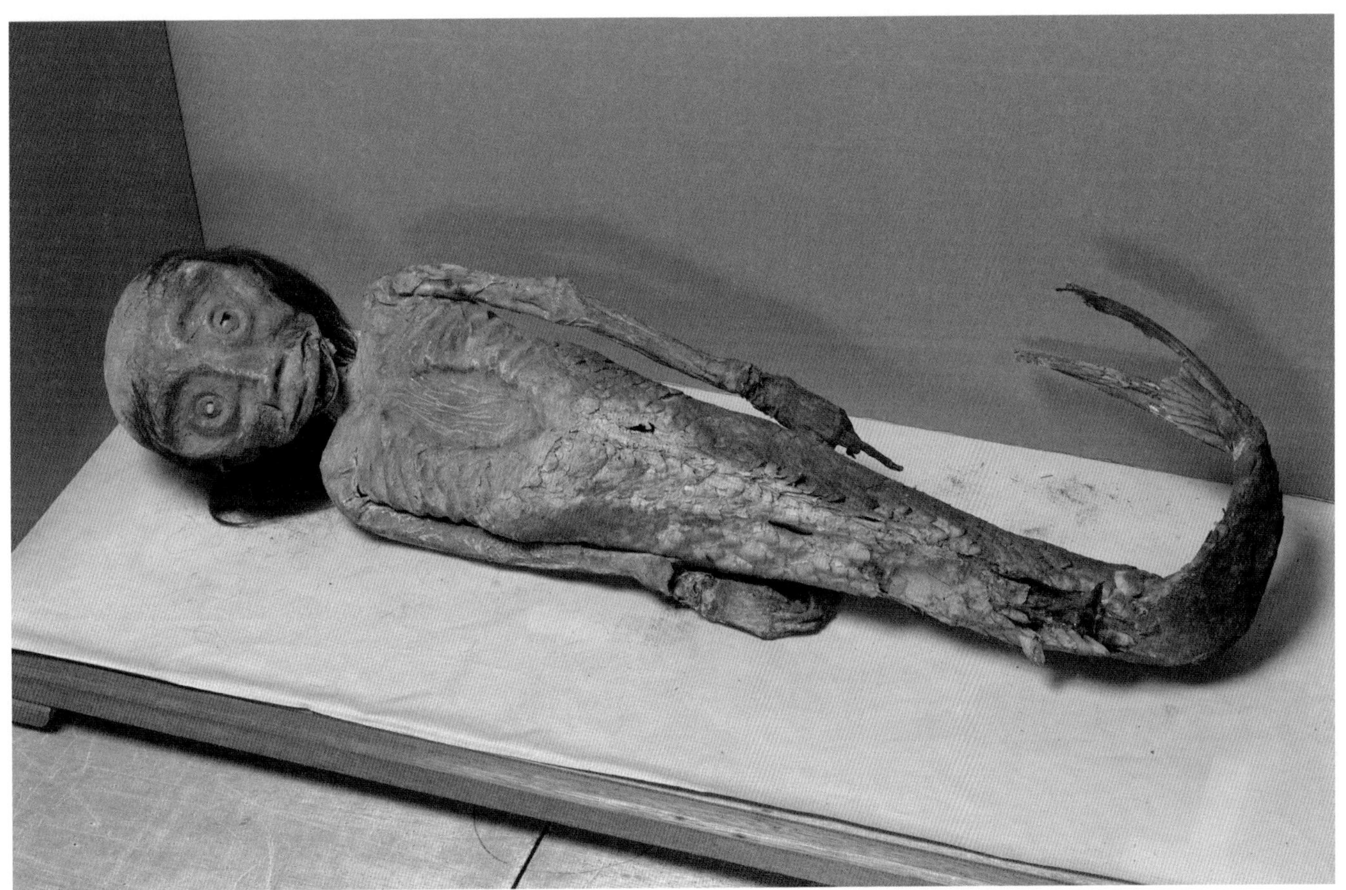

水中人の肌は灰色味を帯び、ボウボウとした長い暗緑色の髪をしていた。目は黄色く、あちこち欠けた歯も黄色だった。首には丸石をつなげたロープを巻きつけていた。

『ハリー・ポッターと炎のゴブレット』

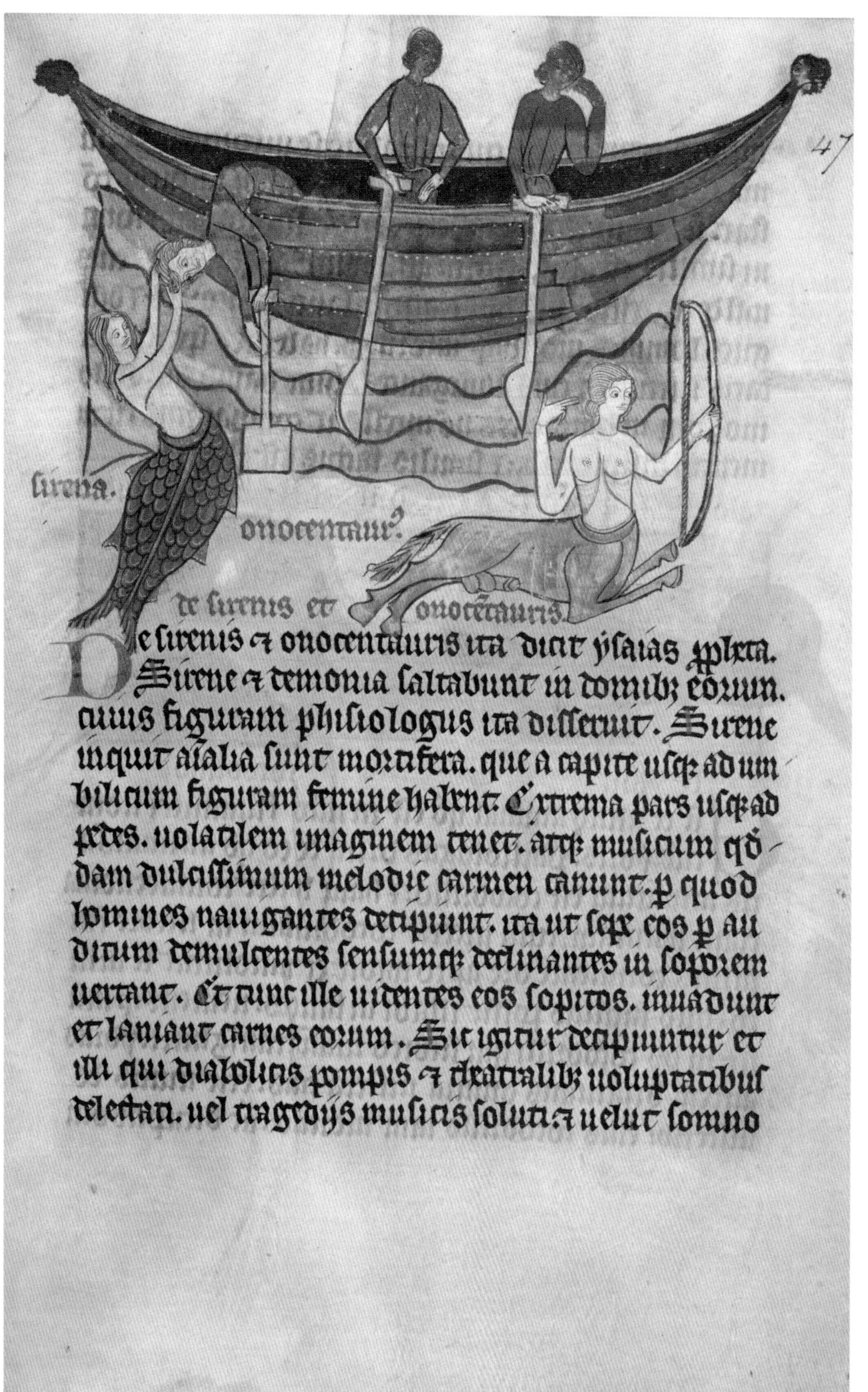

魅惑のセイレン

『ハリー・ポッターと炎のゴブレット』で、水中人は、三大魔法学校対抗試合の第2の課題で重要な役割を果たします。湖に飛び込んでロン・ウィーズリーを探していたハリーは、水中人に遭遇します。「その真ん中で、水中人コーラス隊が歌い、代表選手を呼び寄せている……時間切れになったら、水中人はハリーを湖深く引き戻すのだろうか？ 水中人はヒトを食うんだっけ？」。ここに挙げた本に登場するセイレンも、このような邪悪な性質を持っています。中世のセイレンは女性の頭部と鳥の胴体を持っていることが普通ですが、この本では魚のような尾を持つ生き物として描かれています。書いてある文章には、「セイレンは凶暴な性格を持ち、鳥のような歌声となまめかしい体で船乗りをうっとりとさせて、船から引きずり下ろしてその肉を食べた」とあります。

◁ 中世の動物寓話集に描かれたセイレン（フランス？ 13世紀）
大英図書館蔵

「この挿絵には、想像上の生き物がもうひとつ描かれています。岸から眺めているオノケンタウルスです。オノケンタウルスは、上半身が人間で下半身がロバの生き物です」

ジュリアン・ハリソン
主任キュレーター

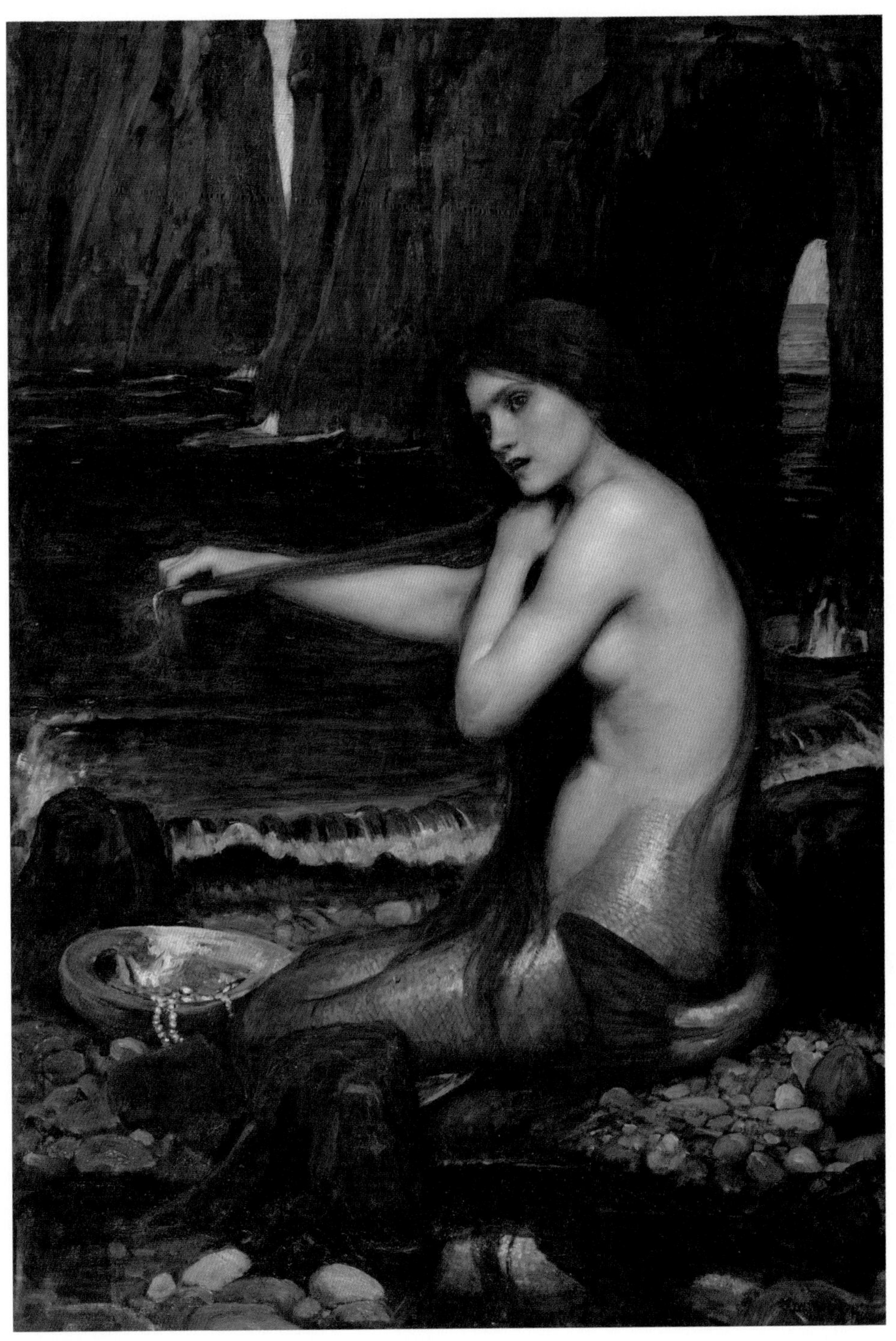

人魚

人魚が魔女であるとする言い伝えの起源は、歌声で船乗りを死へと誘う古代ギリシャ神話のセイレンです。この絵では、人魚の傍らにある真珠貝の中に真珠がありますが、これは船乗りの唯一の痕跡と言えるでしょう。真珠は死んだ船乗りの涙でできたと言われているからです。画家のジョン・ウィリアム・ウォーターハウスは、この絵で、魚の尾を持つ魅惑的な若い女性を描いています。この人魚は髪をくしでとかしていますが、これは、アルフレッド・ロード・テニスンの詩「人魚」(1830年) に描かれていた情景であり、この作品は、それに着想を得て制作された可能性があります。ウォーターハウスは、好んで神話や文学に画題を求めました。

ジョン・ウィリアム・ウォーターハウス作「A Mermaid（人魚）」(1900年) ロイヤル・アカデミー・オブ・アーツ（ロンドン）蔵

「ウォーターハウスが描いた女性たちは、顔立ちが似ていることがよくありましたが、美しい鮮やかな赤毛のこの人魚は、それとは違います。ハリー・ポッターの物語に出てくるウィーズリー一家は、これとは反対に、全員が赤毛です」

ジョアナ・ノーレッジ
主任キュレーター

グラップホーン

攻撃的なグラップホーンを描いたこの絵で、グラップホーンは背中にこぶがある大きな動物として描かれ、２本の角と、がっしりした尾を持っています。ニュート・スキャマンダー著『幻の動物とその生息地』によると、グラップホーンはヨーロッパの山岳地帯に生息しています。心を揺さぶるこの絵はオリビア・ロメネック・ギルによるもので、J.K. ローリングが創り出した生き物がどれほどの危険を秘めているかを表現しています。この絵でグラップホーンは、「親指４本の大きな足」で地面をこすり、ふらふら近付いてくるような馬鹿な真似をする人がいたら、今にも襲いかかりそうです。グラップホーンの皮膚はゴツゴツして灰色がかった紫色ですが、ハイライトの色を巧みに使うことによって、質感が出ています。

グラップホーンのスケッチ
オリビア・ロメネック・ギル 作
ブルームズベリー社蔵

時々山トロールがその背に乗っているのを見かけるが、グラップホーンとしては、飼い馴らそうなどという試みをおとなしく受け入れているようには見えず、むしろグラップホーンに傷だらけにされたトロールを見ることの方が多い。

『幻の動物とその生息地』

ホダッグは、スナリーガスターと同じく北米原産の生物で、その奇妙な行動はマグルの関心と好奇心を煽ってきた。

『幻の動物とその生息地』

A スナリーガスターのスケッチ
オリビア・ロメネック・ギル 作
ブルームズベリー社蔵

スナリーガスター

スナリーガスターは北米原産の動物で、1730年代にオランダ人入植者たちによってその名が付けられたと言われています。スナリーガスターは、『幻の動物とその生息地』の2017年版に新しく加わった動物のひとつです。外見は半鳥半蛇で、名前はペンシルベニアオランダ語の「schnell geiste」(「素早い霊」の意)という言葉から来ています。スナリーガスターは架空の動物と見なされていますが、メリーランド州フレデリック郡では、空を飛ぶスナリーガスターを目撃したという報告が多数あります。ミドルタウンという町の『バレー・レジスター』という新聞には、1909年の2月から3月にかけて数回にわたり、スナリーガスターの巨大な翼、長く鋭いくちばし、恐ろしいかぎ爪について報道する記事が掲載されました。記録に残っている次の目撃例は、その23年後です。スナリーガスターの捜索が最後に行われたのは1976年ですが、見つけられずに終わりました。

第9章

過去・現在・未来

過去・現在・未来

スティーブ・クローブス

スティーブ・クローブスは、脚本家・映画監督です。ハリー・ポッター映画7作の脚本を執筆したほか、『月を追いかけて』、『ワンダー・ボーイズ』、『フレッシュ・アンド・ボーン ～渇いた愛のゆくえ～』、『恋のゆくえ/ファビュラス・ベイカー・ボーイズ』で脚本を担当し、『フレッシュ～』と『恋のゆくえ～』では監督も務めました。

20年ほど前……そんなに前だったかと思うと不思議だが、考えてみると、はるか遠い昔のような気もする。私は著作権エージェンシーから1通の封書を受け取った。中には小説の概要を書いたものが数点入っていた。うまくいけば映画のネタにならないとも限らない。私のような映画脚本家にとって、このような封書は見慣れた光景だ。わりときっちり数週おきに届くのだが、私はいつも無視していた。

だが、どういうわけか（今でも理由は分からないが）、私はその封筒を開けてみることにしたのだ。

私は、中身を手早くさばいていった。概要を次から次へと見るが、その気になれるようなものはまったくない。そして最後の概要まで来た。聞いたこともない著者が書いた、空想的な題の本だ。J.K. ローリング著『ハリー・ポッターと賢者の石』である。

題は先ほども言ったとおり明らかに空想的で、著者の名前も空想的だったが、私はまだその気になれなかった。すると、「ログライン」が目に入った。知らない人のために説明すると（知っているわけがないが）、ログラインとは本の内容を手短にまとめたもので、概要のそのまた概要だと言える。ログラインは、1文で表現するのが理想的だとされている。文学というよりは広告コピーに近く、内容が当てになるかどうかという点でも広告コピーに似ており、忙しい（つまり不精な）脚本家が、良いものと悪いものを素早くふるい分けられるようにするためにある。例えば、「2人のティーンが月で探偵社を始める」とログラインに書いてあったら、そこで読むのをやめていいと分かる（もちろん、2人のティーンが月で探偵社を始めるという映画が名案だと本当に思うなら、話は別だ）。とにかく、そのとき私が見たログラインはこうだった。

ある少年が魔法使いの学校へ行く。

そのころの私は、普通ならこのようなことにはこれっぽっちも興味をひかれないはずだった。ファンタジーのファンだとはとても言えず、好みの傾向としてはトールキンでなくレイモンド・カーバーだ。だが、気付いたらもう一度読んでいた。

ある少年が魔法使いの学校へ行く。

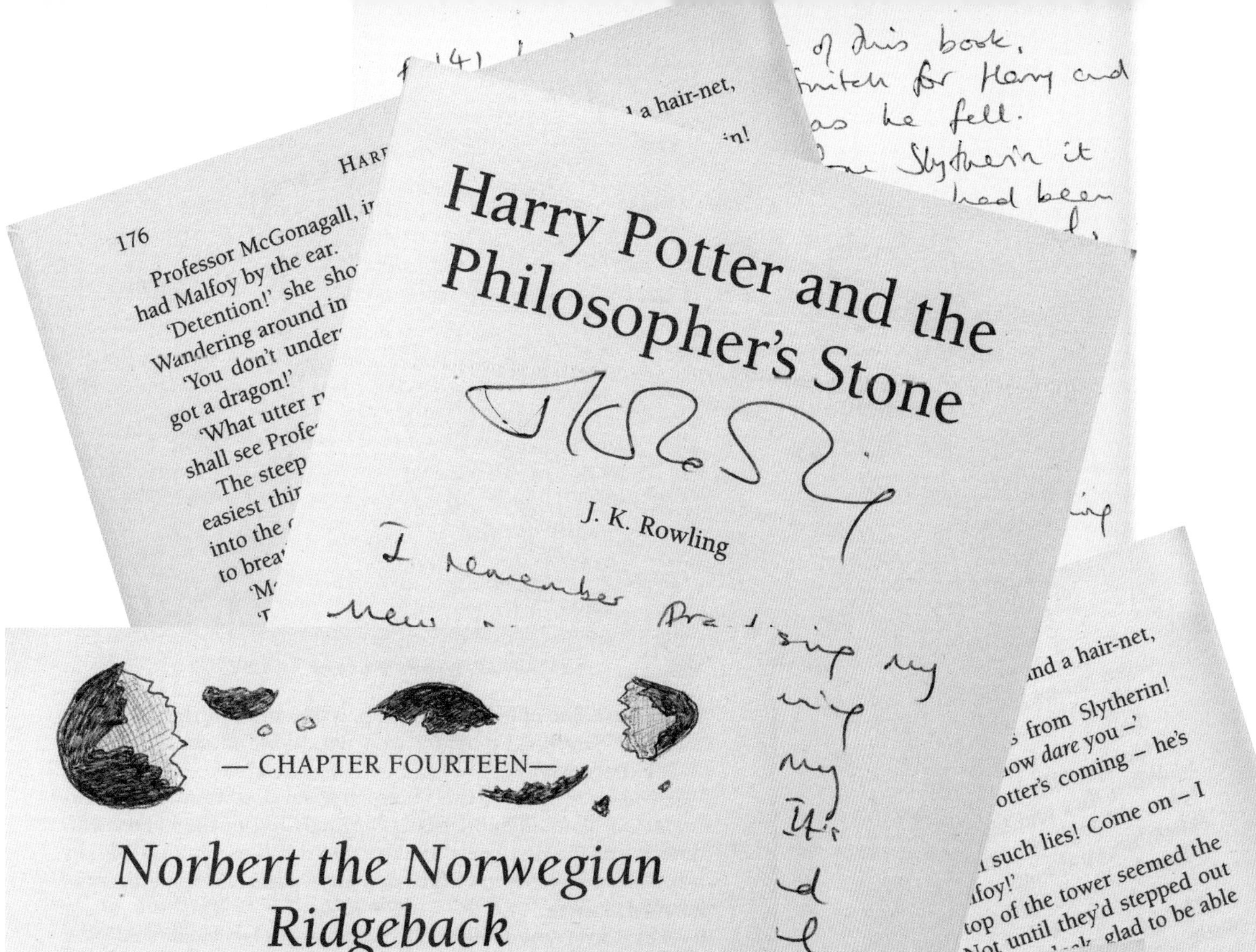

Harry Potter and the Philosopher's Stone
J. K. Rowling
— CHAPTER FOURTEEN—
Norbert the Norwegian Ridgeback

Quirrell, however, must have be…
the weeks that followed he did
ner, but it didn't look as though
Every time they passed the th
Hermione would press their ears
was still growling inside. Snape
bad temper, which surely mean
Whenever Harry passed Quirrel
encouraging sort of smile, and Ro
for laughing at Quirrell's stutter.
Hermione, however, had mo
Philosopher's Stone. She had start
tables and colour-coding all her n
have minded, but she kept nagging
'Hermione, the exams are ages aw
'Ten weeks,' Hermione snapped.
second to Nicolas Flamel.'
'But we're not six hundred year
'Anyway, what are you revising for, yo
'What am I revising for? Are you n
pass these exams to get into the secon
tant, I should have started studying a
what's got into me ...'

— CHAPTER SEVENTEEN—

The Man with Two Faces

It was Quirrell.

'*You!*' gasped Harry.

Quirrell smiled. His face wasn't twitching at all.

'Me,' he said calmly. 'I wondered whether I'd be meeting you here, Potter.'

'But I thought – Snape –'

'Severus?' Quirrell laughed and it wasn't his usual quivering treble, either, but cold and sharp. 'Yes, Severus does seem the type, doesn't he? So useful to have him swooping around like an overgrown bat. Next to him, who would suspect p-p-poor stuttering P-Professor Quirrell?'

Harry couldn't take it in. This couldn't be true, it couldn't.

5分後、私は、仕事場から通りを行ってすぐの本屋で、「『ハリー・ポッターと賢者の石』という題の本なんですが、聞いたことはないでしょうか？」と店員に尋ねていた。店員は眉間にしわを寄せて、「あるとしたら外国書の棚ですね」と言い、連れて行ってくれた。「外国書の棚」には短い列が2つあるだけだった。店員は棚から薄い本を引っ張り出して、私によこした。

表紙の挿絵には後から愛着がわいてきたが、初めて見たときには、何かに気を取られているハリー（大学生くらいの年に見える）が、ホグワーツ特急に今にもひかれそうになっているような感じがして、期待が持てなかった。ひいき目に見ても、ただの平凡な子供の本にしか見えなかった。私は最初のページを開いた。

プリベット通り4番地の住人ダーズリー夫妻の自慢はこうだ。「私たちはどこから見てもまともな人間ですよ。わざわざどうも」。

そこでやめた。瞬きした。もう一度読んでみる。私は本をパタンと閉じて、店員に支払いをし、5分後、仕事場に戻って最初の文をもう一度読んだ。そしてそのまま読み続け、昼食中も本を離さず、午後になってもずっと読んでいた。本を置いたのは1度だけ、30ページほど読んだところで、エージェンシーに電話したときだ。

「次にやってみたいことが見つかりました。『ハリー・ポッターと賢者の石』っていうんです」

シーンとしている……「何だって？」

「魔法使いの学校へ行く少年の話です」

シーン……返事がない。

「本気ですよ。すごくいい話です。いいどころじゃない、傑作です。このまま最後まで読んでも傑作だったら、これをやりますから」

これだけ言っておこう。その日、空想的な題の摩訶不思議なその本をまっしぐらに読み進めていくと、窓の外の光がどんどんぼんやりしていき、仕事場が自分のものでなくなったように感じられた。想像もできなかったことだが、私は途方もない旅に出ようとしていた。そして私は、一緒に同じ旅に出ようとする世界中の無数の旅人たちの1人に過ぎなかった。誰もが、無名の作家、J.K. ローリングの魔法にかかった。そして、その魔法は20年たっても強くなるばかりだ。

確かに、これは傑作のままだった。当時も、今も、そしてこれからもずっとだ。

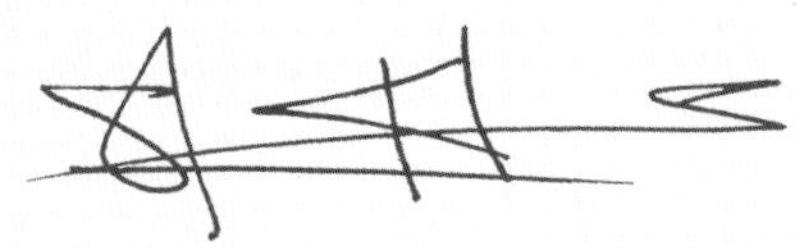

「1巻目を書いて残りの6巻の筋を考えるのには、5年ほどかかった。1巻目が出るときには、残りの巻の筋はもう考えてあった」

J.K. ローリングが WBUR ラジオの番組「ザ・コネクション」でクリストファー・ライドンと対談して（1999年10月12日）

NO	TIME	TITLE	PLOT	PROPHECY	Cho/Ginny	D.A.	O of P	Snape/ Harry + father	Hagrid + Grawp
13	OCT	Plots and Resistence	Harry, Ron + Herm go to Hogsmeade meet Lupin and Tonks – can't talk, Umbridge tailing – pass note. Harry recruiting for O of P. Hagrid fresh injuries	Harry sees Vol still formulating his plans.	Cho in Hogsmeade – wants to join O of P	Tonks + Lupin	recruiting	Harry skips lesson to recruit for O of P	Hagrid still being injured – blood stains –
14	NOV	The Order of the Phoenix	First meeting of the Order of the Phoenix	Senses snake on peace	Cho + Ginny both present	Umbridge now reading mail	First meeting	Harry still skipping – Snape's …	"he's feeding something that's not his blood"
15	NOV	The Dirtiest Tackle	Quidditch versus Malfoy – Harry suspended following attack on M after Cedric taunt – that night, sleep following … match – Umbridge …	Nagini attacks M. W.	Cho now madly in love	Firehead.*			〃
16	NOV	Black Marks	Row re: skipping Snape lessons – Harry really in dog house … Herm contacts Rita –	Nagini got in, Vol has confirmation of Bode's story – only he + Harry can touch the prophecy	Cho kiss? Ginny concerned about father	Ron + rest of Ws called in to be told of father's injury	reactions – another meeting? ? overview	Row about Harry not going	Hagrid still getting injuries
17	DEC	Rita Returns	Snape lesson Hogsmeade / Xmas shopping / they meet Rita	Rita information 'Missy' Slipkiss	Harry now avoiding Cho a bit – Ginny + S.O. else?		O of P	Another lesson	Hagrid hospital wing
18	DEC	St. Mungo's Hospital for Magical Maladies and Injuries	St. Mungo's visit Xmas time – see Bode (… visiting) see Lockhart see Mr. Weasley Neville	NOW VOL IS ACTIVELY TRYING TO GET HARRY TO H of P – very vivid – could see his …	Ginny + Dad	around			
19	DEC	(Xmas)		Bode dead. H of P again.	Herm + Ernie Ginny + … Ron …	Sirius here Big reunion			
20	JAN	Extended Powers of Elvira Umbridge	Harry misses match v. Hufflepuff Order of Phoenix now suspected by Umbridge	Harry fighting increasingly short visions but not very successfully			O of P big meeting	Snape lesson H connection H of Prophecy	Hagrid out of hospital now going into forest armed with spikes etc
21	FEB	(Valentines day)	with Cho. Hogsmeade – Trelawney out – Firenze replaces … Rita reports back on Bode etc Snape lesson?		Valentine date with Cho – miserable – they could row.	got to keep Sirius + Lupin	O of P		
22	FEB	Cousin Grawp	Umbridge now really gone for Hagrid – Firenze teaching … prophets + prophecies – … Group.				O of P	Snape going ape at Harry because he can't do it	
23	MARCH	(Treason)	Easter – discovery of O of P – Dumbledore takes the rap XX – Azkaban	Harry starting to get it – blacking out	Cho wants back with Harry – another row	going here		Snape … approves …	
24	APRIL	Careers Guidance	Careers consultation. Aum. Order of Phoenix continued – Ginny has … temper. Snape lesson	Harry starting to get it		firehead	See plot Meeting … up w. F + G		Hagrid clinging to job refusing to abandon Grawp

『不死鳥の騎士団』の構想

これは第5巻『不死鳥の騎士団』の構想を書いたものです。これを見ると、物語の後半の筋が複雑になっていること、そして筋が注意深く絡み合わせてあることが分かります。ローリングは初期の段階で、「時系列法」を使ったこの表を活用して構想を練りました。章の題と順序は、実際に出版された本とは異なっています。この構想には登場人物の居場所も書いてあり、例えば、ハグリッドは第9章までは「まだ巨人のところにいる」となっています。また、新しい情報が明らかになる場合は、そのことも書いてあります。例えば、ハリーは神秘部にいるときに、予言がそこに置かれていることに気付きます。ここに挙げた構想では、秘密の闇魔術防衛組織が「不死鳥の騎士団」と呼ばれ、正式な抵抗組織が「ダンブルドア軍団」と呼ばれています。

▲『ハリー・ポッターと不死鳥の騎士団』の構想
J.K. ローリング 作 ▶
J.K. ローリング蔵

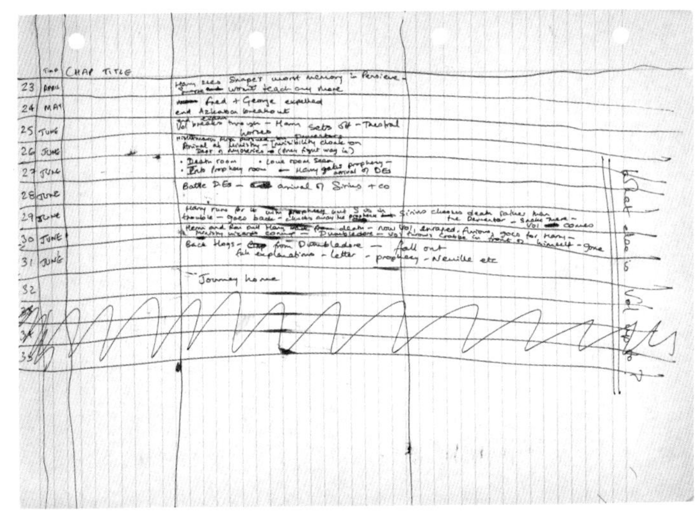

No	Time	Chap title	
23	April		Harry sees Snape's worst memory in Pensieve – Snape won't teach any more
24	May		Fred + George expelled and Azkaban breakout
25	June		Vol breaks through – Harry sets off – Thestral horses
26	June		Arrival at Ministry – Invisibility cloak on Dept of Mysteries (then fight way in)
27	June		• Death room • Love room seen • Into prophecy room – Harry gets prophecy – arrival of DEs
28	June		Battle DEs – arrival of Sirius + co
29	June		Harry runs for it with prophecy but S is in trouble – goes back – Sirius chooses death rather than the Dementor – Snake there – Vol comes
30	June		Harry and Ron out Harry from death – now Vol, enraged, furious, goes for Harry – Dumbledore – Vol throws Crabbe in front of himself – gone
31	June		Back Hogs – from Dumbledore – fall out full explanations – letter – prophecy – Neville etc
32			Journey home
33			
34			
35			

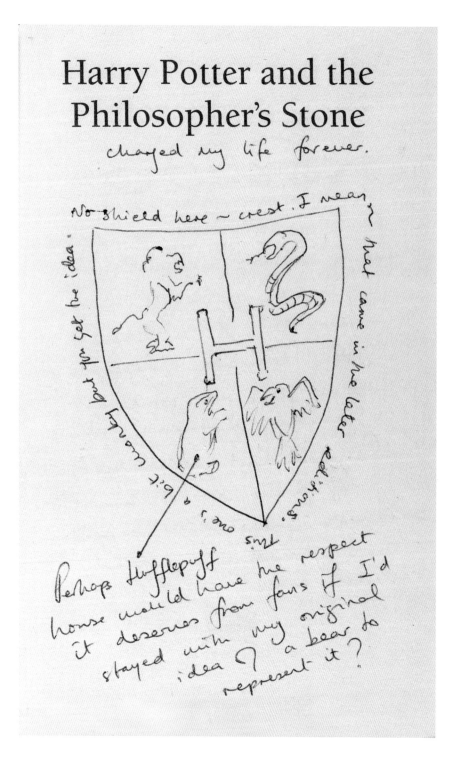

Harry Potter and the Philosopher's Stone

changed my life forever.

No shield here ~ crest. I mean ~ that came in the later editions. This one's a bit wonky but you get the idea.

Perhaps Hufflepuff house would have the respect it deserves from fans if I'd stayed with my original idea? a bear to represent it?

J.K. ローリングによる書き込み入りの『賢者の石』

『ハリー・ポッターと賢者の石』のこの初版本は、J.K. ローリングによる絵や書き込みが入った、他にはないもので、2013 年に英国ペンクラブとルーモスを支援するチャリティーオークションで売却されました。全ページのうち 43 ページに書き込みや絵があり、ハリー・ポッターシリーズや映画に関する話や思いも書かれています。この本で J.K. ローリングは、削除を拒否した箇所を示し、第 4 章では、折られた杖に関する特異な点についてコメントしています。また、クィディッチを考え出した経緯についても説明しています。最初のページでは、「ハリー・ポッターと賢者の石」と印刷された題の下に、シンプルな言葉で、「が私の人生を永遠に変えた」と書いています。

「この素晴らしい貴重な本には、著者が実際に描いた 20 点の絵が入っています。毛布にくるまれてダーズリー家の戸口に置かれたハリー・ポッター、恐ろしげなスネイプ教授、書き込み入りのホグワーツの紋章、アルバス・ダンブルドアが描かれた蛙チョコレートのカード、ノルウェー・リッジバック種のノーバート、2 つの顔を持つ男などの絵があります」

ジョアナ・ノーレッジ
キュレーター

◁『ハリー・ポッターと賢者の石』
J.K.ローリングによる絵と書き込み入り
(2013年ごろ)▽
個人蔵

132 HARRY POTTER

Professor McGonagall turned to Harry and Ron.

'Well, I still say you were lucky, but not many first years could have taken on a full-grown mountain troll. You each win Gryffindor five points. Professor Dumbledore will be informed of this. You may go.'

They hurried out of the chamber and didn't speak at all until they had climbed two floors up. It was a relief to be away from the smell of the troll, quite apart from anything else.

'We should have got more than ten points,' Ron grumbled.

'Five, you mean, once she's taken off Hermione's.'

'Good of her to get us out of trouble like that,' Ron admitted. 'Mind you, we *did* save her.'

'She might not have needed saving if we hadn't locked the thing in with her,' Harry reminded him.

They had reached the portrait of the Fat Lady.

'Pig snout,' they said and entered.

The common-room was packed and noisy. Everyone was eating the food that had been sent up. Hermione, however, stood alone by the door, waiting for them. There was a very embarrassed pause. Then, none of them looking at each other, they all said 'Thanks', and hurried off to get plates.

But from that moment on, Hermione Granger became their friend. There are some things you can't share without ending up liking each other, and knocking out a twelve-foot mountain troll is one of them.

This was the cut I refused to make – my editor wanted to lose the whole troll-fighting scene. I'm glad I resisted

106 HARRY POTTER

out that grubby little package. Had that been what the thieves were looking for?

As Harry and Ron walked back to the castle for dinner, their pockets weighed down with rock cakes they'd been too polite to refuse, Harry thought that none of the lessons he'd had so far had given him as much to think about as tea with Hagrid. Had Hagrid collected that package just in time? Where was it now? And did Hagrid know something about Snape that he didn't want to tell Harry?

Snape, brooding on the unfairness of life

◁『ハリー・ポッターと賢者の石』
J.K.ローリングによる絵と書き込み入り
（2013年ごろ）▽
個人蔵

18 HARRY POTTER

corner he stopped and took out the silver Put-Outer. He clicked it once and twelve balls of light sped back to their street lamps so that Privet Drive glowed suddenly orange and he could make out a tabby cat slinking around the corner at the other end of the street. He could just see the bundle of blankets on the step of number four.

'Good luck, Harry,' he murmured. He turned on his heel and with a swish of his cloak he was gone.

A breeze ruffled the neat hedges of Privet Drive, which lay silent and tidy under the inky sky, the very last place you would expect astonishing things to happen. Harry Potter rolled over inside his blankets without waking up. One small hand closed on the letter beside him and he slept on, not knowing he was special, not knowing he was famous, not knowing he would be woken in a few hours' time by Mrs Dursley's scream as she opened the front door to put out the milk bottles, nor that he would spend the next few weeks being prodded and pinched by his cousin Dudley ... he couldn't know that at this very moment, people meeting in secret all over the country were holding up their glasses and saying in hushed voices: 'To Harry Potter – the boy who lived!'

THE SORTING HAT 97

ur-posters hung with deep-red velvet curtains. Their
ready been brought up. Too tired to talk much, they
r pyjamas and fell into bed.
, isn't it?' Ron muttered to Harry through the hang-
Scabbers! He's chewing my sheets.'
going to ask Ron if he'd had any of the treacle tart,
eep almost at once.
rry had eaten a bit too much, because he had a very
. He was wearing Professor Quirrell's turban, which
o him, telling him he must transfer to Slytherin at
it was his destiny. Harry told the turban he didn't
Slytherin; it got heavier and heavier; he tried to pull
htened painfully – and there was Malfoy, laughing at
uggled with it – then Malfoy turned into the hook-
, Snape, whose laugh became high and cold – there
green light and Harry woke, sweating and shaking.
over and fell asleep again, and when he woke next
remember the dream at all.

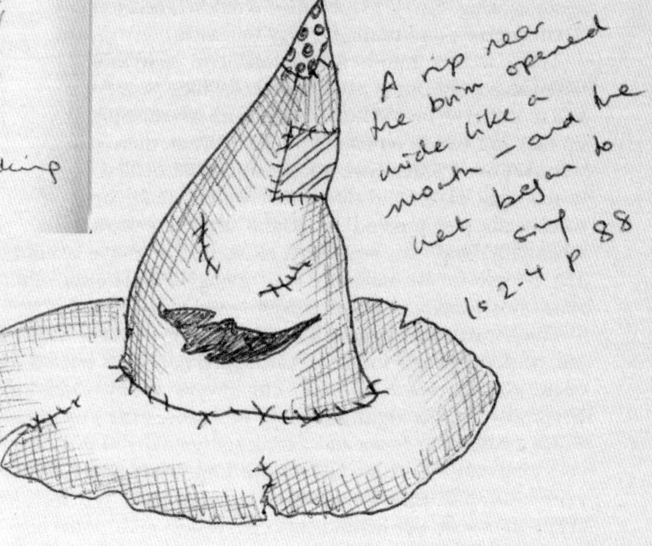

A rip near
the brim opened
wide like a
mouth – and the
hat began to
sing
p 88

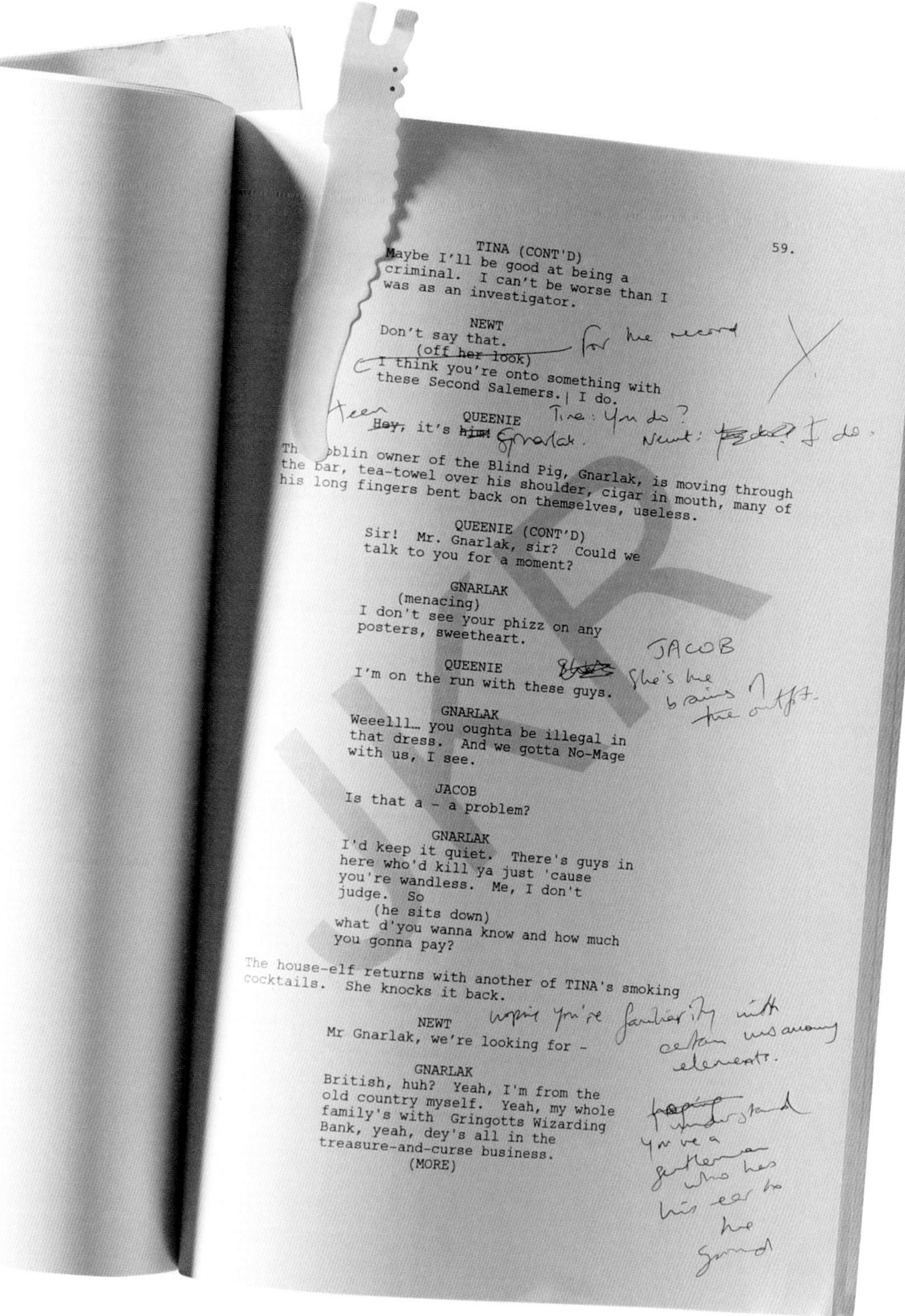

TINA (CONT'D) 59.
Maybe I'll be good at being a criminal. I can't be worse than I was as an investigator.

NEWT
Don't say that.
(off her look)
I think you're onto something with these Second Salemers. I do.

QUEENIE
Hey, it's him!

Th oblin owner of the Blind Pig, Gnarlak, is moving through the bar, tea-towel over his shoulder, cigar in mouth, many of his long fingers bent back on themselves, useless.

QUEENIE (CONT'D)
Sir! Mr. Gnarlak, sir? Could we talk to you for a moment?

GNARLAK
(menacing)
I don't see your phizz on any posters, sweetheart.

QUEENIE
I'm on the run with these guys.

GNARLAK
Weeelll… you oughta be illegal in that dress. And we gotta No-Mage with us, I see.

JACOB
Is that a - a problem?

GNARLAK
I'd keep it quiet. There's guys in here who'd kill ya just 'cause you're wandless. Me, I don't judge. So
(he sits down)
what d'you wanna know and how much you gonna pay?

The house-elf returns with another of TINA's smoking cocktails. She knocks it back.

NEWT
Mr Gnarlak, we're looking for -

GNARLAK
British, huh? Yeah, I'm from the old country myself. Yeah, my whole family's with Gringotts Wizarding Bank, yeah, dey's all in the treasure-and-curse business.
(MORE)

ファンタスティック・ビースト と魔法使いの旅

映画『ファンタスティック・ビーストと魔法使いの旅』のこの脚本には、J.K. ローリングによる自筆の書き込みがあります。脚本の執筆は小説の場合と大きく違い、共同作業の側面がはるかに強く、撮影のほとんどすべての段階で編集が必要となります。また、脚本に書かれていることは技術的に撮影可能でなければならないため、小説より空想の幅が制限される可能性があります。J.K. ローリングは『ファンタスティック・ビースト』で初めて脚本を手掛けましたが、脚本という新しい形式に縛られてはいなかったようです。デイビッド・イェーツ監督は、ローリングとこの脚本に取り組んだときに、ローリングが脚本を書き直し、作り変え、驚くようなディテールを登場人物や作品の世界に付け加えたと言い、ローリングの空想を阻むものは何もないようだったと語っています。この原稿は、映画とニュート・スキャマンダーの世界を構築する骨組みとなりました。

◀『ファンタスティック・ビーストと魔法使いの旅』の脚本のタイプ原稿（自筆の書き込み入り） J.K. ローリング 作
J.K. ローリング蔵

「彼女の頭の中には、すごくたくさんのことが流れている」

J.K. ローリングとの作業について語る デイビッド・イェーツ

ハリー・ポッターと呪いの子

J.K. ローリング、ジャック・ソーン、ジョン・ティファニーによる新作オリジナルストーリーを原作とする『ハリー・ポッターと呪いの子』は、ジャック・ソーンの脚本による劇です。2016年にロンドンで初演され、日本には2022年に上陸します。大人になったハリー・ポッター、ハーマイオニー・グレンジャー、ロン・ウィーズリーの舞台衣装は、衣装デザイナーのカトリーナ・リンゼイによってデザインされ、俳優たちが役に入り込んで生き生きと演じるのに役立っています。衣装は登場人物の個性を伝えるだけでなく、演劇の魔法をかけるために、杖をしまうポケットを付けるなど実用的な工夫がしてあります。

➢ ソニア・フリードマン、コリン・カレンダー、ハリー・ポッター・シアトリカル・プロダクション製作『ハリー・ポッターと呪いの子』ロンドン初演の衣装

索引

アストロラーベ 142
アブラカダブラの呪文 129
『アメリカの鳥類』201, 219
アラゴグ 222
『アリ』185
岩戸神楽起顕 32–3
一角獣（ユニコーン）198, 226–7, 228–9
ウィーズリー（ロン・ウィーズリー）76
占い 121
『ウラニアの鏡』149
運勢を告げるティーカップ 168
エチオピアのドラゴン［ウリッセ・アルドロバンディ］214–5
エチオピアの魔術書 194–5
園芸用具 92
閻魔大王浄玻璃鏡図 31
狼人間 180, 185
お守りの巻物 196
オルガ・ハントの箒 124
☆
河童 177, 192
河童ミイラ 25, 193
『巨人の骨格』205
『吟遊詩人ビードルの物語』120, 121
クィレル（クィリナス・クィレル教授）80, 81
薬問屋 66
組分け帽子 118, 119
クモ［マリア・ジビラ・メーリアン］223
グラップホーン 238
グリンゴッツ銀行 206
グレンジャー（ハーマイオニー・グレンジャー）76
黒いムーン・クリスタルの球 153, 162
ケイ（ジム・ケイ）41, 48–9, 52, 53, 60, 67, 77, 88, 93, 117, 123, 126–7, 156, 180, 188, 199, 204, 210, 222, 224, 230–1
小鬼（ゴブリン）206
小型太陽系儀 145
『古代エジプト占い師最後の遺産』167
コンニャク 107
☆
ジェニー・ハニヴァー 20
『四足獣誌』191
『水晶占いと透視の不思議』163
水晶玉と台 162
スナリーガスター 239
スネイプ（セブルス・スネイプ教授）60, 249
スネークルート 96–7
スフィンクス 191
スプラウト（ポモーナ・スプラウト教授）89
☆
ダーズリー一家 45
ダイアゴン横丁 116, 117
『太古の化学作業』57, 75
タイの占い手引書 160–1
『太陽の輝き』72
タロットカード占い 158–9
ダンブルドア（アルバス・ダンブルドア教授）52, 181
『知識の鍵と呼ばれるソロモン王の書』122
『茶葉で未来を判断する方法』170–1
治療用の植物 96–7
『ティーカップ占い』168–9
手相 164–6
手相模型 166
天球儀 143
天文学論文集 140
トーマス（ディーン・トーマス）［旧名ゲイリー］76
ドラゴン 214–5
ドラゴンの卵 218
トレローニー（シビル・トレローニー教授）156
トロール 210
☆
『七つの地域の書』74
ナルキッソス〔絵画〕27
ニコラス・フラメル 73, 75
庭小人（ノーム）93

人魚 17, 18, 19, 21, 22, 237
人魚ミイラ 235
猫［コンラート・ゲスナー］220
☆
ハグリッド（ルビウス・ハグリッド）181, 204, 206
バジリスク 188, 189, 190
『バジリスクまたはコカトリスの性質の簡潔な記述』190
『ハリー・ポッターと賢者の石』42–3, 76, 80, 81, 181, 186–7, 206–7, 248–9
『ハリー・ポッターと謎のプリンス』64–5
『ハリー・ポッターと不死鳥の騎士団』246–7
『ハリー・ポッターと死の秘宝』213
破裂した大鍋 63
ヒキガエル［J. B. フォン・スピックス］221
ヒッポグリフのバックビーク 224
ヒッポグリフ［ルドビコ・アリオスト］225
『ファンタスティック・ビーストと魔法使いの旅』251
フィルチ（アーガス・フィルチ）122
フクロウ 219
不死鳥のフォークス 230–1
不死鳥 230–4
ブラック（シリウス・ブラック）140
ベゾアール石 68–9
ベニバナセンブリ 94–5
ヘビ［アルベルトゥス・セバ］184
ヘビ形の魔法の杖 183
ヘビ使い 182
ヘビのステッキ 183
ホグワーツ［J.K. ローリングによるスケッチ］51
ホグワーツ特急 48–9
ホグワーツの温室［ジム・ケイによるスケッチ］88
ポッター（ハリー・ポッター）41, 43, 126–7, 181, 188, 206
ほとんど首無しニック 211
ポルターガイストのピーブズ 211
☆
マクゴナガル（ミネルバ・マクゴナガル教授）53, 181
マザー・シプトン 157
『魔術に関する論文』124
魔女と大鍋［ウルリヒ・モリトール］62
「魔法円」［絵画］197
魔法の指輪 128
魔法薬瓶 67
マルフォイ（ドラコ・マルフォイ）127
マンドレイク 103, 104–5, 106
木製の魔術鏡 173
☆
薬学の授業［『健康の庭』］61
『薬剤全史』68
薬草書 90, 98–9, 104–5
☆
ライオン、ニシキヘビ、またはワシに変身するまじない 130
『ランカシャーの魔女の歴史』125
リプリー・スクロール 70–1
竜 216
竜ミイラ 217
ルーピン（リーマス・ルーピン教授）180
ルーン文字 121
『ルドルフ表』141
レオナルド・ダ・ビンチの手稿 146–7
恋愛成就のお守り 131
「錬金術師」［絵画］79
ローリング（J.K. ローリング）42–3, 45, 51, 64–5, 76, 80–1, 89, 116, 118, 119, 122, 138–9, 181, 206, 207–9, 211, 212–3, 246–7, 248–9
ロングボトム（ネビル・ロングボトム）76

Photography Debra Hurford Brown © J.K. Rowling 2018

J.K. ローリングについて

J.K. ローリングの著作「ハリー・ポッター」シリーズは、空前のベストセラーであり，多数の受賞歴を誇ります。世界中のファンに愛されるこのシリーズは、80 言語に翻訳されて 5 億部以上を売り上げ、全 8 作品の映画シリーズも大ヒットしました。ローリングはチャリティーのために 3 冊の副読本『クィディッチ今昔』と『幻の動物とその生息地』（慈善団体コミック・リリーフを支援。現在はさらにルーモスも支援）、『吟遊詩人ビードルの物語』（ルーモスを支援）を出版、『幻の動物とその生息地』を元にした映画の脚本も執筆しています。さらに、舞台『ハリー・ポッターと呪いの子　第一部・第二部』の共同制作に携わり、2016 年の夏にロンドンのウエストエンドを皮切りに公演がスタートしました。2012 年に立ち上げられた会社「ポッターモア」のウェブサイトでは、最新情報や記事のほか、ローリングの書き下ろしを楽しむことができます。大人向けの小説『カジュアル・ベイカンシー 突然の空席』のほか、『ロバート・ガルブレイス』のペンネームによる犯罪小説も出版されています。ローリングは児童文学への貢献を認められ、数々の賞や勲章を授与されています。

キュレーター紹介

ジュリアン・ハリソン

ジュリアン・ハリソンは、大英図書館「ハリー・ポッターと魔法の歴史展」の主任キュレーターです。中世と近世の手書き史料を専門とし、2015年の大英図書館マグナ・カルタ展、2016年のバーミンガム図書館ウィリアム・シェークスピア展などの大展覧会でもキュレーターを務めました。また、2014年の年間最優秀英国芸術文化ブログに選ばれた大英図書館の中世写本ブログの執筆と編集も担当しています。

アレクサンダー・ロック

アレクサンダー・ロックは、大英図書館の近代アーカイブ・手書き史料キュレーターで、「ハリー・ポッターと魔法の歴史展」の共同キュレーターを務めています。近代の手書き史料を専門とし、「マグナ・カルタ　法と自由と遺産展」(大英図書館　2015年)では主任研究員を務めました。近著は『Catholicism, Identity and Politics in the Age of Enlightenment』で、2016年にボイデル＆ブルワー社から出版されています。

ターニャ・カーク

ターニャ・カークは、大英図書館の1601～1900年印刷遺産コレクションの主任キュレーターで、「ハリー・ポッターと魔法の歴史展」の共同キュレーターを務めています。希少本と英文学を専門とし、文学に関する6つの展覧会(最近のものでは、2016年「シェークスピア10幕展」、2014～15年「戦慄と驚異　ゴシックの想像力展」)でキュレーターを務めました。2016年に大英図書館から出版された怪談集『The Haunted Library』では、編集を担当しました。

ジョアナ・ノーレッジ

ジョアナ・ノーレッジは現代文学・クリエイティブアーカイブ主任キュレーターで、大英図書館「ハリー・ポッターと魔法の歴史展」の共同キュレーターを務めています。また、熟練したアーカイブ専門家、そして文学および演劇アーカイブ専門家として大英図書館で活躍しています。

大英図書館

大英図書館はイギリスの国立図書館で、世界最大級の研究図書館のひとつです。蔵書は250年の間に1億5千万点を超えるまでに成長し、文字文明のすべての時代を網羅しています。収蔵品は、すべての文字言語と音声言語の書籍、定期刊行物、写本、地図、切手、音楽、特許文書、写真、新聞、録音など、膨大な数に上ります。特に重要なものとしては、1215年のマグナ・カルタ2部、リンディスファーンの福音書、レオナルド・ダ・ビンチの手稿、1788年3月18日付の『タイムズ』紙創刊号、ビートルズの歌の直筆歌詞、ネルソン・マンデラが裁判で行った演説の録音があります。最古の収蔵品は3千年以上前にさかのぼる中国の甲骨文字で、最新のものはその日の新聞とウェブサイトです。

ロンドンとニューヨークで開催された「ハリー・ポッターと魔法の歴史」展

ロンドン

ニューヨーク

日本で開催される「ハリー・ポッターと魔法の歴史」展

兵庫会場 ✶
2021年9月11日（土）～11月7日（日）
兵庫県立美術館
主催：兵庫県立美術館、大英図書館、読売新聞社、
読売テレビ
協賛：公益財団法人伊藤文化財団、きんでん、清水建設、
大和ハウス工業、パナソニック
特別協力：公益財団法人日本教育公務員弘済会 兵庫支部
協力：静山社、日本航空

Photography by Natori Kazuo

東京会場 ✶
2021年12月18日（土）～2022年3月27日（日）
東京ステーションギャラリー
主催：東京ステーションギャラリー（公益財団法人東日
本鉄道文化財団）、大英図書館、読売新聞社
協力：静山社、日本航空

企画 ✶
大英図書館

日本展制作 ✶
読売新聞社

イギリス側運営 ✶
大英図書館
ハナ・カウフマン（展覧会巡回担当マネジャー）
ジョアナ・ノーレッジ（キュレーター）

日本側運営 ✶
兵庫県立美術館◆　岡本 弘毅、飯尾 由貴子、橋本 こずえ
東京ステーションギャラリー◆　冨田 章、柚花 文、羽鳥 綾
読売新聞社

本書は、大英図書館「ハリー・ポッターと魔法の歴史」展図録（日本語版、2018年）を、「ハリー・ポッターと魔法の歴史」日本巡回展（2021 ～ 2022年）に合わせ一部内容を改訂・増補したもので、掲載図版と展示作品が一致しない場合があります。ご了承ください。

写真クレジット

Items on pages 35, 45, 51, 64–65, 76, 80–81, 89, 111, 116, 118–119, 122 (top), 138–139, 181, 186–187, 206–209, 211, 212–213, 246–247, 248–249, 250–251© J.K. Rowling

21 ©The Trustees of the British Museum. All Rights reserved. Object reference/1859,0316.169

27 Fine Art Images/Archivi Alinari, Firenze ©Alinari Archives - hosted by AMF/Artefactory

31 Photo: Art Research Center, Ritsumeikan University

32–33 Aflo

44 © Alice Newton-Rex

63, 153, 162(top), 166 The Museum of Witchcraft and Magic, Boscastle, Cornwall. Photo © Sara Hannant

67 (top) Science Museum/Wellcome Images

69, 106 (bottom) © Science Museum/Science & Society Picture Library

78 Wellcome Collection, London

84 © George Wright

92, 124(top), 121, 131, 158-9, 162 (bottom), 168, 173, 183 (both) The Museum of Witchcraft and Magic, Boscastle, Cornwall

102 Wellcome Collection, London

134 ESA – M. Koell, 2009

142 Science Museum Group Collection ©The Board of Trustees of the Science Museum

144–145 ©National Maritime Museum, Greenwich, London, AST 1067(L4475)

172 York Museums Trust (York Art Gallery)

175 © Tate, London 2017

176 © NMP Live Ltd

193, 217, 235 Photography by Shigefumi Kato

197 Photo:Tate

237 © Royal Academy of Arts, London; photographer: John Hammond

242 Photography by Hopper Nash

243, 248–250 Private Collection

251 Photography by www.studio68b.com

252–253 Photography by Manuel Harlan

256 Photography by Debra Hurford Brown © J.K.Rowling

258 Joanna Norledge image by Tony Antoniou

大英図書館書架記号

9 Or.11390, f. 57v
10–11Harley MS 3469, f. 7r
12 Sloane MS 4016, f. 38r
15 Sloane MS 278, f. 47r
54 Additional MS 25724, f. 51r
55 IB.344
57 8905.a.15
61 IB.344
62 IA.5209
66 Sloane MS 1977, f. 49v
68 RB.23b.7795
70–1 Additional MS 32621
72 Harley MS 3469, f. 7r
73 Additional MS 17910, ff. 13v–14r
74 Additional MS 25724, f. 51r
75 8905.a.15
82 Harley MS 3736, ff. 58v–59r
83 Harley MS 5294, ff. 21v–22r
85 Or.3366, f. 144v-145r
90–1 1601/42
94–5 Harley MS 5294, ff. 21v–22r
96–7 Sloane MS 4016, ff. 38v-39r
98–9 449.K.4(2)
100 36.h.8
101 452.f.1
103 Or.3366, f. 144v-145r
104–5 Harley MS 3736, ff. 58v–59r
107 16033.e.6
108-9 Or.13347B
110 Sloane MS 3091
113 Additional MS 32496, f. 49r
122 (bottom) Sloane MS 3091
124 (bottom) Additional MS 32496, f. 49r
125 11621.aaa 1(14).
128 Papyrus 46 (5)
129 Royal MS 12 E XXIII, f. 20r
130 Or.11390
132 Maps C.44.a.825.(2.)
133 Maps C.44.a.42.(2.)
135 Maps G36A
140 Cotton MS Tiberius C I, f. 28r
141 48.f.7
143 Maps G36A
146–7 Arundel MS 263, f. 104r + f. 107v
148–9 Maps C.44.a.42.(2.)
150 C.194.a.825(2)
151 Or.4830, ff. 8-12
157 8610.a.51
160–1 Or.4830, ff. 8-12
163 YA.1988.a.9195
164–5 Royal MS 12 C XII, ff. 106v–107r
167 C.194.a.825(2)
169 8633.c.9
170–1 8633.eee.31
174 43.k.3–8
177 16084.d.15
182 Harley MS 4751, ff. 60v - 61r
184 43.k.3–8
185 3835.c.26
189 Additional MS 82955, f. 129r
190 1256.d.9
191 444.i.4
192 16084.d.15
194–5 Or.11390, ff. 57v–58r
196 (left and top) Or.12859
196 (bottom) Or.9178
198 37.h.7
201 74/462*e.2
205 32.k.1
214–15 459.b.5(2)
216 Or. 75.ff.1
219 74/462*e.2
220 460.c.1
221 505.ff. 16
223 HSL.74/702 (original C.7.d.7)
225 81.I.4-7
226–27 461.b.11.(1.)
228 Burney MS 97, f. 18r
229 37.h.7
232 Royal MS 12 C XIX, ff. 49v-50r
233 40.e.17
234 OMS/IO Islamic 3682, f. 284r
236 Sloane MS 278, f. 47r

With thanks to

J.K. Rowling for the use of items from her personal collection
Jim Kay and Olivia Lomenech Gill for allowing us to use their artwork

Contributors: Mandy Archer from 38a The Shop;
Stephanie Amster, Mary Berry, Elaine Connolly, Isabel Ford, Claire Grace,
Saskia Gwinn and Bronwyn O'Reilly from Bloomsbury;
Robert Davies, Abbie Day and Sally Nicholls from British Library Publishing;
Ross Fraser from The Blair Partnership

Design: Sally Griffin
Cover design: James Fraser